DENNIS HEIJN

TEGEN DE STROOM

SANTASADO

voor
Therissa,
my love,
my sunlight

en
Gerrit Jan,
mijn lieve pappa
die helaas te braaf met de stroom meeging op zijn laatste dag

‘True mastery can be gained
by letting things go their own way
It cannot be gained by interfering’
– Lao Tzu

Disclaimer

Dit boek is een fictief werk met fictieve personages, dialogen en situaties, maar bevat historische feiten en gebeurtenissen. De gebeurtenissen die niet gebaseerd zijn op historische feiten, zijn volledig verzonnen. Dit werk is bedoeld als een creatieve uiting ter vermaak en om te inspireren tot reflectie over maatschappelijke kwesties.

Proloog

Shit, wat een koppijn, was het eerste wat hij dacht toen hij zijn ogen probeerde open te krijgen. Wanneer leerde hij nou eens om Simon en Mees niet te volgen in hun straffe drinkritme? Die blijven altijd maar doorgaan en kunnen er gewoon veel beter tegen.

Toen hij zijn ogen eenmaal open had, kwam niets hem bekend voor. Was het hem dan toch gelukt om met die lekkere Italiaanse mee te gaan? Maar waar was ze dan? En wat hadden ze gedaan? Niets spannends schoot hem te binnen. Hij richtte zich op en voelde het veel te zachte matras inzakken onder zijn kont. Door de luiken kwam net genoeg licht binnen om de kamer te kunnen zien: een muffe ruimte met een rond, houten tafeltje, een stoel en het bed op een groezelig tapijt. Niet echt de kamer van een hippe Italiaanse dame.

Door de muur heen hoort hij: '*Si sta svegliando.*'

DEEL 1
GO WITH THE FLOW

Hoofdstuk 1

2010 – Phuket, Houston, boot naar Koh Phangan

Het voordeel van zo'n stilteretraite is dat je ongegeneerd kunt observeren, dacht Susanne. En dat deed ze dan ook, want het was haar wel duidelijk dat mediteren niet echt haar ding was. De lotushouding was geen probleem, maar zelfs het tellen van je in- en uitademingen bleek een te grote opgave. Dat had ze ook verwacht, maar Leonie had erop gestaan dat ze hun geest even helemaal leeg zouden maken voordat ze naar de Full Moon Party's op Koh Phangan gingen. In het begin had Susanne de neiging gehad om in de lach te schieten als ze Leonie aankeek, maar dat ging snel over.

'Je gedachten zijn als de wolken, ze zijn er, maar je doet er niets mee,' zei de meester. *No attachment.* Susanne rende vooralsnog als een dartel konijn achter elke wortel aan die voorbijschoot. Het was een spel zonder einde, zonder rust. Niets lege geest.

Ze zaten met twaalf vrouwen en drie mannen in twee halve kringen achter elkaar op hun kussens. *Is dit vooral een vrouwending of is het toeval?* Susanne had het gevoel dat de anderen vaker met dit bijltje gehakt hadden en zich beter aan de stilte en rust konden overgeven. Zij haalde zelf nog geen vier ademhalingen zonder dat haar gedachten afdwaalden, naar de kriebel aan haar linkerbil bijvoorbeeld. *Waar komt die kriebel eigenlijk vandaan? Thuis heb ik nooit kriebel aan mijn bil als ik zit. Dit moeten de anderen toch ook voelen? Hebben verlichte mensen geen kriebel aan hun billen? Is dat het doel? Pff, hoelang moeten we nog?* Ze had niet het gevoel dat de drie mannen uit de groep bij elkaar hoorden. Ze zaten niet bij elkaar en communiceerden niet op een manier die een diepere band verraadde, zoals zij dat met Leonie wel had. Je kunt heel veel kwijt in een blik, had Susanne gemerkt.

Ze keek regelmatig naar de knapste van de drie. Hij was zeker Zuid-Europees; een Italiaan, als ze moest gokken. Zijn golvende zwarte krullen, die net zijn schouders niet raakten, zaten soms in een staart, soms droeg hij ze los. Alleen Italianen kunnen er zo uitzien: bestudeerd nonchalant. Op het eerste gezicht lijkt het alsof ze zomaar iets hebben aangetrokken, maar als je beter kijkt besef je dat niets aan het toeval is overgelaten. Het vale T-shirt, het afgedragen petje, het achteloos omgeknoopte sjaaltje; ze horen bij een zorgvuldig gecultiveerd imago.

Italië was een geliefd vakantieland van haar ouders en hun liefde voor het land was overgeslagen op Susanne. Als enig kind heb je de achterbank voor jezelf en ze vond het heerlijk om heel Italië rondgereden te worden. Toen ze ouder werd, merkte ze dat ze Italiaanse mannen aantrekkelijker vond dan Nederlandse, en ze associeerde ze bovendien met goed weer, heerlijk eten en een zorgeloos leven. Italiaanse mannen konden weliswaar opgewonden raken van de kleinste dingen, maar die drukte mocht ze wel; er gebeurde tenminste iets.

Een haviksneus, zwarte wenkbrauwen, volle lippen bijna verborgen onder een paar weken oude, zwarte baard en bruine ogen, die hij nu dicht heeft. Hij is groter dan de meeste Italianen, slank en gespierd, *her kind of guy.* Zijn rechterschouder is nog bloederig, met wat korstjes, van een recent geplaatste tattoo. Ze kan niet goed zien wat het is, iets Chinees? Hij draagt alleen een doek en zit roerloos rechtop in kleermakerszit. Heeft hij geen kriebel? Zou hij wat onder die doek dragen? Is dat luchtig of ongemakkelijk? Heeft Leonie deze gedachten ook of zit zij braaf te tellen? Haar Italiaan was er al toen zij aankwamen en ze is benieuwd of hij ook morgen vertrekt.

~

'Dat geloof je toch niet?!' Johan keek boos op zijn telefoon en schudde zijn hoofd. Ze zaten met z'n vijven aan het zondagochtendontbijt, zoals gewoonlijk als hij in het weekend een keer thuis was. Allemaal keken ze op, niet gewend aan zulke uitbarstingen. 'De héle wereld kijkt mee, een paar dagen geleden werd hij nog gegrild door het congres en nu moet meneer zo nodig meedoen aan een zeilwedstrijd aan de andere kant van de wereld!'

'Waar heb je het in hemelsnaam over, schat?' vroeg Claire.

'Over die arrogante prutser Tony Hayward, de CEO van BP. Die zit nu en plein public op een zeilboot. Heeft hij dan geen greintje besef van wat hij heeft aangericht? Snapt hij niet dat de hele industrie hieronder lijdt? Hij kan toch op zijn minst de schijn ophouden dat hij dag en nacht bezig is om die shit op te ruimen!'

Olivier en Paul spitsten hun oren; zo vaak gebeurde het niet dat pappa over werk praatte en zeker niet met deze felheid. Lucas was alweer druk bezig met een poging zijn croissant open te snijden. Op je zevende zijn er belangrijkere dingen dan een vader die over zijn werk praat. Zijn broers waren tien en acht jaar ouder en wisten waar dit over ging: op 20 april was het BP-boorplatform Deepwater Horizon in de Golf van Mexico ontploft en een paar dagen later gezonken. Het was nu eind juni en nog steeds was het lekken niet gestopt. Een paar dagen geleden had Obama een eerste speech vanuit de Oval Office aan deze ramp gewijd. Ze hadden er op school naar gekeken, want de president spreekt het volk zelden direct toe vanuit zijn kantoor. Olivier had zich ongemakkelijk gevoeld tijdens de heftige discussie die daarop ontstond. In zijn klas op de International School in Houston was bekend dat zijn vader de baas was van Shell in Amerika en op de een of andere manier voelde hij zich medeverantwoordelijk. Hij begreep waarom zijn vader zo boos was: deze ellende straalde direct af op Shell en alle andere oliebedrijven. Olivier vond ook zijn klasgenoten schijnheilig. Beseften ze dan niet dat de SUV's waarin ze elke ochtend afgezet werden en de vliegtuigen die ze bij elke *holiday break* namen de olie slurpten waar ze nu zo op afgaven?

'Ken jij die Hayward?' vroeg Olivier.

'Ja, ik heb hem een paar keer ontmoet. Een omhooggevallen *engineer.* Een techneut met een gebrek aan empathisch vermogen. Precies het type CEO waar de buitenwereld zo'n hekel aan heeft. Hij bevestigt weer alle vooroordelen. Nu, twee maanden later, zit-ie op zijn boot, maar al een week na de ramp klaagde hij bij zijn team dat hij zijn leven terug wilde. Ging die zielenpoot nog het slachtoffer uithangen ook! En dat mag dan de grote baas worden! In maart verkocht hij een derde van zijn aandelen. Dat was goeie timing, want ze zijn nu nog maar de helft waard. Wat natuurlijk olie op het vuur is.'

Johan weet dat hij moet uitkijken; hij en Shell zijn ook niet heilig. Maar BP maakt het in zijn ogen echt te bont.

'Wat ik bedoel, Olivier, is dat als je de leider mag zijn van zo'n groot bedrijf, je dan ook de verantwoordelijkheid moet nemen voor wat er onder jouw *watch* gebeurt. Ik hoorde dat, voordat het misging, BP een test van honderdduizend dollar heeft afgeblazen, die op 20 april moest uitwijzen of het cement de put goed dichtte. Om geld te besparen. Moet je nagaan, het grootste deel van de bemanning vertrekt die ochtend, de rest viert dat ze zeven jaar zonder ongelukken het platform hebben bestierd. En wat denk je? Diezelfde avond sterven elf mensen door een grote explosie en raken er zeventien gewond. De kosten lopen nu in de miljarden. Hayward is medeverantwoordelijk voor de cultuur waarin men denkt de baas een plezier te doen door te bezuinigen op veiligheid. Hij is dus op z'n minst medeverantwoordelijk voor de schade aan het milieu, de slachtoffers én BP zelf. Die gaat Thanksgiving niet halen.'

Lucas' croissant was verworden tot een kleffe deegbal die zich maar niet gewonnen wou geven. Terwijl de anderen zijn woorden lieten bezinken, nam Johan hem van Lucas over en probeerde te redden wat er te redden viel. 'Smeren doe je met een bot mes, maar eerst moet je hem met een schérp mes opensnijden. Kijk, zo doet een expert dat.' Demonstratief hield Johan de croissant met uitgestrekte armen voor zich uit, met in zijn rechterhand het lemmet dat hij tegen het broodje zette. De combinatie van de kleffe meelbal, die meer weerstand bood dan verwacht, de minder op precisie berekende gestrekte armen, de irritatie over BP en de scherpte van het blad, maakte dat het mes opeens door de croissant heen schoot en zich diep in Johans linkerhandpalm boorde. Diens harde schreeuw overstemde het lachsalvo aan tafel, want het zag er wel komisch uit. Het mes met het eraan gespietste broodje kletterde op tafel. Johan greep zijn linkerhand met de andere, maar het bloed stroomde direct tussen zijn vingers door. Vloekend stond hij op en liep naar de kraan. De stromen water en bloed hielden elkaar in evenwicht, het was duidelijk dat dit niet met een pleister te verhelpen was.

'Shit, ik denk dat het gehecht moet worden, ik kan mijn vinger niet eens meer strekken. Ik heb volgens mij zelfs een pees doorgesneden. Wat een kutzooi!'

Claire, die inmiddels doorhad dat het weliswaar ernstiger was dan een sneetje maar niet levensbedreigend, liep naar hem toe, legde haar arm om hem heen en keek naar de twee stromen. 'Ik breng je wel naar het ziekenhuis. Daar gaat ons golfmiddagje.'

Deze episode werd een running gag in het gezin. De historische woorden 'Kijk, zo doet een expert dat' werden te pas en te onpas gebezigd; als iemand een domme fout maakte of juist een briljante actie uithaalde. En er zou nooit meer een croissant in huize Dijkhuizen gesneden worden zonder de begeleiding van deze tekst. Johan werd ook fysiek herinnerd aan zijn theatrale miskleun, want hij had inderdaad een pees doorgesneden en zijn middelvinger had zijn soepelheid verloren. Pianospelen ging nog wel, maar gelukkig hoefde hij er zijn brood niet mee te verdienen. Hetzelfde gold voor golfen.

~

Ongelofelijk, daar staat hij!

Ook het uitchecken bij de retraite verliep in stilte, want de deelnemers kwamen en gingen op verschillende momenten. Leonie en Susanne stonden opeens buiten. En terwijl ze elkaar omhelsden en zachtjes wenden aan elkaars en hun eigen stem, voelde Susanne een steek; ze had geen contact kunnen leggen met de aantrekkelijke Italiaan, dat was hij ondertussen vol overtuiging in haar hoofd geworden. Ze was op haar kussen bezig geweest met haar openingszinnen en hoe hij daarop zou kunnen reageren. Of zou ze hem een briefje geven? Maar nu stond ze buiten, en afgezien van de blikken die ze gewisseld hadden, had ze geen enkele stap gezet. *Echt heel irritant.* Aan de andere kant was het ook een beetje een opluchting, want misschien bleef haar zo een gênant gesprek bespaard.

Maar daar stond hij, over de reling gebogen. Zijn haar in een staartje, flipflops, een vaalgroene bermuda en een roze sportshirt vol reclames. *Roze? Giro d'Italia?* Dat was een verrassing, ze vond hem totaal geen wielrennerstype, en het was ook een beetje een afknapper.

Non ci credo... La bionda!

Pino was gisteren teleurgesteld dat die vrolijke, blonde Noord-Europese opeens was verdwenen. Ondanks dat het hem afleidde van zijn meditaties, genoot hij van haar onwennigheid. Gewoonlijk irriteerde het hem als iemand hem stoorde in zijn contemplaties. Maar bij haar gebeurde dat niet, integendeel, dit hielp hem juist. In ieder geval meer dan de gebeurtenissen van het afgelopen jaar eindeloos af te spelen in zijn hoofd en uit te vogelen waar het fout was gegaan.

Misschien is hij naïef, maar hij wil niet altijd op zijn hoede zijn, niet steeds over zijn schouder kijken. Hij wil niet uitgaan van het slechte in de mens, er is genoeg cynisme en achterdocht om hem heen. Die eigenschappen lijken bijna een voorwaarde voor wie wil vechten voor een betere wereld. Toch begrijpt Pino hun frustratie en verbetenheid; hun doel zal nooit bereikt worden, in ieder geval niet in één mensenleven. Pino wil niet verbitterd raken; hij wil vechten voor een betere wereld, maar tegelijk genieten van wat het leven hem te bieden heeft. Geen makkelijke opgave.

Hij moest echt even weg. Deze paar weken Thailand waren broodnodig. De combinatie van de stilte en het feesten moesten een nieuwe start inluiden. De vijf dagen retraite waren hem echter zwaarder gevallen dan verwacht, hij had het programma waarschijnlijk beter om kunnen draaien: eerst Koh Phangan en dan pas zitten. *La bionda* had hem er, zonder het te weten, doorheen gesleept. Het was zoveel leuker om zijn gedachten aan haar te wijden dan aan Alessandro.

Hoe hij zich zo had kunnen vergissen begreep hij nog steeds niet. Alessandro leek een lot uit de loterij, letterlijk. Eindelijk zouden ze de middelen hebben om de gemeenschappen rond de Middellandse Zee bewust te maken van de milieuschade die ze aanrichtten, en aan hen laten zien hoe het beter kon. Vanaf het begin waren er kleine irritaties, vooral over afspraken die Alessandro niet nakwam, maar die rationaliseerde Pino weg. Niemand is perfect, en als Alessandro ervoor zorgde dat ze een grote stap konden zetten, dan moesten ze zijn onvolkomenheden maar voor lief nemen. Giulia had het echter goed aangevoeld; zij had eigenlijk meteen door Alessandro's mooie praatjes heen geprikt. Achteraf bleek hij alles bij elkaar gelogen te hebben, en in plaats van geld mee te brengen had hij hun schaarse middelen ingezet voor zijn eigen doeleinden. Bovendien had hij hun zorgvuldig opgebouwde netwerk voorgoed beschadigd. Maar in plaats van naar Giulia te luisteren – en naar zijn eigen onderbuik, die steeds krachtigere signalen had afgegeven – kreeg hij juist steeds vaker ruzie met haar. Daar had hij nog het meest spijt van.

Dat ze helemaal opnieuw moesten beginnen, dat hun omgeving de vooroordelen bevestigd zag en ze een stelletje onnozele wereldverbeteraars leken, vond Pino tot daaraan toe. Tegenslag hoort erbij. Maar dat hij Giulia zo had gekwetst, terwijl ze al die tijd gelijk had gehad, viel hem zwaar. Dat hij zich door de belofte van geld om de tuin had laten leiden maakte het extra pijnlijk. Hij hoorde Giulia's terechte *I told you so*-donderspeech steeds opnieuw in zijn hoofd, en het sneed door zijn ziel. Het was niet de gemiste kans, het was het feit dat ze elkaars mening en intuïtie niet meer serieus namen dat het zo wrang maakte. *Hoe kunnen wij de wereld verbeteren, als we niet eens onszelf kunnen managen?* Dit was een dure en heel pijnlijke les. Pino had zich voorgenomen zich nooit meer te laten verblinden.

Een voornemen dat al snel sneuvelde toen *la bionda* hem aankeek met dezelfde geschokte blik, gevolgd door een verleidelijke glimlach. De twinkeling in haar blauwe ogen, haar volle lippen, Pino was even sprakeloos. Ze zag er nu nog aantrekkelijker uit: fris gedoucht, haar blonde lokken los op haar schouders, in het korte witte topje dat haar kleine borsten goed deed uitkomen. De navelpiercing, de gerafelde spijkershorts met de stevige kont en de sportieve benen: zo werden de dames niet gemaakt in Italië, en al helemaal niet op Sicilië.

Maar wat stond hij daar nou? Tijd om op haar af te stappen.

'Hi, ik ben Pino. Zoals je kunt horen heb ik ook een stem, en ik ben heel benieuwd naar de jouwe.'

Ze stonden beiden tegen de reling, terwijl de wind met hun haren speelde. Susanne schoot in de lach. In haar ooghoek zag ze dat Leonie zich omdraaide. Die was net zo verbaasd dat de man waar Suus het de hele avond over had gehad hier opeens voor haar stond.

'Hi, ik ben Susanne.'

'Ik wil niet *tacky* overkomen, maar ik heb het gevoel dat ik jou al vrij goed ken. Ik wil graag ontdekken of al mijn ideeën en fantasieen over jou kloppen.'

Susanne was aangenaam verrast; behoorde hij tot die heel selecte groep Italianen die goed Engels spreekt?

'Fantasieën? Moest je niet aan niets denken, dan? Je moest je gedachten toch niet achternagaan maar je ademhalingen tellen?'

'Haha ja, dat was de bedoeling, maar de verleiding was te groot.'

'Echt? Ik had je sterker verwacht. Je leek zo ervaren.'

'Schijn bedriegt blijkbaar. Wat er in iemands hoofd omgaat is altijd een geheim. Als je je eigen gedachten al zo moeilijk onder controle kunt houden, hoe zou je die van een ander dan moeten kennen? Wat dacht je nog meer?'

'Ik dacht net dat ik jou niet het wielrennerstype vond.'

'Wielrenner? Hoezo?'

'Nou, een Italiaan met *la maglia rosa*, dat kan alleen maar een wielrenner zijn.'

'Haha, ik ben inderdaad een Italiaan, goed gezien! En ook goed gezien dat ik geen wielrennerstype ben. Dit is het shirt van de adelaren, van mijn favoriete voetbalclub Palermo. Die spelen altijd in roze en zwart. Ik ben geboren in Palermo en al mijn hele leven *tifoso*. Dus ik ben meer een voetballerstype, zoals nog wel een paar Italianen. En waar kom jij vandaan? Noorwegen of iets anders Scandinavisch?'

'Blond, dus Scandinavisch? Nou, in Nederland lopen er ook genoeg rond, hoor. Daar kom ik vandaan. Uit Haarlem om precies te zijn, dat ligt vlak bij Amsterdam, waar ik nu woon.'

'Natuurlijk, Nederlandse! Dat past inderdaad beter bij je, vraag me niet waarom. Hoe vond je de retraite?'

'Het was een idee van mijn vriendin daar,' wijzend naar Leonie.

'Het niet-praten vond ik tot mijn verbazing best prettig, maar ik was blij toen het stilzitten en ademtellen voorbij was. Ik heb zin in een feestje!'

Heden

Dat ging boven verwachting soepel. Gelukkig. Jezus, wat waren ze gespannen geweest. Maar hij was zo dronken dat Pino het ook in z'n eentje had kunnen doen. Als een mak lammetje liet hij zich meevoeren, en zijn vrienden hadden het niet eens door, die dachten waarschijnlijk dat hij even ging pissen.

Op de monitoren ziet Pino dat Nemo – de codenaam die ze gebruiken – langzaam ontwaakt en verbaasd rondkijkt. Dan dringt het met een schok tot Pino door: *alea iacta est*. Er is nu geen weg meer terug. Een rilling trekt door zijn lichaam. Hij denkt aan Susanne en Pipi en Luna. Hoe zouden zij hem zien? Als een held, een lafaard, een ideologische gek? Pino weet dat dit avontuur heel slecht kan aflopen, maar zijn interne strijd heeft hij al geleverd. En nu hij Nemo daadwerkelijk in de kamer ernaast ziet, is er voor twijfel al helemaal geen plaats meer. Hij is de leider en moet geen zwakte tonen. De discussies zijn gevoerd en iedereen was het erover eens dat het middel extreem was, maar dat was het doel ook. Op een gegeven moment moeten er de gekken zijn die de status quo doorbreken. Met puur rationeel handelen is zelden vooruitgang geboekt. Pino hoopt dat Susanne hem kan vergeven, of liever nog, dat ze trots op hem zal zijn. Hij had het afgelopen jaar zo vaak op het punt gestaan om haar in te lichten over zijn plannen, maar hij was steeds tot de conclusie gekomen dat dat egoïstisch zou zijn. Hij wil haar niet opzadelen met zo'n dilemma, haar niet dwingen te kiezen tussen hem en de toekomst van de wereld. Dit offer moet hij zelf brengen en hij hoopt vurig dat het tot een goed einde zal komen.

Hoofdstuk 2

1995 – Palermo, Port Harcourt, Haarlem

Simone en Antonella keken elkaar aan. *Waar haalt die jongen het toch vandaan?* Simone kreeg genoeg vreemde snuiters in zijn kappersstoel en luisterde de hele dag naar de meest uiteenlopende verhalen. Maar die speelden zich vrijwel altijd af binnen de grenzen van Palermo of op het voetbalveld. 'Hun club' bestond bijna honderd jaar en speelde nog steeds Serie B, maar niet als het aan de *rosaneri* lag. Terugkeren naar de Serie A was de grote droom voor de oudste club van het eiland. Voor Simone was knippen bijna bijzaak. Natuurlijk; ook de Siciliaanse mannen zijn ijdel en willen dat hun haar goed zit, maar als je als kapper in deze buurt geen zin hebt om over voetbal te praten, duurt een uur heel lang. Bovendien missen de klanten dan een luisterend oor voor hun scherpe analyses.

Giuseppe – die alleen door zijn ouders nog zo werd genoemd, de rest hield het eerst op het verkleinende Giuseppino en daarna op de afkorting daarvan: Pino – was over een totaal ander onderwerp begonnen: zijn theorie over het vliegtuig dat in 1980 op weg naar Palermo was neergestort in de buurt van het eilandje Ustica, dat ook zijn naam zou geven aan het internationale schandaal dat op de crash volgde.

Met zijn twaalf jaar verraste Pino zijn ouders, broer en zus regelmatig met hersenspinsels en inzichten. Niet dat hij niet van voetbal hield. Palermo was ook zijn favoriete club en als hij met zijn vader en grote broer Sandro meeging naar het stadion, was hij het fanatiekst van allemaal en zong uit volle borst met de andere *tifosi* mee. Maar voor Pino was er meer in het leven dan alleen voetbal.

Het kon soms heel vermoeiend zijn als Pino maar door bleef gaan. Als jongste kind kreeg hij echter veel ruimte, en als zijn ouders eerlijk waren: het zorgde wel voor afwisseling. Bedreigde diersoorten en de maffia waren Pino's favoriete onderwerpen. Simone en Antonella hoopten maar dat hun Giuseppe dat laatste binnenskamers hield, want er openlijk over praten kon ongemakkelijke situaties opleveren.

Pino verslond de berichtgeving rond de moorden in 1992, op zijn helden Giovanni Falcone en Paolo Borsellino, de dappere en vasthoudende onderzoeksrechters. Ja, ze waren vermoord door de maffia, maar wie had de opdracht gegeven? Premier Andreotti? Pino was ervan overtuigd. Andreotti deed het voorkomen alsof hij geen banden had met de maffia, terwijl hij gewoon gefotografeerd was toen hij tussen twee maffiakopstukken in zat te dineren!

Pino had als kind al weinig op met de gevestigde orde. Hoe kon je vertrouwen op de grote bazen als zij zelf verantwoordelijk waren voor de moord op rechters of politiemensen, of toestonden dat natuurgebieden vernietigd werden, zodat Pino's geliefde schilpadden uitstierven? Waarom zou iemand de wereld minder mooi willen maken en de slechte mensen hun gang laten gaan? Pino kon er met zijn hoofd niet bij.

Aan tafel raakte Pino op dreef. 'Jullie denken toch niet dat dat vliegtuig, dat zonder waarschuwing uit de lucht is gevallen, last had van motorproblemen? Als er iets misgaat in de cockpit, dan geeft de piloot dat door. Het is nu al vijftien jaar geleden en nog steeds weten we niet precies wat er gebeurd is. Maar er waren toch allerlei andere vliegtuigen in de buurt? Dit kan alleen maar betekenen dat de grote leiders hebben besloten het geheim te houden. Ze weten dondersgoed wat er gebeurd is, maar ze houden elkaar de hand boven het hoofd. Je zou toch verwachten dat de baas van

Italië alles zou doen om erachter te komen waarom er meer dan zeventig Italianen zijn gestorven? Stel je voor dat ik in dat vliegtuig had gezeten, dan hadden jullie toch ook willen weten wat de crash heeft veroorzaakt?'

'Oké, Giuseppe, misschien heb je gelijk. Maar zoals je zegt: het is meer dan vijftien jaar geleden, laten we ons maar met belangrijkere zaken bezighouden,' zei Simone vermoeid.

'Belangrijkere zaken? Waarom hebben we dan mensen die ons zogenaamd vertegenwoordigen? Die zijn er toch om ons te beschermen? Ik denk bijvoorbeeld dat Berlusconi...'

'Giuseppe! Klaar nu! Laten we alsjeblieft even genieten van het eten dat je moeder heeft gemaakt.' Hoofdschuddend zette Simone zijn vork in de verse pasta.

~

Zittend in zijn tuin vroeg Johan zich af of het leven op een compound nou heel beperkt of eigenlijk juist heel relaxed is. Het lijkt benauwend klein, maar is het uiteindelijk werkelijk zo verschillend als het leven in een ander, minder gevaarlijk, land? Hoeveel verplaats je je nou als je in een dorp in Nederland woont?

Hij keek om zich heen en zag het heerlijke zwembad, waarin een hoogzwangere Claire zat te poedelen met Olivier. Hij zag een weelderige tuin, gedrapeerd om een comfortabel huis, onder een altijd uitbundig schijnende zon. Met tweeduizend mensen was de compound een samenleving op zich, met restaurants, scholen, winkels, een bioscoop, een sportschool en een golfbaan. Veel meer had je niet nodig; helemaal met kleine kinderen is het een prima way of life. Alleen het gemis van familie en vrienden is een issue. Ze bellen wel regelmatig en Claire stuurt hun ouders brieven met foto's, maar eigenlijk versterkt dat juist het besef dat je niet bij elkaar bent. Johan is blij met de afleiding van zijn baan, en dat Claire inmiddels een paar goede vriendinnen heeft gevonden.

Afleiding was trouwens zacht uitgedrukt: buiten de muren van de compound was het leven aanzienlijk minder strak georganiseerd en overzichtelijk. De mogelijkheden voor Shell als aandeelhouder in de SPDC, de Shell Petroleum Development Company, zijn enorm in Nigeria. De hele wereld heeft olie nodig en dus kan zowel Nigeria als Shell er goed aan verdienen.

Olie winnen is voor velen belangrijk, maar het brengt ook grote problemen met zich mee. 1 miljoen *barrels* per dag is een enorme hoeveelheid, en het productieproces is niet honderd procent te controleren. Lekkages in de ellenlange pijpleidingen zijn niet te voorkomen. *Kan Shell er wat aan doen dat de lokale bevolking olie probeert af te tappen en er daardoor enorme verspilling is? De olie is van zulke hoge kwaliteit, zo dun, dat je het bijna niet hoeft te raffineren. Als je het aftapt, kun je het gewoon gebruiken. En dat proberen mensen op grote schaal. Is het Shells schuld als het fout loopt? Wij kunnen toch niet elk stukje pijpleiding verdedigen? De leiding van het land verdient er flink aan, iedereen zorgt goed voor zichzelf. En iedereen weet van de bruine enveloppen die er over en onder de tafel heen en weer geschoven worden, maar daar mag je niet over praten. Het hoort bij het zakendoen in Nigeria. Is het goed of fout als je dit spelletje meespeelt? Is het de taak van Shell om scholen of de watervoorziening te regelen? Dat is toch aan de overheid?*

Buiten de muren van dit gemanicuurde paradijsje was het leven een stuk ruwer. Laatst waren er nog twee Australische helikopterpiloten gekidnapt. Gelukkig vermoordden ze witte mensen niet snel, maar het waren drie heel angstige weken – met name voor de piloten natuurlijk, maar ook Johan sliep slecht. Het was koorddansen tussen de belangen van de piloten, die van Shell en die van de overheid, terwijl de ontvoerders de druk alleen maar opvoerden. Natuurlijk stond de behouden terugkomst van de piloten voorop, maar ook de veiligheid van alle andere piloten en werknemers moest worden gewaarborgd. Als bleek dat er makkelijk geld te halen was bij Shell door iemand te ontvoeren, dan kon je wel verzinnen wat er ging gebeuren. De policy was daarom dat er nooit losgeld betaald zou worden. Dat was geen geldkwestie, want Shell was net als alle grote bedrijven verzekerd tegen kidnappings. Het ging om de continuïteit van de operatie. Werknemers die verdwenen zorgden voor enorm veel onrust. En als ontvoeringen schering en inslag zouden worden, zou het gezellige dorpje nog meer in een fort veranderen, wat het moeilijk zou maken om in de toekomst goed personeel te vinden.

Ook de overheid zat niet te wachten op dit soort strubbelingen, al waren de lijnen daar wat waziger. Dat er in dit land *Community Liaison Officers* waren, zei genoeg. Die onderhandelden bijvoorbeeld over te bouwen schooltjes en andere voorzieningen, maar werden daar zelf ook niet slechter van. Het waren ook CLO's geweest die ervoor zorgden dat de piloten vrijkwamen; niet tegen concreet losgeld, maar wel in ruil voor allerlei toezeggingen. Het was uiterst dubieus. Gelukkig zat ProtOil, dat de werknemers en fabrieken van Shell beveiligde, ertussen en hoefde Shell zelf geen handen vuil te maken. Johan vond het de beste oplossing: de piloten waren terug, er werd weinig ruchtbaarheid gegeven aan de zaak en de schade voor Shell bleef beperkt.

Heden

Logistiek is het onnodig om zelf in Italië te zijn, maar op dit cruciale moment moet Pino vooroplopen, weet hij. Zijn nek zit nu ook in de strop: ontkennen zou nooit meer kunnen. Hij was met de auto gekomen en had de benzine cash betaald, om zo min mogelijk sporen achter te laten, maar zijn alibi zou zwak blijken, mocht er ooit iemand echt gaan graven. Dit is het verschil tussen de kip en het varken: als je voor je ontbijt eieren met spek eet, is de kip betrokken en het varken *committed.* Pino is nu duidelijk het varken. Dit zou zijn leven definiëren, hij zou een leven ervóór en een leven erná hebben. Pino weet niet of het hem met trots zou vervullen – dat hangt natuurlijk af van de afloop – maar hij is taoïst genoeg om te weten dat hij vrede zou moeten hebben met eender welke uitkomst. Er zijn te veel factoren van invloed en hoe zorgvuldig hij alles ook uitdenkt en hoeveel scenario's hij ook verzint, de afloop heeft hij niet onder controle.

Hij had er lang en diep over nagedacht, maar dat had geen bevredigend antwoord opgeleverd. Pino wist dat hij op een gegeven moment actie moest ondernemen. Dáár zou hij later op afgerekend worden, niet op de verheven intenties die hij koesterde. Waar Pino mee worstelt is de vraag of hij zo wel een spontaan en onvoorwaardelijk leven leidt, een leven in overeenstemming met de Tao. Hij wil zijn weg, zijn eigen natuur, niet opleggen aan anderen, die hebben immers hun eigen weg te gaan. *Wu-wei*: niet forceren, met de nerf mee zagen, niet ertegenin; met de stroom meebewegen, niet ertegenin.

Zo op het eerste gezicht is deze hele operatie natuurlijk een enorme inbreuk op het leven van velen, en op dat van een paar individuen in het bijzonder. Hoezo accepteren wat er is? Daarom voelt hij zich ook zo onrustig: hij doet de status quo geweld aan. Tegelijkertijd is alles aan constante verandering onderhevig. Dit onomstotelijke gegeven maakt elke status quo een illusie. En zo had Pino zichzelf kunnen overtuigen dat dit wél een juiste stap was. Het is maar vanuit welk gezichtspunt je de situatie bekijkt. De boom die in de rivier valt en daardoor de stroom een andere kant op stuurt, hoort ook bij de natuur. Als je aan ziet komen dat de boom gaat vallen, is het dan goed om hem om te zagen of moet je het laten gebeuren? Het vallen is de natuurlijke weg, maar wat als je kind onder die boom speelt? Je handelen of niet-handelen heeft sowieso consequenties. Pino ziet een boom die dreigt om te vallen en veel schade zal aanrichten. En hij voelt dat het aan hem is om daar iets tegen te doen. Hij is niet voor niets op dat moment bij die boom; hij volgt zijn natuur en zal voorkomen dat de boom omvalt. Dat is waar Pino mee bezig is, alleen op een heel grote schaal: voor hem is het voortbestaan van de mensheid in het geding. Als je tegen een vernietigende kracht ingaat, betekent dat dan jij met de stroom meegaat? Daar gaat hij dan maar van uit.

Hoofdstuk 3

Lente 2019 – Haarlem, Den Haag, Wassenaar

Terwijl Susanne het prakje rond de mond van Luna weg lepelde om het een tweede kans te geven, hoorde ze de voordeur opengaan en met een harde knal dichtgeslagen worden. Luna, stevig ingesnoerd in de hoge kinderstoel, draaide haar hoofd met een ruk om en keek vol verwachting wie er de keuken binnen zou komen. Susanne wist dat het alleen Pino kon zijn, maar keek met spanning uit naar *hoe* hij binnenkwam. De laatste tijd was Pino allesbehalve relaxed: snel geïrriteerd en humeurig. Zo kende zij hem eigenlijk niet. Als rechtgeaarde Italiaan liggen zijn emoties meer aan de oppervlakte dan bij haar Nederlandse vrienden, maar dat vindt ze vaak juist aantrekkelijk. Pino gaat altijd op in het moment en dat gaat gepaard met het slaken van luide Italiaanse kreten bij een gemiste kans in een voetbalwedstrijd, een sukkel in het verkeer of de eerste hap van een goed klaargemaakte risotto. Bij Pino is het nooit gissen wat hij ergens van vindt. Maar dit was anders, dit zat dieper. Het was voor Susanne deze keer moeilijk te bepalen wat er met Pino aan de hand was. Dat vond ze lastig om mee om te gaan; wat moest ze doen om hem te helpen?

En zo zag Pino bij binnenkomst in de keuken twee verschillende uitdrukkingen op de gezichten van de twee belangrijkste vrouwen in zijn leven; de een had lachende pretoogjes, een wijd geopende kirrende mond besmeurd met appelmoes; de ander peilende ogen boven haar heerlijke glimlach.

'*Ciao tesoro.*'

'Dag schatjes van me.' Zijn accent was onmiskenbaar, maar Pino behoorde tot de selecte groep Italianen die zijn talen wel goed beheerst. Zijn Engels is vloeiend en zijn Nederlands bijna. De moeite die Pino zich had getroost om haar moedertaal onder de knie krijgen, een taal waar je buiten de pieren niet veel aan hebt, had Susanne terecht opgevat als een teken van grote liefde voor haar. Pino kon moeiteloos meepraten in ieder gezelschap en begreep zelfs de meeste grappen. Het ging een beetje ten koste van het Italiaans van de kids, maar als pa in het Italiaans tegen ze praatte, wisten ze heel goed waar het over ging, en ook met *nonno* en *nonna* in Palermo konden ze gelukkig redelijk goed communiceren.

'Sorry voor de voordeur, hij glipte uit mijn handen. Waar is Pipi?'

Hun oudste zoon, alweer bijna vier, was naar hem vernoemd, en Pipi was de koosnaam van de koosnaam Pino geworden. In het buitenland kon het noemen van Pipi's bijnaam weleens wenkbrauwen doen fronsen of juist voor vrolijke situaties zorgen, maar de naam had zich stevig genesteld.

'Waar denk je? Op jouw iPad natuurlijk. Ik heb mijn handen vol aan het voeden van deze hier, en dan heb ik hem er liever even niet bij. Hoe was het vandaag?'

'Ik ben er af en toe zo klaar mee. Het is, hoe zeggen jullie dat, vegen met de kraan open?'

'Dweilen.'

'Dweilen ja. Natuurlijk ben ik blij dat ik iets kan betekenen voor de natuur, maar ons armzalige budgetje moet opboksen tegen de miljarden van de grote industrieën. Die blijven maar geld pompen in het leegtrekken en vervuilen van onze planeet. Ik trek het echt af en toe niet meer. Zo'n Exxon heeft simpelweg de policy om nooit te settelen. Als je honderden miljoenen uitgeeft aan advocaten, maar je hoeft daardoor geen miljarden uit te geven aan boetes of compensatie, vinden de bestuurders dat ze goed bezig zijn voor hun aandeelhouders. Zelfs de overheid denkt twee keer na voordat ze het gevecht met die kolossen aangaat. Kijk naar die ramp bij

Valdez: Exxon blijft de boel maar vertragen, het is nu al 35 jaar geleden! En dan mag ik een schilpadje het leven redden. *Sono veramente stufo!*'

Pino had zich die middag zo machteloos gevoeld na de zoveelste melding van de gigantische winsten van Shell. Die verdienen ze met hun fossiele brandstoffen, terwijl ze voor de bühne verklaren hoe goed ze wel niet bezig zijn met de energietransitie. Maar dat betreft maar een tiende van hun investeringen. En dat terwijl Shell zelf nota bene meer dan dertig jaar geleden al een filmpje maakte, *Climate of Concern*, over de ernstige gevolgen van fossiele brandstoffenwinning voor het milieu en dus voor de mensheid. *Ze weten al die tijd heel goed waar ze mee bezig zijn en tóch gaan ze maar door met hun schadelijke praktijken. Shell pronkt met zijn kernwaarden – eerlijkheid, integriteit en respect voor mensen – maar ik ben toch niet de enige die door deze huichelarij heen prikt?*

Zijn hele leven al probeert Pino de wereld een stukje beter maken, probeert hij het verschil te maken, eerst als vrijwilliger, daarna met zijn eigen bedrijfje. Maar wat heeft hij nou eigenlijk bereikt? Bar weinig. De krachten om hem heen zijn zo veel sterker. Hij had verwacht dat het Wereld Natuur Fonds hem meer in staat zou stellen om concreet dingen te verbeteren, maar ook daar werd hij steeds geconfronteerd met alle ellende die de mens aanricht. Alle rapporten, alle waarschuwingen over uitsterven, watertekorten, overstromingen en vervuilingen maken hem moedeloos. De eerste jaren in Nederland waren heerlijk en nog steeds hebben hij en zijn gezin het goed samen, maar het gevoel tekort te schieten begint echt aan Pino te knagen.

'Wat kun je dan nog meer doen? Je werkt fulltime voor het verbeteren van de wereld. Dat is meer dan de meesten van ons kunnen zeggen. Je doet al zo veel.'

'Kennelijk niet genoeg. De grote oliejongens gaan maar door. Ze voelen de pijn niet. Integendeel: ze blijven hun zakken vullen en wij géven ze dat geld. Niet alleen wij als consument of industrie, nee, ze krijgen ook nog eens miljarden subsidies van de overheid! Miljarden! De wereld blijft hun manier van werken, hun plunderen, belonen, dus waarom zouden ze veranderen? Stel je eens voor dat ons fonds een miljard zou krijgen; wat we dan wel niet allemaal zouden kunnen doen.'

'Pappa!' Pipi stormt binnen en springt in zijn armen. Pino kan hem nog net opvangen en tilt hem in één moeite door boven zijn hoofd.

~

Ze stroomden allemaal de boardroom uit, maar Johan bleef nog even zitten. Dit was zijn eerste Board of Directors-meeting als CEO van Shell, een moment om even bij stil te staan. Als iemand hem zes maanden geleden had gezegd dat hij hier nu zo zou zitten, had hij hem vierkant uitgelachen.

Pim van Leeuwen zat al vijf jaar stevig in het zadel en zou daar voorlopig ook blijven. Althans zo leek het, zelfs voor ingewijden, waar Johan zichzelf toe rekende. Shell had pas sinds 2004 een CEO. Pim had Ethan Fletcher opgevolgd, die vrij onverwacht vertrok om meer bij zijn familie te kunnen zijn. Toen bleek dat ook bij Pim veel gebeurde op het thuisfront, vond hij het na 33 jaar Shell opeens genoeg. Hij had bijna alles bereikt wat hij er kon bereiken, bijna, want het 'project Shell' was nooit klaar. Wat zou de meerwaarde zijn van nog een extra vijf jaar, als hij daarmee de mensen die hij liefhad niet zou bijstaan op de momenten die ertoe doen? Tijdens de kerstdagen had Pim de knoop doorgehakt. Daarna was het snel gegaan, zodat alles klaarstond voor de jaarlijkse aandeelhoudersvergadering op 21 mei.

Johan had amper tijd gehad om te speculeren wie Pim zou opvolgen. Natuurlijk had hij zichzelf ook wel een kans toegedicht, zoals elke kardinaal altijd een kans heeft om de nieuwe paus te worden. Maar dit moment kwam in zijn ogen net te vroeg, en hij zou na Pim weer een Nederlandse CEO zijn. Enkele dagen nadat Pim hem had verteld over zijn beslissing, was Johan op een zondagmiddag gebeld. Dat dit over de telefoon werd besproken gaf wel aan hoeveel haast erachter zat. Johan herinnerde zich die middag en het korte gesprek met Bradley Williams, Brad, de Chairman van Shell, nog precies. Brad, met zijn directe Amerikaanse stijl en dito accent, verspilde weinig tijd: 'Hi Johan, Brad Williams hier. Tref ik je thuis?'

'Hey Brad, wat een verrassing. Ja, ik kom net binnen na een dramatisch rondje golf, haha.'

'Ach ja, dat hoort erbij. Johan, ik had je liever face to face gesproken, maar aangezien we veel moeten regelen, verlies ik liever geen tijd. En we zullen elkaar nog genoeg zien. We zijn als Board namelijk tot de conclusie gekomen dat jij onze nieuwe CEO moet worden.'

De rillingen golfden van Johans kruin helemaal tot in zijn voeten. Hij kon even niet meer uitbrengen dan: 'Wow, Brad!'

'Je bent wel weer een Nederlander – dat hadden we liever anders gezien – maar dat kan ik jou moeilijk kwalijk nemen. Jouw internationale ervaring bij Shell, je klinkende resultaten en je persoonlijkheid maken je op dit moment de juiste man voor de job.'

'Nou, dit komt nogal als een verrassing, Brad – een heel prettige verrassing mag ik wel zeggen! Ik zie het als een eer om Shell samen met jullie naar de volgende fase te loodsen en alle uitdagingen het hoofd te bieden.'

'Dat is goed om te horen, Johan, wij hebben het volste vertrouwen in je. Laat het even bezinken. Bespreek het natuurlijk met Claire, maar houd het verder nog even voor je. Alleen de Board weet het en we willen pas naar buiten treden als we alle communicatie goed hebben klaarstaan. Ik ga nu een paar van je collega's bellen die er waarschijnlijk meer op gerekend hadden dan jij, en zeggen dat ze nog even moeten wachten. We hebben morgen weer contact. Zie je snel.'

'Dank Brad, voor het vertrouwen. Tot snel.'

Johan was een halfuur roerloos blijven zitten, als in een roes. Híj´, Johan Dijkhuizen, de CEO van Shell. Ongelofelijk. Het was zijn ambitie geweest, maar hoeveel andere capabele mannen en vrouwen liepen er niet rond binnen dit gigantische bedrijf? Er zouden genoeg hobbels komen, maar nu kon hij alleen maar genieten van het feit dat hij de baas ging worden van zo'n wereldspeler. Hij kon echt een verschil gaan maken.

Hij dacht aan alle stappen in zijn dertigjarige carrière binnen Shell, wat was hij toch een bevoorrecht mens! Claire en de jongens waren een groot onderdeel van zijn succesvolle loopbaan. Dat zijn thuissituatie zo stabiel was werkte in zijn voordeel, daar was hij van overtuigd. Olivier was net begonnen aan zijn eerste baan, Paul was bijna afgestudeerd en Lucas deed volgend jaar eindexamen. Claire was blij om weer in Nederland te wonen. De kans dat zijn familie een risico zou vormen voor zijn functioneren bij Shell was verwaarloosbaar, sterker nog, het hielp hem juist. Hij sprong opgewonden op. 'Claire! Waar ben je?'

Heden

Het is tijd om weer naar huis te rijden, hier kan hij niets meer betekenen. Ondanks dat ze elkaar hebben en al zes jaar samenwonen zal het niet makkelijk worden voor Giulia en Marco. Ook voor hen geldt dat het verschil tussen een plan en de werkelijkheid levensgroot is. Pino is blij dat hem de organisatorische en communicatieve taken ten deel vallen. Die zullen ongetwijfeld veel vragen van zijn stressbestendigheid, creativiteit en doortastendheid, maar hij kijkt er op een bepaalde manier ook naar uit. Inmiddels is het al twee jaar geleden dat het zaadje was geplant: op een avond dat hij weer eens zwaar gedesillusioneerd thuis was gekomen in een vredig tafereel met Suus en de kinderen. Hij realiseerde zich hoezeer zijn twee werelden gescheiden waren en juist daarom met elkaar samenhingen. Hoe fijn was het thuis, hoe veilig? De zorgen die je daar had waren haast triviaal. Echter, eenmaal buitenshuis werd hij overspoeld, bijna overmand, door de enorme problemen die de wereld teisterden, met zo weinig uitzicht op verbetering. Die avond in bed besefte Pino dat die fijne omgeving gevaar liep door de onomkeerbare processen in de buitenwereld. Die avond in bed had hij besloten om niet langer machteloos toe te kijken. Wie denkt dat kleine dingen geen verschil kunnen maken, heeft nog nooit in een kamer geslapen met een zoemende mug. En hoeveel machtiger was hij wel niet dan een mug? Oké, hij liep kans om te eindigen als een rode veeg op de muur, maar het niet eens proberen was nog veel erger. En net als de mug moest hij gericht te werk gaan: daar toeslaan waar het bloed zit, en vervolgens gebruikmaken van het licht dat aangaat.

Pino pakt zijn telefoon en opent Signal. Die app is veiliger dan WhatsApp, omdat je onder meer kunt instellen dat een bericht dertig seconden na het lezen verdwijnt. Hij stuurt Aba het Nederlandse bericht: 'Laat de duif maar los'. Aba was speciaal naar Keulen gereden om daar de eerste brief op de bus te doen. Hij had de brief en het adreslabel uitgeprint op een van de meest gangbare modellen printers en alles slechts aangeraakt met gehandschoende vingers.

Aba had niet veel overtuiging nodig. Pino's oude maat was eigenlijk meteen enthousiast. Hij was zijn rampzalige jeugd in Ogoni-territory in Nigeria ontvlucht. Waar olielekkages massale vissterfte hadden veroorzaakt, de drinkwatervoorziening hadden geruïneerd en in de velden waren gesijpeld, waardoor de oogsten verschrompelden. De omgeving werd verwoest, terwijl de rijkdom van hun land werd verscheept. Dit grote onrecht, waar Shell een van de aanstichters van was en dat werd gedoogd door de Nigeriaanse regering, had diepe sporen nagelaten. De woede kwam tot een hoogtepunt toen Ken Saro-Wiwa, een vreedzame schrijver en activist uit Ogoni, die tegen dit onrecht streed, samen met acht anderen werd opgehangen.

Toen Aba in Italië een leven probeerde op te bouwen, was vergelding zijn sterkste drijfveer. Na allerlei omzwervingen was hij in Palermo terechtgekomen, waar hij Pino tegenkwam, die meteen door hem geïntrigeerd was. Pino had hem een baantje bezorgd bij de gemeente en ze werden vrienden.

Aba heeft de meest treffende naam die Pino ooit heeft gehoord. In licht aangeschoten toestand heeft hij een keer opgebiecht waar zijn volledige naam, Abayomrunkoje Oni, voor staat, beducht als hij is voor de kracht ervan. Zijn veelvoorkomende achternaam betekent 'geboren op heilige grond'. Daarom zit de pijn zo diep: hij is een kind van de aarde van zijn voorouders, die zo geschonden is door die vieze smurrie overal. Zijn onuitspreekbare voornaam betekent 'God laat geen vernedering toe'. Deze bijzondere combinatie van namen kon niets anders voortbrengen dan een man die tot het uiterste gaat om het gedane onrecht te vergelden en verder leed te voorkomen.

Aba hoeft geen Nederlands te kennen om het afgesproken woord 'duif' te herkennen. Dit is zijn point of no return. Daar staat hij dan bij een brievenbus, geen camera te zien. Dit gaat heel groot worden, weet hij. Hij schaamt zich voor zijn trillende vingers, die gelukkig niemand ziet. Met zijn handschoenen aan haalt hij de brief uit zijn schoudertas. Hij haalt diep adem, sluit zijn ogen, voelt de knoop in zijn maag. Dan opent hij zijn ogen en duwt resoluut de brief in de spleet van de gele bak.

Hoofdstuk 4

Herfst 2019 – Haarlem, Wassenaar

'Aba!' Ze liepen alle drie op hem af en stevige omhelzingen volgden weer, zoals een uur geleden op Schiphol, waar Pino zijn Italiaanse vrienden afhaalde. Het weerzien doet iedereen goed en Aba moest moeite doen om weer te wennen aan het Italiaans dat nu door elkaar gesproken werd.

Ze zaten helemaal achter in San Blas, een hippe houten tent op het strand van Bloemendaal. Op deze druilerige dag was het heel rustig en hun hoek was afgescheiden van de rest. Giulia en Marco zouden de avond doorbrengen bij Pino thuis en Aba moest zichzelf maar vermaken. Pino had uitgelegd dat ze beter niet de hele tijd samen konden zijn, wat hij later wel zou begrijpen.

Als de drankjes zijn besteld en de thuissituaties kort besproken, richtten ze zich naar Pino. Het was immers niet de belofte van een verse gemberthee die hen af deed reizen, maar een mysterieus revolutionair project, waar hun hulp bij nodig was. Giulia had een hekel aan vaagheid en normaliter zou ze afknappen op zo'n onduidelijk verhaal, maar dit was Pino. Ze hadden samen al zo veel meegemaakt, dat ze wist dat hij dit niet zonder reden zo zou doen. En ze had de urgentie in zijn stem gehoord. Marco behoefde niet veel overreding; zijn nieuwsgierigheid kent geen grenzen.

Bovendien was een paar dagen in Nederland een aantrekkelijk vooruitzicht. Ze had zin om Pino weer te zien, en ook Susanne en de kleintjes. Ze kon zich nog goed voor de geest halen hoe Pino terugkwam uit Thailand, waar hij na het debacle met Alessandro naartoe was gevlucht: helemaal verliefd op een mooie blonde dame uit het noorden. Er was geen houden meer aan geweest. En het was ook goed voor hem om met een schone lei elders te beginnen. Zo zie je maar weer, slechte ervaringen kunnen gunstige gevolgen hebben. Het had goed uitgepakt – Giulia was peettante van die schattige Luna, en kreeg regelmatig foto's en updates opgestuurd – al had ze nog steeds moeite om de vrije vogel Pino in het keurslijf van het Wereld Natuur Fonds te zien.

Dat Aba er ook bij was stemde haar vrolijk. Ze had hem lang niet gezien. Ze was benieuwd naar zijn baan bij de Europese Unie.

'Oké guys, waarom zijn jullie hier? Ik ga jullie vragen aan iets mee te werken, wat niet zonder gevaar is, compleet illegaal, *life changing* en hopelijk *world changing*. Het is heel veel wat ik van jullie wil vragen, maar ik zou dat niet doen als ik niet zou weten dat jullie dit aankunnen en in principe ook graag willen. En ik kan het niet in m'n eentje.'

'Lekker, Pino, schiet nu maar op.'

'Rustig, Marco, je weet het zo. Maar ik wil toch even schetsen waar ik vandaan kom. Zoals jullie weten probeer ik al mijn hele leven de wereld een beetje beter te maken. Dat is met ups en downs gegaan en soms ben ik verblind geweest door mijn verlangen,' Pino kijkt Giulia aan, 'en luisterde ik niet goed. Een andere reden dat ik jullie nodig heb.'

Giulia knikt langzaam.

'Maar goed, ik ben tot de conclusie gekomen dat het mij en de wereld te langzaam gaat. Wij zitten maar te rommelen in de marge. Leuk hoor, Gandhi met zijn "*Be the change you want to see*" en dus gaan we minder vliegen en geen vlees meer eten, maar zo laten we ons alleen maar gek maken. De arme burger wordt een schuldgevoel aangepraat, terwijl de hoge heren van alle vervuilende industrieën gewoon doorgaan met hun verwoestende praktijken. Neem Shell, verantwoordelijk voor 2 procent van de wereldwijde uitstoot van CO_2; dié moet je aanpakken! Dát maakt een verschil! Niet onze pathetische individuele pogingen. Besluiten om daar niet meer te tanken werkt alleen maar als iedereen het doet. Ze moeten gedwongen worden te veranderen. Gedwongen worden om de miljarden die ze verdienen te investeren in een toekomst van schone energie. En niet de schamele 10 procent die ze nu doen. Shell weet al sinds de jaren '70 dat ze schade berokkent aan het milieu en heeft in 1991 zelfs een 28 minuten durende, overtuigende film gemaakt, *Climate of Concern*, die duidelijk vertelt wat de risico's zijn en dat ze vooral tóén had moeten handelen. En wat heeft Shell gedaan? Helemaal niets! Het filmpje is later weggemoffeld, maar nog steeds te zien op YouTube. Ik zal het zo laten zien. Aba heeft zelf aan den lijve ondervonden wat de gevolgen zijn van de acties van Shell. De schade en kosten vallen in Ogoni-territory en de winsten gaan naar Den Haag.'

'Precies!' valt Aba bij.

'Maar wat kunnen wij dan beginnen tegen Shell?' vraagt Giulia.

'Nog even geduld, daar kom ik zo op. In Nederland is Milieudefensie een rechtszaak begonnen tegen Shell, na het succes van Urgenda tegen de staat. Daar weten jullie van. Maar voordat dat resultaten oplevert zijn we alweer vele jaren verder. Vorig jaar is in Engeland een club ontstaan die Extinction Rebellion heet. Met als leus "*tell the truth, act now*". Dat raakt me. De mensen moeten weten wat een bedrijf als Shell aanricht en we moeten nú handelen!'

'Moeten wij ons daar dan bij aansluiten?' vraagt Marco.

'Daar heb ik ook even aan gedacht, maar het lijkt me beter van niet. Voor wat ik van plan ben kunnen we beter zo veel mogelijk onder de radar blijven. Wat Extinction Rebellion wil gaan doen is vooral burgerlijke ongehoorzaamheid en kijken hoe ver je dat kan oprekken. Ik wil veel verder gaan.'

'Jezus, Pino, kom op. Wat ben je in hemelsnaam van plan?' Marco zit op het puntje van zijn stoel.

'Ik probeerde te verzinnen hoe we Shell echt kunnen raken. Een pijpleiding opblazen of een raffinaderij in de fik steken, als we het al zouden kunnen, is slechts een tijdelijke financiële tegenvaller en daarna is het weer business as usual. In mijn optiek moeten we daarom de leiders zelf direct raken. De CEO neerschieten...'

'*Che cazzo,* Pino! Doe effe normaal!'

'Nee, Giulia, natuurlijk niet. Ik wilde zeggen dat dat geen zin heeft, dan neemt simpelweg de volgende zijn plaats in. Dus hoe kan je het bedrijf echt raken zonder een CEO te vermoorden?'

Ze kijken hem vragend aan.

Pino ademt diep in. 'Door een familielid te ontvoeren.'

'Je bent echt helemaal gek! We zijn toch geen ordinaire misdadigers?' Marco schudt zijn hoofd. Aba en Giulia kunnen even niets uitbrengen.

'Nee, dat zijn we ook niet. We zullen het zo netjes mogelijk spelen en niemand pijn doen.'

'Haha. Moet je jezelf eens horen. We gaan iemand ontvoeren, maar we doen het wel heel netjes en niemand zal pijn lijden. Onder welke steen kom jij vandaan?'

'Oké, dat is misschien wat eufemistisch uitgedrukt. Maar dat er mensen pijn gaan lijden is onvermijdelijk. Dat gebeurt nu en in de toekomst op veel grotere schaal, of we er iets aan proberen te doen of niet. Laten we de verantwoordelijken voor de verandering eens wat laten voelen. Dat is de enige manier om ze in beweging te krijgen.'

'Dat ben ik helemaal met je eens,' zegt Aba. 'Als wij het steeds correct proberen te spelen zal er nooit wat veranderen. Dat doen zij immers ook niet. Ik heb geen enkel medelijden met die schoften, en als er wat onschuldige dierbaren in hun omgeving hier ook onder te lijden gaan krijgen, jammer voor ze. *Join the club*!'

'En wat zouden we dan van Shell gaan eisen, wat niet makkelijk terug te draaien is? Of gaan we miljarden losgeld vragen, die we nooit uit kunnen geven?' Giulia probeert ondanks haar eerste afkeer een stukje mee te gaan.

'Daar heb ik over nagedacht, maar dat heb ik nog niet helemaal uitgewerkt. Jullie moeten me daarmee helpen. Een belangrijk onderdeel gaat zijn dat we de daden van Shell aan het licht brengen voor het grote publiek. In plaats van in het geniep Shell onder druk zetten, wil ik juist alles zo veel mogelijk in het openbaar doen zodat men ziet hoe fout en hypocriet Shell bezig is en is geweest. *Climate of Concern* zal daar een grote rol in moeten spelen.'

'Ga je een persconferentie geven?'

'Nee, Marco, dat ga ik niet. Dat was eigenlijk waar ik jouw knowhow voor in gedachten had. Jij bent onze IT-expert en je vertelt me al jaren over hoe geavanceerd tegenwoordig alle communicatie is. Jij gaat een manier van communiceren vervolmaken waarmee we niet alleen anoniem met Shell kunnen communiceren, maar ook met de hele pers.'

'O, dat had je in gedachten?'

'Kap nou effe met dat cynische, Marco. Ik kan jullie natuurlijk helemaal tot niets dwingen. Maar jij hebt zelf al meerdere malen aangegeven hoe gefrustreerd je bent met de grote bedrijven die maar doordenderen, de aarde verschroeid achterlatend, terwijl de elite zich schandalig verrijkt. Ja, het is radicaal wat ik voorstel, maar is nietsdoen niet veel radicaler als je ten diepste weet wat er op het spel staat?'

Stilte.

'Én je hebt me eens uitgelegd hoe je tegenwoordig anoniem kunt communiceren, terwijl je wel weet met wie je communiceert. Nou geef ik je de mogelijkheid om hier iets aan te doen. Wat zeg jij, Giulia?'

'Pfoe, toen je begon over mensen neerschieten en daarna ontvoeren, haakte ik even af. Ik weet het niet. Ontvoeren is echt een zware misdaad. Ik begrijp wel waar je vandaan komt, ik ben ook klaar met mijn machteloosheid. Ik hoor mezelf te vaak praten en dat klinkt dan lekker activistisch, maar wat doe ik werkelijk om onze kinderen een betere toekomst te geven? Als we het doen, hebben we het zelf in de hand, hebben wij de controle. We kunnen laten zien hoe het ook kan. Ik weet niet wat je van plan bent, maar ik wil wel proberen de hele kidnapping zo netjes mogelijk uit te voeren.'

'Inderdaad, alhoewel totale controle een illusie is, wil ik laten zien dat we welopgevoede, maar wel vastbesloten, medeburgers zijn. Ik wil een gedeelte van het grote publiek op onze hand krijgen. Naast dat, wil ik dat Shell domweg stopt met fossiele brandstofwinning. En voor mij is het klaar met woorden en plannen en futiele werkzaamheden. Ik wil nu betekenisvolle actie ondernemen!'

Zelfs Marco is stil.

Iedereen probeert te verwerken wat er zojuist is voorgesteld. Giulia kijkt de tafel rond en ziet bij Marco dezelfde mix van ongeloof, opwinding en angst die ze zelf ervaart. Ze beseft dat het een volledig krankzinnig plan is, maar dat het ook de mogelijkheid in zich bergt om eindelijk écht iets te bewerkstelligen. Hiermee kunnen ze echt een verschil maken. Ze vraagt zich af of ze bereid is haar leven op te offeren voor waar ze ten diepste in gelooft. Het is een alles veranderend voorstel dat hier op tafel ligt.

Pino, nog nahijgend van zijn gloedvolle betoog en gespannen afwachtend hoe zijn vrienden zullen reageren op het idee waar hij de afgelopen maanden bijna onafgebroken op heeft gebroed, gaat door. 'Het is voor mij heel helder. Of we besluiten met zijn vieren dit te doen, of we doen het helemaal niet. *Senza rancore.* Ik weet dat wat ik van jullie vraag jullie levens dramatisch zal veranderen, dat het zware consequenties kan hebben voor jullie zelf en je omgeving. Maar ik kan dit alleen maar doen met mensen die ik honderd procent vertrouw. Je hoeft het niet eens uit te leggen als je het niet wilt doen. Even goede vrienden. Dan was dit slechts een mentale exercitie. Daarom wil ik ook niet dat jullie me nu meteen antwoorden. Ik wil niet dat jullie in deze opgeklopte sfeer zo'n verregaande beslissing nemen. Morgenochtend komen we weer bij elkaar. Gaan we samen geschiedenis schrijven? Ik zie jullie dan.'

~

Johan

Hij had niet gedacht dat het verschil zo groot zou zijn tussen lid zijn van de Executive Committee en de baas zijn van dit gremium. Als lid denk je dat je de beslissingen gezamenlijk neemt, maar nu weet hij dat de leden in de luwte opereren. Iedereen kijkt naar de CEO, zeker als je de poppen aan het dansen hebt. De buitenwereld weet niet eens wie de andere leden zijn. Shell was dan wel volgens het Angelsaksische model georganiseerd met zijn *one-tier board*, waar de uitvoerders en toezichthouders in één raad zitten, maar de CEO is het gezicht, die moet het uitleggen. Verschuilen is er niet bij. *Be careful what you wish for, you just might get it.* Johan is nog steeds blij en trots dat hij de absolute top van zijn geliefde Shell heeft bereikt, maar het is wel aanpoten. Claire en Lucas merken het ook: hij is een stuk minder thuis en als hij er is, zijn zijn gedachten vaak elders. Claire is natuurlijk ook trots, maar het is een stuk minder gezellig zo. Ze moet hun momenten samen echt bevechten en ze maakt zich zorgen of Johan voldoende kan ontspannen.

De rechtszaken tegen Shell, die zich al jaren voortslepen, kosten Johan veel energie. Alleen Nigeria levert al veel problemen op. Milieudefensie laat maar niet los. Johan heeft daar nota bene zelf gezeten, weet hoeveel moeite Shell heeft gedaan en hoeveel het land zelf heeft geprofiteerd en nog steeds doet. Niet alles verdient de schoonheidsprijs, maar Shell kan toch niet alle schuld op zich nemen? Waar eindigt het dan? Johan weet dat Shell vergeleken met de grote concurrenten een fatsoenlijke organisatie is, die ook inzet op nieuwe vormen van energie. Maar een bedrijf van deze omvang is als een olietanker die niet zomaar van koers verandert. En heel veel belanghebbenden willen dat ook helemaal niet. Er zijn zo veel mensen, bedrijven en zelfs hele industrieën afhankelijk van olie, en Shell draagt daar een aanzienlijke steen aan bij. Johan is ervan overtuigd dat ze proberen dat zo goed mogelijk te doen, daar durft hij echt voor te staan.

Toch voelt hij zich ook weleens ongemakkelijk als een batterij dure advocaten met allerlei legale trucjes de boel loopt te traineren. In Nigeria is de structuur bijvoorbeeld zo ingewikkeld en ondoorzichtig opgetuigd, dat het haast ondoenlijk is om Shell eventuele schuld in de schoenen te schuiven. *The Economist* noemt het een '*safe-sex*-constructie'. Dat klinkt slim en dat is het misschien ook wel, maar Johan denkt niet dat hij zijn kleinkinderen daar later over zal vertellen. Toegeven zet de sluis open naar een stortvloed aan claims, en dat moet koste wat kost voorkomen worden. Shell wil niet alleen de betreffende claim onderuithalen, maar ook toekomstige aanklagers de moed in de schoenen laten zakken. Iedereen moet weten dat ze een heel lange adem nodig hebben om bij Shell iets te halen. Maar het knaagt soms dat dit cynische businessmodel gehanteerd moet worden. Shell verdient per slot van rekening veel geld aan grondstoffen die elders in de grond zitten. En als het dan af en toe fout gaat, wat niet te vermijden is, dan kun je dat toch ook ruiterlijk toegeven en de schade vergoeden? Johan weet dat hij deze redenering voor zich moet houden, het is vloeken in de kerk. Wel kan hij het percentage van de investeringen in de energietransitie opkrikken en zo zijn aandeel nemen in de toekomst van de planeet. Shell beschikt over genoeg middelen.

~

Luna geniet van alle aandacht. Giulia en Marco hebben overdreven veel cadeautjes meegenomen voor haar en Pipi. Susanne is blij ze weer te zien en is blij voor Pino; de band met zijn Italiaanse vrienden is zo intens. Alle gesprekken zijn in het Italiaans, maar ze kan bijna alles volgen. Als ze Pino zo gadeslaat, helemaal in zijn element, beseft ze wat hij heeft opgegeven voor haar. Al zal Pino dat zelf altijd ontkennen. Keer op keer benadrukt hij dat het in Italië echt niet altijd rozengeur en maneschijn was. De vrijheid die hij samen met haar in Nederland heeft, hoe de kids hier opgroeien; dat kan hij moeilijk een opoffering noemen.

Onder de gezelligheid voelt Susanne echter ook een zwaarte. Pino heeft haar verteld dat hij Giulia en Marco bij een project in de Middellandse Zee wil betrekken, en dat hij hoopt dat hij het WNF kan overtuigen van het belang ervan. Er is genoeg te doen: al dat plastic moet eruit en de uitstervende blauwvintonijn moet worden gered. Maar als je iets doet op de Middellandse Zee krijg je ook te maken met vluchtelingen die Europa willen bereiken. Dat kan een project complex maken. Als je bezig bent om de planeet te redden voor toekomstige generaties, kun je toch moeilijk een gammel scheepje volgepropt met wanhopige mensen voorbijvaren. Daarom wil Pino dit goed neerzetten, had hij Susanne uitgelegd. Hij heeft Leoluca Orlando als rolmodel, de burgemeester van Palermo die sinds 1985 onvermoeibaar vecht voor een betere stad en een betere wereld. Op de vraag hoeveel immigranten Palermo telt, antwoordt hij steevast 'nul'. Alle mensen die in Palermo wonen zijn wat hem betreft Palermitanen. Daarnaast is Orlando de strijd tegen de maffia aan het winnen, en van hem kwam het politieke inzicht dat de populisten de factor tijd niet respecteren. Toen zijn vriend Piersanto Matarella veertig jaar geleden werd vermoord door de maffia, zei Orlando niet dat hij de georganiseerde misdaad binnen drie maanden zou verslaan. Dat zou pretentieuze onzin zijn geweest. Je kunt de wereld niet in één klap en zonder botsingen veranderen, dat gaat met ups en downs. Daar was Pino ondertussen zelf ook achter gekomen. Orlando maakte Pino trots dat hij Palermitaan was, en *Rosanero* natuurlijk. Al had Pino duidelijk minder geduld dan zijn voorbeeld.

Pino hoopte dat dit verzonnen project hem thuis een dekmantel zou verschaffen om veelvuldig met Giulia en Marco in contact te staan. Hij had hun verteld dat dit hun alibi zou worden, met de opmerking dat ze het later nog wel zouden hebben over de positie van Susanne hierin.

'Wat fijn om jullie weer te zien. Jullie hebben de kinderen echt verwend!' zegt Susanne terwijl ze de laatste hap neemt van haar 'tiramisuus', zoals Pino het noemt.

'Susanne, je weet dat Italianen hun rol van peettante heel serieus nemen, en helemaal als het zo'n wondertje betreft als Luna,' antwoordt Giulia, 'en we missen jullie, zo simpel is het.'

'Ik hoop dat Pino erin slaagt zijn bazen over te halen om zijn Middellandse Zee-project te financieren, zodat hij een goede reden heeft om vaker naar Italië te reizen en weer nauwer met jullie samen te werken.'

Giulia en Marco kijken elkaar aan, beseffend dat Pino al concrete voorwaarden heeft geschapen om van start te gaan, al is het in dit stadium nog makkelijk om te zeggen dat het niet gelukt is. Giulia slikt.

'Zeker, dat zou heel fijn zijn. We hebben nog wat recht te zetten: onze laatste gezamenlijke onderneming was nou niet bepaald een succes. En daarna heb jij Pino geschaakt en ons de mogelijkheid ontnomen om revanche te nemen.'

'Nou heb ík het weer gedaan zeker! Ik kon Pino niet van me afslaan!' zegt Susanne lachend.

Pino, allang blij dat de het gesprek een wending heeft genomen, komt ertussen: 'Dat is waar, ja. Eerst maakt ze me gek door drie dagen naar me te lonken zonder dat we kunnen praten en vervolgens danst ze twee dagen halfnaakt om me heen onder de invloed van enkele opzwepende substanties op een exotisch eiland. Ik was volstrekt kansloos.'

'Typisch een man: je kon er niets aan doen, het was sterker dan jezelf. Haha, nou dat klopt, Susanne ís ook sterker dan jij!' Giulia knipoogt naar Susanne.

'Ik geloof dat het tijd wordt om naar bed te gaan. Dit gesprek begint helemaal uit hand te lopen en ik krijg ook helemaal geen steun van Marco.' Pino wrijft demonstratief in zijn ogen alsof hij moet huilen. 'Maar alle gekheid op een stokje, ik wil morgen grote stappen zetten, zodat ik iets goeds kan presenteren aan mijn baas. Ik breng jullie naar jullie hotel.'

Giulia heeft de autodeur nog niet dichtgetrokken of ze barst al uit: 'Pino! Je kan Susanne dit toch niet aandoen? Mijn hart breekt als ik haar zo liefdevol met jou en jullie kinderen bezig zie. Haar dan zo in het ongewisse laten is toch gemeen? Je zet haar leven op z'n kop. En hoe denk je hiermee te kunnen omgaan de komende tijd? Je leven wordt één grote leugen!'

Zoals altijd dringt Giulia weer gelijk door tot de kern. Daarom wil Pino haar erbij hebben: zij is het geweten, met haar erbij blijft het zuiver. Maar daarom doen haar woorden ook zo'n pijn. Ze heeft gelijk.

'Natuurlijk, Giulia, ik weet het! Daar denk ik de hele tijd aan. Zij en Pipi en Luna zijn de enige reden voor mij om het niet te doen. En als we het doen, moet ik het haar dan vertellen of niet? Ik kan werkelijk aan bijna niets anders meer denken. Maar uiteindelijk kom ik er steeds op uit dat dit groter is dan mijzelf: groter dan mijn gezin. Vanmiddag heb je mijn pleidooi gehoord. Wij wijden onze levens aan het redden van onze enige planeet, en ik denk dat ik een manier gevonden heb om daadwerkelijk een verschil te kunnen maken. Daar zal ik opofferingen voor moeten doen. Het zij zo. Niets of te weinig doen terwijl ik weet dat ik meer had kunnen doen, zal mij ongelukkig maken, en ook geen goede echtgenoot en vader. Daar komt bij dat ik ook scenario's voor me zie waarin we óf niet gepakt worden óf niet zo zwaar gestraft zullen worden, omdat de rechters ook het grotere plaatje zien. Daarom doen we het ook vanuit Nederland, dat is cruciaal. Er zijn grotere boosdoeners dan Shell, maar hier zal het rechtssysteem ons het beste beschermen. De straffen zijn hier lager en rechters hebben hier al in naam van het milieu stelling genomen tegen de overheid of kolossen als Shell. En wat betreft je tweede vraag, wel of niet vertellen: dat is hetzelfde als haar wel of niet medeplichtig maken. Het is juist mijn liefde voor haar die mij ertoe brengt Susanne niet in te lichten, hoe graag ik dat ook zou willen. Ik wil dat zij altijd, oprecht, kan ontkennen dat zij er iets mee te maken heeft gehad. Ik wil dat ze volkomen onschuldig is, en dat zij er altijd kan zijn voor de kinderen. Ik zou het juist gemeen vinden als ik haar hierin zou betrekken, haar met dit enorme dilemma zou opzadelen. Ik kan haar niet vragen ook te kiezen tussen haar gezin en de planeet. Dat betekent dat ik een tijdlang een deel van mijn leven voor haar verborgen moet houden. Ik hoop dat ze mij zal vergeven. Ik hoop zelfs stiekem dat ze trots op me zal zijn, al zal dat niet haar eerste reactie zijn, en ook afhangen van de afloop.'

Giulia zit op bed met Marco tegenover haar op de enige gammele stoel van het goedkope hotelletje bij Pino in de buurt. 'Zo blijven we in cirkels ronddraaien, Marco. Laten we in ieder geval duidelijk afspreken dat we Pino niets verschuldigd zijn. We hoeven hem niet te pleasen. Het gaat om ons, hoe wij erin staan. Wat Pino zegt geldt natuurlijk ook voor mij, ik doe alleen mee als jij meedoet. Ik denk dat dit project jou nodig heeft. Dat het ons nodig heeft.'

'Man, man, man. Dit is wel heel heftig. Had ik dit wel willen horen? Wat ik ook beslis, ik ben gedoemd als ik het doe, gedoemd als ik het niet doe. Als ik het doe, loop ik het risico voor lange tijd in de gevangenis te belanden, of erger. Straks brengen we anderen op een idee. En wat gaat er dan gebeuren? Zijn wij dan daar ook verantwoordelijk voor? Als ik het niet doe, zal ik waarschijnlijk mijn hele leven spijt hebben dat ik op het beslissende moment het liet afweten. Dat ik niet gehandeld heb in het belang voor de komende generaties, terwijl er wel een kleine kans was dat ik iets significants kon bereiken. De wereld verandert niet ten goede als iedereen de laffe en veilige weg kiest.'

Giulia legt haar handen op zijn knieën. 'Wij zijn bij elkaar. Dat scheelt. We gaan het open en bloot spelen. We willen geen geld, zijn geen graaiers. De persoon die we gaan ontvoeren zullen we goed behandelen. Ja, het is een wanhopig middel, maar jij en ik weten als geen ander dat dit wanhopige tijden zijn. Misschien zijn wij wel, omdat wij gerede twijfels hebben of we wel het goede doen, juist de aangewezen personen voor deze heftige actie. Niet rücksichtslos kwaad doen, nee, we hebben mededogen, maar we gaan wel kordaat, trefzeker en overtuigend op ons doel af.'

'Jij bent dus voor?'

'Ik denk dat we een goed team zijn en onbeduidend genoeg om in alle luwte te kunnen opereren. En het idee dat we Shell voor het grote publiek gaan ontmaskeren en misschien zelfs van koers laten veranderen vind ik heel belangrijk en spannend. En misschien wordt het dan een positief voorbeeld voor de andere oliebedrijven. Denk jij dat je die anonieme communicatie kan opzetten?'

'Uh ja, daar heb ik wel ideeën over. Maar Giulia, gaan we dit echt doen? Hoe nobel we onszelf ook vinden, voor politie en justitie zijn we ontvoerders. En die zullen ze hard willen aanpakken, met alle middelen die ze tot hun beschikking hebben.'

'Des te meer reden om dit verdomd goed voor te bereiden. En laten we afspreken dat we op elk moment in de voorbereiding bereid zijn om weg te lopen als we ons niet comfortabel voelen, als we twijfels hebben over het project. Als jij of ik op een gegeven moment het niet meer ziet zitten, stoppen we allebei. Oké?'

'Jij zit er wat positiever in. Laat me er nog even over slapen. Is dit een goede actie als je goed wilt doen voor de wereld?'

'Goed schat, slaap erover. De *bad guys* verslaan is een goede daad. En dat gaan we met zo min mogelijk schade aan anderen proberen uit te voeren. Helemaal nul zal dat natuurlijk niet zijn, denk aan de familieleden van de ontvoerde, maar Aba heeft gelijk, het is niet anders en ze hebben erom gevraagd.'

Door in het ongewisse te zijn of de anderen ermee door durven te gaan, heeft Pino slecht geslapen. Aba heeft ook niet goed geslapen, maar dat was van pure opwinding. Het idee van Pino is briljant en hij mag een belangrijke rol spelen in het ter verantwoording roepen van het door hem zo gehate Shell.

Pino kijkt de tafel weer rond: 'Zoals ik gisteren zei: ik kan en wil dit alleen maar met jullie doen; met jullie allemaal of niet. Er zitten zo veel kanten aan dit plan en ik ga jullie niet proberen over te halen. Ik wil alleen een "ja" of een "nee" van jullie horen. Het plan kan en moet nog veel beter worden, en daar heb ik jullie input ook voor nodig, maar jullie weten genoeg om te bepalen of je eraan mee wilt werken of niet. Als we doorgaan zullen jullie een leven ervóór en een erná hebben. Het zal je leven definiëren, hoe dan ook.'

Pino gebruikt zware woorden. Het zal een hachelijk avontuur worden en de uitkomsten zijn onzeker. Hij wil dat dit echt tot zijn vrienden doordringt, dat is de enige manier waarop ze samen alles wat op hun pad zal komen kunnen doorstaan.

'Genoeg gezegd. Laten we allemaal onze ogen sluiten en even stil zijn.'

Als iedereen zijn ogen weer opendoet, kijkt Pino Giulia aan en vraagt: 'Giulia, doe je mee?'

'Ja.'

'Marco?'

'Ja.'

'Aba?'

'Ja.'

Project Sunlight is geboren.

Heden

In de twaalf uur durende rit naar huis heeft Pino genoeg tijd gehad om na te denken. *So far so good.* Als Italiaan loop je altijd het risico vereenzelvigd te worden met landgenoot Niccolò Machiavelli, wiens gedachtegoed vaak ten onrechte wordt samengevat als 'het doel heiligt de middelen'. Maar het grote doel rechtvaardigt niet alle middelen, vindt Pino. Zo zullen ze niemand doden, Nemo al helemaal niet, dat hadden ze van tevoren nadrukkelijk afgesproken.

De beangstigende notie dat hij niet meer terug kan, wordt overstemd door de opluchting dat Sunlight nu daadwerkelijk is begonnen. Er komt een moment dat je actie wilt ondernemen. Je kunt nu eenmaal niet alles voorzien, dus als je je uitgebreid hebt voorbereid, is het op een gegeven moment ook tijd om gewoon te starten. Ze hebben heel veel verschillende scenario's doorgenomen; een kunstje dat ze nota bene geleerd hebben van Shell, dat bekendstaat om zijn scenarioplanning. Iets wat zijn nut had bewezen tijdens de oliecrisis in de jaren '70.

Het is zoals snowboarden door een bos, iets wat Pino graag doet. Om dat te kunnen moet je ervaren en fit zijn. Dan sta je daar, boven op de berg, en beneden zie je de bomen. Het pad is niet duidelijk, maar je vertrouwt op je kunnen en je voorbereiding. Boven blijven staan is geen optie meer; je wilt naar beneden, moet naar beneden. Je vertrouwt erop dat je wat je tegenkomt kunt ontwijken. En als je dan gaat, komt het belangrijkste: vaart houden!

Hoofdstuk 5

Bijna heden – Deutsche Autobahn, Wassenaar, Haarlem

Terwijl Mees, achterovergeleund in de bestuurderstoel, met zijn handen op zijn buik en met zijn voeten aan beide kanten van het stuur op het dashboard steunde, zat Lucas met één bil op de bijrijdersstoel, drukte met zijn linkervoet het gaspedaal in en hield het stuur vast met zijn linkerhand. Zo scheurden ze, de taken verdeeld, over de Deutsche Autobahn. Lucas dacht glimlachend terug aan het gesprek met zijn moeder een paar weken geleden.

'Alleen Mees heeft een rijbewijs. Het is toch onverantwoord om hem het hele eind te laten rijden? En jij en Simon gaan zeker de hele weg om hem heen zitten keten?'

'Hoezo? Pappa rijdt ook bijna altijd alleen als we gaan skiën. En dan doe ik toch ook geen rare dingen?'

'Wel zorgen dat Mees genoeg rust neemt! Het is geen wedstrijd, jullie hoeven er niet zo snel mogelijk te zijn.'

'Ja, mam. Maak je geen zorgen. Nu ik mijn eindexamen heb, woon ik straks op mezelf en dan kun je ook niet alles controleren.'

Het was niet de eerste keer dat Lucas met zijn vrienden op vakantie ging, maar wel de eerste keer dat ze met de auto naar het buitenland gingen. Simon en Mees, zijn maatjes sinds de brugklas, waren er even opgewonden over als hij. Zijn moeder heeft het beste voor met haar kleine jongen, die inmiddels een kop groter is dan zij, dat wist Lucas ook wel. Of het pak condooms dat ze stiekem in zijn tas had gestopt nou een teken was van zijn veronderstelde volwassenheid of van zijn veronderstelde naïviteit, het was onmiskenbaar dat zij hoopte dat hij een goede tijd had in Italië. *Het zou wat zijn als hij ze allemaal zou gebruiken* bedacht hij hoopvol, maar ook een tikje zenuwachtig, want ervaring had hij niet. Zijn maagdelijkheid verliezen was dan ook het hoofddoel van deze vakantie, en daar herinnerden Simon en Mees hem constant aan. Heel irritant; dat verhoogde de druk alleen maar. Een meisje zover krijgen om met hem mee te gaan, leek hem al een opgave. Hij zag zichzelf al frummelen met zo'n ding, terwijl de dame ongeduldig ligt te wachten.

'Lucas!! Opletten!'

Lucas kwam met een ruk uit zijn mijmeringen en stuurde snel van de vangrail weg.

'Sorry guys, ik was even aan het wegdromen over onze vakantie. Ik kan niet wachten om erachter te komen wat de komende paar weken allemaal voor ons in petto hebben.'

~

Een paar uur achter de jongens reed Pino in zijn eentje. Hij had Susanne weten te overtuigen dat het beter was om met de auto naar Italië te reizen. Dan was hij lekker flexibel. Ook had hij behoefte om alleen te zijn en zijn hoofd leeg te maken. Susanne zag dat hij daaraan toe was, al kon ze niet bevroeden wat de werkelijke reden was. De knoop die Pino in zijn maag had bij het afscheid maakte hem misselijk. Bij hun omhelzing kon hij haar vertrouwde en vertrouwen gevende lichaam bijna niet loslaten. De volgende keer dat hij haar weer zou zien, was hij hoe dan ook een crimineel, hoe verheven zijn doel ook was. De uren in de auto hadden de knoop langzaam ontrafeld, de weg en de missie die voor hem lagen namen hem totaal in beslag. Communicatie zou de komende weken een cruciale rol spelen. De inhoud daarvan was natuurlijk belangrijk, maar de manier waarop ze gingen communiceren was net zo essentieel. De inhoud was zijn pakkie-an, het hoe was door Marco ontworpen. Die had uitgewerkt hoe ze met verschillende partijen en onderling kunnen communiceren, zonder dat de afzender te traceren is, maar iedereen toch zeker weet dat ze steeds met dezelfde afzender te maken hebben. De PGP-software, Pretty Good Privacy, die ze hiervoor gebruiken, maakt het encrypten vrij simpel, maar het kraken vrijwel onmogelijk. Als je de sleutel maar groot genoeg maakt, doen alle computers van de wereld tezamen er duizenden jaren over om de oplossing te vinden, zei Marco. En het versturen van deze berichten gaat via het Dark Web, vanaf zogenaamde bulletproof hosting: partijen die niet of nauwelijks meewerken met opsporingsinstanties. Als je het kleinschalig houdt, anonieme mailboxen gebruikt en steeds van adres verandert, zal niemand je vinden.

Zaak is dat ze gedisciplineerd te werk moeten gaan. Dit soort communicatie wordt vaak gebruikt door 'echte criminelen' – Pino weigerde zichzelf zo te zien – en die lopen vaak tegen de lamp door domme foutjes, omdat ze emotioneel worden, of te hebberig. Als je in je ongeduld een bocht afsnijdt, kunnen de autoriteiten je makkelijker vinden. En mochten ze onverhoopt toch binnenvallen, dan hoeft Pino alleen maar de USB-stick eruit te trekken en dan is er niets meer te vinden, niet op de computer en niet op de stick. Daar zorgt de Tails-software dan weer voor. Het duizelde Pino, maar Marco had hier maanden op gestudeerd en was ervan overtuigd dat deze opzet zou slagen.

Pino hield zijn hart vast of het allemaal zou gaan lukken, maar zat zich ook nu al te verkneukelen om de instanties die hun geraffineerde communicatie niet zouden kunnen traceren. Het kon niet anders of er ging heel veel ophef ontstaan, en dat was precies de bedoeling.

Project Sunlight was werkelijk een perfecte naam, bedacht Pino tevreden. Zonlicht is een goed desinfecterend middel. Als je het laat schijnen op dat wat het daglicht niet kan verdragen, zullen deze gezwellen afnemen of zelfs verdwijnen. Het was hun taak om het zonlicht te bundelen en daar te laten schijnen waar een grote schoonmaak noodzakelijk is. En daar komt dan nog bij dat zonlicht in dit geval een goed alternatief is voor fossiele brandstoffen.

De keuze was vrij snel gevallen op Lucas, toen Johan eenmaal de CEO van Shell werd. Dat het een familielid van de CEO moest zijn stond buiten kijf. Dat heeft de meeste impact, de andere leden van de Executive Committee zijn onbekenden. De CEO zelf is niet handig, want die hadden ze nodig om de beslissingen te nemen in het belang van zijn familie en Shell. Voor zover ze konden nagaan had niemand medische complicaties, want dat zorgt voor onnodige problemen. Zoals in slechte rampenfilms degenen die op de vlucht slaan voor het grote gevaar ook de insulinespuit vergeten van een van de kinderen. Dat wil je niet. Waar ze de minste weerstand van te duchten hadden leek de jongste. Die zou relatief makkelijk te hanteren zijn. Zijn vrouw en oudere zonen waren moeilijker te pakken en daarna vast te houden. Lucas was erg actief op social media, wat het heel makkelijk maakte om hem te volgen. En het moment dat hij trots aankondigde dat hij met zijn vriendjes naar Italië zou gaan, leek alles op zijn plaats te vallen. Wat een meevaller! Dit maakte de logistieke operatie zo veel makkelijker. Giulia en Marco zouden het vasthouden op zich nemen en nu hoefden ze niet de grens over en konden ze een thuiswedstrijd spelen.

~

Claire was er zeker van dat ze geen last zou krijgen van het emptynestsyndroom. Daarvoor gunde ze haar kinderen te veel hun eigen leven en had ze zelf genoeg omhanden. Maar nu ze zo tegenover Johan zat, met zijn tweetjes in de grote keuken aan de grote eettafel, besefte ze dat het wennen zou worden. Hij was met zijn gedachten eigenlijk altijd elders. Begrijpelijk, met alle verantwoordelijkheden die op hem rusten, maar daardoor niet minder irritant.

'Heb je eigenlijk wel gehoord wat ik net zei?'

'Huh, sorry schat, nee, ik dacht even aan iets anders.'

'Je kunt toch wel dat ene halfuurtje dat we samen aan tafel zitten even niet aan Shell denken?'

'Je hebt gelijk, sorry. Wat zei je?'

'Dat ik het best spannend vind dat Lucas nu helemaal naar Italië aan het rijden is, terwijl alleen Mees een rijbewijs heeft.'

'We hebben duidelijk met ze afgesproken dat ze geen gekke dingen doen. Of ze zich daaraan houden valt natuurlijk te bezien,' zegt Johan glimlachend. 'Ik ben blij dat ze met zijn drieën zijn, ze houden elkaar wel in de gaten. Er zal ongetwijfeld wat te veel gedronken worden en het is maar goed dat we daar niet bij zijn. Er zal niets gebeuren wat wij zelf ook niet meegemaakt hebben op die leeftijd.'

'Ik weet ook heus wel dat ze veel lol gaan hebben, maar toch maak ik me af en toe zorgen.'

'Dat is het lot van ons ouders: we laten ze los en vervolgens maken we ons zorgen of we ze wel goed genoeg voorbereid hebben op het leven. Er zit niets anders op dan het te laten gebeuren. We moeten leren ons niet te druk te maken, want daar schiet niemand wat mee op. Dat is makkelijk gezegd natuurlijk, maar we hebben in ieder geval genoeg tijd om ons erin te gaan bekwamen,' probeert Johan luchtig-filosofisch over te komen.

'Jaja, inderdaad makkelijk gezegd. Ik heb Lucas in ieder geval gevraagd om minimaal elke twee dagen iets van zich te laten horen. Hij zit toch de hele dag met zijn telefoon in zijn hand.'

~

Waren ze het verleerd of zo? Pino was vroeger zo vaak weg. Maar door corona was hij al ruim een jaar nauwelijks de deur uit geweest en dit keer voelde het afscheid zwaar. Het leek ook wel of Pino haar niet los kon laten bij hun laatste knuffel. Het was intens: hoe stevig hij haar vasthield, hoelang het duurde – het leek of hij hard wilde huilen, diep in haar nek – en de blik in zijn ogen toen hij uiteindelijk langzaam losliet. Ze zag liefde, maar ook pijn en vertwijfeling. Dat kon toch niet zijn omdat hij een klein weekje wegging? Even lekker naar Italië bovendien, naar Giulia en Marco. Er was meer aan de hand, dat was duidelijk. Maar ze zou Pino de ruimte geven om er zelf mee te komen. Pino was bepaald geen binnenvetter, hij betrok haar altijd overal bij. Ze zou het vroeg of laat wel te horen krijgen.

Ze was blij dat haar moeder wat vaker langs zou komen deze week: lekker bijkletsen en Pipi en Luna zijn helemaal gek op haar. Leonie kwam ook een avondje slapen, wat waarschijnlijk veel wijn betekende, en praten tot 's avonds laat. Leonie had niet bepaald een fortuinlijke hand waar het mannen betreft. En al gunde ze Susanne alles, enige jaloezie kon Leonie niet altijd onderdrukken. Zo'n fijne, knappe, gepassioneerde Italiaan, die haar twee van zulke heerlijke smurfen had gegeven. Een mooie carrière is leuk, maar als je niemand hebt om je triomfen mee te delen, wordt het toch wat treurig. Leonie stond op vier datingsites ingeschreven. Daar waren wel een paar leuke nachten uit voortgekomen, maar geen blijvertjes. En nu ze 35 was, begon ze zich toch zorgen te maken over waar ze de vader van haar kinderen moest gaan tegenkomen. Susanne kon haar moeilijk helpen, maar keek uit naar de spannende verhalen van Leonie en haar onenightstands. Hoe morsig ze af en toe ook waren, Leonie maakte in ieder geval nog eens wat mee. Susannes dagen leken allemaal op elkaar, opgeslokt als ze werd door de kleintjes. Ze genoot ervan, kon zich geen leven zonder hen voorstellen, maar een beetje reuring zou welkom zijn.

Heden

Aba is doorgereden naar Luxemburg met de stapel brieven die hij een dag later zal posten. Het zou toch jammer zijn als de media eerder op de hoogte is dan Shell, of dan Johan en zijn vrouw. Ze hebben afgesproken dat ze in al hun handelen menselijkheid zullen tonen, al zou hun voornaamste actie nog zo bruut zijn. Het ligt ook voor de hand: als je de planeet wilt behouden voor toekomstige generaties, moet je de mens wel als uitgangspunt nemen. Bovendien zou het als een verzachtende omstandigheid kunnen gelden, mochten ze gepakt worden. *Zo kan aardig zijn voor je medemens ook nog instrumenteel zijn*, denkt Aba.

Als alles gaat zoals gepland, dan zijn deze brieven de enige fysieke stukken die ze de wereld in sturen. De rest van de communicatie speelt zich digitaal af, volgens de richtlijnen die Marco heeft opgesteld.

Toen Aba besloot om mee te doen met dit plan, had hij zich verzoend met het kamikazekarakter van de onderneming. Hij was bereid het verschil te maken, ook als hij daarvoor zijn persoonlijk geluk moest opofferen. En hoe gelukkig kon je überhaupt zijn als je machteloos moest toekijken hoe datgene wat je dierbaar was voor je ogen verwoest werd? Aba's werk bij de Europese Unie was een stuk minder spannend en invloedrijk dan hij zich had voorgesteld. Hij was blij dat Pino met dit gewaagde plan op de proppen was gekomen. En na de uiteenzetting van Marco over hoe ze onderling en met de buitenwereld zouden communiceren, begon Aba zowaar te geloven dat ze er weleens mee weg zouden kunnen komen ook. Wat een stunt zou dat zijn! Het zou wel veel discipline vergen, daar had Marco tot vervelens toe op gehamerd. Hij hield ervan om Nelson Mandela te citeren: 'Discipline is het sterkste wapen om vrijheid mee te veroveren.'

Ze zouden zich alle moeite getroosten om te voorkomen dat ze op de korrel genomen konden worden: zo veel mogelijk eenmalig gebruik van telefoons, niet bellen en pinnen op dezelfde locatie, niet vanuit dezelfde auto berichten ontvangen of verzenden. Ze hadden de afgelopen maanden allemaal wegwerpmobieltjes gekocht die ze na gebruik zouden vernietigen. Dat klonk eenvoudig, maar bracht een hele administratie met zich mee: wie is op welk moment bereikbaar op welk nummer, en waar schrijf je die nummers op? En als de politie langskomt, hoe verklaar je dan dat je meerdere telefoons in huis hebt, of dat je vaak op pad bent geweest zonder je eigen telefoon mee te nemen? Dat zou verdacht zijn. Dus was het zaak het niet zover te laten komen. Natuurlijk konden ze met elkaar bellen op hun eigen nummers, dat deden ze immers nu ook regelmatig, maar ze mochten dit nooit doen in combinatie met andere te traceren acties.

Aba staat weer bij een gele postbus, waar weer geen enkele camera te bekennen valt. Hij haalt de stapel enveloppen uit zijn tas. Hij is niet meer zenuwachtig. In plaats daarvan moet hij glimlachen als hij alle landen en instanties ziet waar ze heen zullen gaan. Hij ziet voor zich hoe ze opengemaakt zullen worden en hoe de betreffende journalist zijn geluk niet op zal kunnen als hij de inhoud leest; de tegenovergestelde reactie van de ontvangers van de brief van eergisteren.

DEEL 2
HEDEN

'You can never step in the same river twice.'
- Heraclitus

Hoofdstuk 6

De brief

Als Claire om vier uur 's middags thuiskomt na een uurtje tennis, ziet ze Johans auto op de oprit staan, geflankeerd door twee politieauto's en twee zwarte auto's. Een onbehaaglijk gevoel maakt zich van haar meester. Is er iets met de jongens? Lucas? Ze heeft al tweeënhalve dag niets van hem gehoord. Dat zit haar niet lekker, maar ze wilde niet meteen als overbezorgde moeder alarmbellen laten rinkelen. *Zit het hele huis vol nu ik aankom in mijn tennisrokje en met een bezwete rode kop*, schiet het door haar heen. Johan komt naar buiten met een gespannen blik in zijn ogen, een blik die ze niet van hem kent. Hij pakt haar bij haar schouders en terwijl hij haar naar zich toe trekt en zij haar tennistas laat vallen, zegt hij met verstikte stem: 'Ze hebben Lucas!'

2021, Planeet aarde

Geachte aandeelhouders van Shell,
Geachte Board of Directors en Executive Committee van Shell,
Beste Johan,

Het is met enige schaamte en spijt dat wij u deze brief schrijven. *Two wrongs don't make a right*, maar in onze ogen is het beetje kwaad dat wij nu doen een kleine prijs voor het grote goed.

Lucas Dijkhuizen is in onze handen.

Wanneer hij in vrijheid komt, ligt echter in uw handen. U kunt erop rekenen dat we hem goed zullen behandelen.

Wij zijn tot deze drastische maatregel gekomen omdat het niet lukt om op andere manieren tot u door te dringen. Wij zijn klaar, de wereld is klaar, met het eindeloze getreuzel en met de juridische slimmigheidjes waarmee Shell krampachtig vast probeert te houden aan zijn oude manier van geld verdienen. Shell en zijn concurrenten hebben de wereld verder gebracht, we hebben met z'n allen enorme vooruitgang geboekt, maar de prijs die we nu betalen is veel en veel te hoog. Dit hebben jullie zelf al erkend in 1986, in een intern rapport:

De verbranding van olie, kolen en gas zal leiden tot significante veranderingen van de zeespiegel, oceaanstromingen, neerslagpatronen, regionale temperaturen en van het weer.
Zulke relatief snelle en dramatische veranderingen hebben gevolgen voor de leefomgeving van mensen, voor hun toekomstige levensstandaard en voedselvoorraden, met potentieel grote sociale, economische en politieke consequenties van dien. Nu actie ondernemen is vereist.

Vervolgens maakten jullie in 1991 een film om te waarschuwen voor de gevolgen van de opwarming van de aarde: *Climate of Concern*. Deze film verscheen in verschillende talen en versies en werd in de jaren negentig wereldwijd vertoond op scholen en universiteiten. De conclusie die jullie daar weer in trokken was:
Nu actie ondernemen is de enige veilige verzekering die we hebben.

Waarschijnlijk zijn jullie geschrokken van jullie eigen boodschap, want al snel zorgden jullie dat deze film ongemerkt weer van het toneel verdween.

We zijn nu dertig jaar verder en Shell is geen voorvechter van het klimaat geworden. Integendeel. Jullie zijn begonnen teerzandolie te produceren, een van de vervuilendste energiebronnen op aarde. Shell is verantwoordelijk voor 2 procent van de wereldwijde uitstoot van CO_2.

Jullie zeggen voorop te willen lopen, maar jullie gedragen je er niet naar. Toen een deel van jullie aandeelhouders, verenigd in de groep Follow This, vorig jaar in een resolutie eiste dat het bedrijf zich zou conformeren aan 'Parijs', noemden jullie dat 'niet in het belang van het bedrijf' en 'schadelijk voor de langetermijnwaardecreatie voor aandeelhouders'. Wat Follow This eiste, namelijk om je te schikken naar een wereldwijd akkoord ter bescherming van de aarde, was 'onredelijk', schreven jullie. Dit jaar was het percentage aandeelhouders dat wil dat jullie versneld overstappen naar duurzame energie 30 procent. En het Internationaal Energie Agentschap riep op om onmiddellijk te stoppen met het zoeken naar nieuwe olie- en gasvelden.

Dit jaar hebben jullie beloofd om in 2050 geen uitstoot meer te veroorzaken, maar dat is te laat. Tot 2030 houden jullie je olie- en gaswinning op peil, en dat is te lang. De transitie moet sneller en dat zal pijn doen. Milieudefensie heeft net via de rechter afgedwongen dat jullie je CO_2-uitstoot sneller moeten reduceren. Een baanbrekende uitkomst, maar niet drastisch genoeg.

De toekomst ligt niet bij fossiele brandstoffen; die raken niet alleen op, maar vervuilen de wereld ook op een verschrikkelijke manier. De mensonterende toestanden in Nigeria, waar jullie de schuld in de schoenen van de lokale bevolking proberen te schuiven, zijn jullie wel degelijk aan te rekenen. En in plaats van jullie enorme middelen aan te wenden om dit te herstellen, steken jullie ze liever in cynische advocaten en misleidende reclames. Waar willen jullie in godsnaam straks naartoe met jullie uitgespaarde geld? Mars is vooralsnog te ver weg, we moeten het doen met onze geliefde aarde.

Het grote milieuprobleem is asymmetrisch op twee manieren: ten eerste is er een kleine groep mensen die extreem veel geld verdient, terwijl een zeer grote groep mensen én de natuur de risico's lopen en de prijs betalen. Als het fout gaat, traineren jullie de boel jarenlang en komen er dan óf mee weg óf jullie betalen een boete. In het ergste geval veranderen een paar executives van baan. Jullie hebben in de afgelopen paar jaar meer dan 15 miljard dollar ingezet om aandelen terug te kopen. Dat geld had veel beter aangewend kunnen en moeten worden.
Ten tweede is er het probleem van de kantelpunten: onomkeerbare ontwikkelingen. Zo lang het goed gaat, en het is vrij lang goed gegaan, kunnen jullie blijven wijzen naar alle voordelen van jullie handelen. Maar als het fout gaat, is de schade onherstelbaar en zal de mensheid geconfronteerd worden met een heel wat minder mensvriendelijke omgeving. Als dit gebeurt – en zonder doortastend ingrijpen gebeurt het zeker, we weten alleen niet exact wanneer – zullen de volgende generaties, onze kinderen en kleinkinderen, niet kunnen begrijpen dat we dit lieten gebeuren.

Wij kunnen niet passief toekijken hoe een select clubje onze planeet plundert. Die arme Lucas is nu de dupe van ons ingrijpen en wij willen hem niet onnodig lang vasthouden, maar we willen zeker zijn dat de acties die we hieronder uiteenzetten, uitgevoerd zijn of dat jullie er op zijn minst mee zijn begonnen. Daarom zullen we Lucas minimaal een maand vasthouden. We zullen goed voor hem zorgen en hem duidelijk uitleggen welke rol hij vervult.

Wat willen we?
Traditionele onderdelen van een ontvoering zijn het uitdrukkelijke verzoek om de politie erbuiten te houden, geen ruchtbaarheid te geven aan de zaak en natuurlijk de vraag om losgeld.

Alhoewel deze actie misschien van het tegendeel getuigt, zijn wij niet naïef en heten wij de politie en Shell security van harte welkom om zich de komende maanden te buigen over deze ontvoering – én over de toekomst van hun levensomstandigheden. Zij zijn immers, net als iedereen, ook gewoon bewoners van onze kwetsbare aarde.

Ruchtbaarheid is juist onze insteek. We willen niets wegmoffelen, geen gladde advocaten slechts een deel van de waarheid laten vertellen. We willen de aandacht vestigen op wat er gebeurt en op wat er niet gebeurt. Een groot gedeelte van deze brief zullen wij dan ook zelf delen met de media, die nu eens niet bang hoeft te zijn om nieuws over een ontvoering te delen omdat dit het slachtoffer in gevaar zou kunnen brengen. Hoe meer aandacht voor deze zaak, hoe meer Lucas geholpen zal zijn. Wij noemen het niet voor niets 'Project Sunlight'.

Het zal u niet verbazen dat wij niet geïnteresseerd zijn in geld.

Het moge duidelijk zijn dat we willen dat jullie stoppen met het winnen van olie en gas. En dan bedoelen we niet desinvesteren, want dat betekent simpelweg dat een ander het koopt en doorgaat met de aarde vervuilen. We beseffen dat dit voor jullie ondenkbaar is, dat zou immers pure kapitaalvernietiging zijn. Inderdaad.

We zullen niet uitweiden over wat kapitaal allemaal wel en niet inhoudt, maar als we al het contante geld, alle digitale tegoeden en alle schulden zouden laten verdwijnen, dan zou de aarde hier helemaal niets van merken. Het vernietigen van deze menselijke uitvinding zou vele consequenties hebben, maar niet voor de vogels, vissen, zoogdieren, bomen, planten, zeeën en rivieren, of de lucht die we inademen. En dát is de werkelijkheid waar we in leven en in willen blijven leven. Kapitaalvernietiging is het probleem dus niet.

Het staat buiten kijf dat wat jullie dagelijks doen reële negatieve impact heeft op de planeet. Jullie weten het, al heel lang, en wij weten het allemaal. Dat is de grote paradox van deze tijd: we weten zo veel, we kunnen zo veel, maar we wenden onze kennis en kunde niet aan voor een betere wereld voor onszelf. We blijven volharden in onze oude, achterhaalde manieren, terwijl we beter weten. Het is niet uit te leggen aan toekomstige generaties. En dan hebben we het niet over mensen in een verre toekomst, nee, het is niet uit te leggen aan onze eigen kinderen. Het onlangs uitgebrachte IPCC-rapport bevestigt dit wederom luid en duidelijk, en vervolgens gaan de wereldleiders erover discussiëren. We hebben actie nodig! Het systeem heeft een schok nodig om te veranderen. Dat is wat wij nu in gang hopen te zetten.

Deze acties eisen we van Shell:

1. De komende maand geven jullie 100 miljoen euro (minder dan de helft van jullie advertentiebudget) uit aan reclames waarin jullie *Climate of Concern* tonen.
    a. We willen actie zien op televisie, social media (Facebook, Twitter, Instagram, LinkedIn, TikTok) en radio, en in kranten en magazines, in alle landen waar jullie actief zijn.
    b. De boodschap mag wat ons betreft ook behelzen dat jullie een radicaal nieuwe weg inslaan met nieuwe energie, zodat jullie het budget ook voor communicatie rond jullie transitie kunnen gebruiken.
    c. Wellicht ten overvloede: de teksten hoeven niet uitgebreid

bestudeerd te worden door advocaten. De boodschap is helder: Shell weet al heel lang dat met gas- en oliewinning gestopt moet worden. Onze excuses dat we hier toch ruim dertig jaar mee door zijn gegaan. Wij gaan dat onmiddellijk stopzetten en vanaf nu al onze 'energie' stoppen in schone energiewinning.

2. Jullie erkennen dat Milieudefensie gelijk had en dat de rechter in Nederland een juist vonnis heeft geveld. Jullie gaan niet in hoger beroep daartegen. Sterker nog: jullie zullen mededelen dat Shell nog verder zal gaan en als voorbeeld wil dienen voor de rest van de wereld.
3. Erken ruiterlijk welke schade Shell heeft toegebracht in Ogoni-territory en help de lokale bevolking met schadeloosstellingen. De 95 miljoen euro die jullie eindelijk (na jaren juridisch getouwtrek) hebben toegezegd, is slechts een begin.
4. Stel minimaal twee klimaatvoorvechters aan in jullie Board, bijvoorbeeld mensen die betrokken zijn bij Milieudefensie, Urgenda of Follow This.
5. Begin met het sluiten van olie- en gaswinninglocaties. Maak gebruik van de miljardensubsidie die de overheid beschikbaar stelt voor jullie.

Alleen als wij zien dat op bovengenoemde punten onomkeerbare stappen zijn gezet zullen wij Lucas vrijlaten.

Dit lijkt misschien een doemscenario, maar jullie hebben het heft nog steeds in eigen handen. Waarom zouden jullie je miljarden niet aanwenden om echt een voorloper te worden in de wereld? Jullie hebben een heel sterke positie: veel geld, veel kennis over energie en aanwezigheid over de hele wereld. Op de korte termijn zullen de resultaten waarschijnlijk tegenvallen, maar al snel zouden jullie een bijzondere positie kunnen innemen, waar jullie werknemers, aandeelhouders en klanten trots op zullen zijn. Laat die schelp van jullie opengaan en verbind je met de wereld, als een *force for good*. Jullie transformatie zal pijn doen, maar laat uit die worsteling een mooie vlinder tevoorschijn komen.

We zijn ons er terdege van bewust dat Shell niet het stoutste jongetje in de klas is, maar dat zou jullie niet moeten weerhouden om nog sneller te gaan. Dat sommige van jullie activiteiten overgenomen zullen worden door concurrenten zal slechts van korte duur zijn. Het publiek zal uiteindelijk massaal kiezen voor groene alternatieven.

We zullen als volgt met jullie communiceren:
We zullen alle verdere communicatie sturen naar: lucas@shell.com. Om de mail te kunnen lezen, gebruiken jullie de volgende PGP-sleutel:

86D1 EFB7 6G13 8BA6 9A51 731C C9T7 70EF 24B6 BDEK

Dit verzekert jullie dat jullie de enige ontvanger zijn van dit bericht. Het is aan jullie met wie jullie deze sleutel willen delen. Maar wat veel belangrijker is: jullie zullen met honderd procent zekerheid weten dat het bericht van ons afkomstig is. Berichten die niet met deze sleutel ontcijferd kunnen worden, zijn niet van ons.

We hopen dat jullie de benodigde stappen zullen zetten en dat Lucas snel weer bij jullie terug is.

The Sunlight Warriors

Pino is trots op deze brief. Het voelt goed om uit te weiden over waarom ze deze drieste actie ondernemen. En hij hoopt dat ze hiermee voldoende mensen kunnen overtuigen dat deze strijd de moeite waard is.

De afgelopen maanden had hij weleens getwijfeld of Shell het juiste doelwit was. Het bedrijf wordt al hard aangepakt in de rechtszaal en door de rechter gedwongen concretere stappen te zetten. Maar Shell had al aangekondigd in hoger beroep te gaan én 2050 is te ver weg; in de tussentijd kan er nog zo veel schade aangericht worden. Voordat duidelijk is en bewezen kan worden dat de genomen stappen niet toereikend zijn, zijn er jaren verstreken.

Pino heeft ook geen medelijden met de aandeelhouders. Die zijn volgens hem alleen maar bezig met de korte termijn. Die vertrouwen erop dat Shell deze lastige kwesties wel weer zou weten te regelen. Na een uitspraak van de rechter volgt steevast een heel klein dipje in de aandelenkoers, maar een kleine week later is die weer op de oude hoogte.

De tijd van slim regelen en traineren is voorbij. Er moet veel drastischer ingegrepen worden en het publiek moet er veel meer bij betrokken worden, vindt Pino. En juist omdat Shell naar eigen zeggen al stappen aan het zetten is, zijn ze een goed mikpunt. Ze kunnen de beoogde veranderingen des te sneller uitvoeren. Hij heeft het meest te doen met Nemo zelf en zijn moeder, die hebben er niet om gevraagd en zullen het meeste lijden. Maar wat is nou uiteindelijk hun schade? Misschien twee maanden onzekerheid zonder fysiek letsel, een prijs die het betalen waard is.

Tot slot zal het Nederlandse rechtssysteem de Warriors de meeste bescherming bieden; ook daarom is Shell een goede keuze. Hoewel vrijheidsberoving niet goed te praten valt, zal de publieke opinie waarschijnlijk niet louter negatief zijn. Er zal een discussie op gang komen tussen voor- en tegenstanders. Het zijn altijd enkelingen en kleine groepen geweest die belangrijke veranderingen in gang zetten, niet zelden met een schok. En over de noodzaak is iedereen, behalve klimaatontkenners, het eens, Shell inclusief. Het verschil in opvatting zit alleen in hoever en hoe hard er ingegrepen dient te worden, om de aarde leefbaar te houden voor homo sapiens en vele andere soorten. Ja, Shell is echt een goede keuze.

Hoofdstuk 7

Het dringt door

‘De schoften! Waarom Lucas?’ Claire zit aan de grote keukentafel met Johan, Morris Evans, Head of Security bij Shell, Frans Casemier, hoofdcommissaris van de Regionale Politie Eenheid Den Haag, en zijn rechterhand, Anita van der Klomp. De inhoud van de brief is niet helemaal tot Claire doorgedrongen, alleen de bottomline: ze hadden haar kleine jongen gekidnapt omdat Shell de wereld vervuilt. *Daar kan Lucas verdomme toch niets aan doen? Welke zieke geest bedenkt dat het ontvoeren van een onschuldig kind de wereld kan redden?* Wat waren ze blij en trots geweest toen Johan CEO werd van zijn geliefde Shell. Maar dat was deze prijs niet waard.

Johan zit naast haar, ineengezakt op zijn stoel, met zijn stropdas nog om, voor zich uit kijkend zonder klaarblijkelijk al te veel te registreren. Claire kijkt opeens op: ‘Simon en Mees! Waar zitten die nu? Hoe kan die brief hier eerder zijn dan dat zij hem missen?’

Casemier antwoordt: ‘We hebben ze gesproken. Ze zitten op dit moment helemaal stuk en voelen zich heel schuldig dat ze niet eerder aan de bel getrokken hebben. Ze waren elkaar kwijtgeraakt in een disco, alle drie al behoorlijk dronken, en ze dachten de volgende ochtend dat Lucas met een Italiaans meisje was meegegaan, met wie ze hem die avond hadden zien dansen. Eerst waren ze blij voor hem, maar gedurende de dag werden ze ongeruster, omdat hij niet reageerde op hun berichtjes. Achteraf begrepen ze niet dat ze er nog een nacht overheen hebben laten gaan. Ze werden heen en weer geslingerd: ze wilden niet onnodig paniek zaaien als Lucas het naar zijn zin had. Ook waren ze bang voor slecht nieuws en dat ze jullie dan moesten bellen. De tweede ochtend zijn ze wel actief gaan zoeken; ze zijn naar de politie en langs ziekenhuizen gegaan om te vragen of ze iemand gevonden hadden. Ze hadden net moed verzameld om jullie te bellen, toen wij ze te pakken kregen.'

'Ze hebben ruim anderhalve dag gewacht voordat ze aan de bel trokken?' vraagt Claire vol ongeloof.

'Dat is inderdaad rijkelijk laat,' valt Van der Klomp in. 'Ze hebben hun kop in het zand gestoken, in de hoop dat het allemaal op z'n pootjes terecht zou komen. Ik denk dat het in dit geval niet veel uitgemaakt had als we het eerder hadden geweten. Nu we de brief hebben, bespaart ons dat veel tijd die we anders hadden gestoken in het zoeken naar het Italiaanse meisje, het bellen naar ziekenhuizen, het checken van sloten en greppels en dergelijke. De ouders van Simon en Mees vliegen vanavond naar Italië, met twee agenten van ons. De politie aldaar verleent alle medewerking en ze nemen het gelukkig uiterst serieus. We zijn nu bezig een team samen te stellen, zodat intensieve samenwerking met de Italiaanse collega's gewaarborgd is. Zoals altijd is het eerste en hoogste doel een snelle en behouden thuiskomst van uw zoon Lucas. Het vangen van de ontvoerders of het verdedigen van de belangen van Shell zijn van ondergeschikt belang.'

Johan is blij dat Anita er is. Haar aanwezigheid en haar rustige, weloverwogen manier van praten, zorgen ervoor dat Claires paniek voor nu binnen de perken blijft en, om eerlijk te zijn, zijn eigen ongerustheid ook. Johan heeft het gevoel dat hij het voortouw moet nemen, zoals hij gewend is en zoals men van hem verwacht, maar het lukt niet. Lucas in handen van fanatieke wereldverbeteraars, hoe eloquent of vechtend voor een gerechtvaardigd doel dan ook; het valt hem zwaar. *Hoe zou hij erbij zitten of liggen? Waar is hij nu? Minimaal een maand houden ze hem vast!* Johan voelt zich op allerlei manieren schuldig. Hoe je het ook wendt of keert: als hij niet bij Shell had gewerkt, was Lucas niet ontvoerd. Hij voelt zich vooral schuldig tegenover Lucas en Claire; in plaats van ze een mooi leven te geven, sleurt hij ze een nachtmerrie in. Had hij toch niet meer veiligheidsmaatregelen moeten nemen? Had hij dit kunnen voorkomen? CEO's en hun familieleden liepen nu eenmaal het risico om ontvoerd te worden, ook in Nederland, getuige de ontvoeringen van Gerrit Jan Heijn en Freddy Heineken. Was hij naïef geweest?

Hij voelt zich ook schuldig tegenover Shell; dat zijn privésituatie nu zo'n impact heeft op het bedrijf. Dat deze gevoelens irrationeel zijn weet hij wel – de schuld ligt bij de ontvoerders, en was het niet Lucas, dan was het de zoon van iemand anders – maar toch.

En ergens diep vanbinnen heeft hij het knagende gevoel dat de ontvoerders niet helemaal ongelijk hebben. Het luxeleven van zijn familie, de grote successen van Shell, ze hebben een prijs. Een prijs die anderen betalen. Deze laatste categorie schuldgevoelens kan hij niet echt uiten, weet Johan. Daarvoor heeft hij te lang te veel energie in Shell gestoken. Zo'n ontboezeming zou fout vallen en een kniebuiging betekenen voor de ontvoerders. Hoe dan ook zit hij er besluiteloos bij, niet wetend wat hij wel en niet wil laten zien, noch wat hij wel en niet kan doen.

Anita van der Klomp vervolgt: 'We willen graag een paar recente foto's van Lucas, om zijn signalement te verspreiden. Wat ons werk in deze zaak makkelijker maakt, is dat we niet geheimzinnig hoeven te doen, iets wat met name in het begin van ontvoeringen vaak heel lastig is. Dan worden de familie en het bedrijf zwaar onder druk gezet om de politie er niet bij te halen. Nu hoeven we ons daar geen zorgen om te maken. Integendeel: we kunnen in alle openheid opereren en medewerking vragen van het publiek. De ontvoerders zijn er heel zeker van dat ze anoniem kunnen blijven. We gaan het zien. De manier van communiceren die ze voorstellen is niet makkelijk te kraken – al zullen we dat natuurlijk wel volop gaan proberen – maar het voordeel is dat we altijd zeker weten dat we met de echte ontvoerders te maken te hebben. Jullie hebben geen idee hoeveel malloten er gewoonlijk tussendoor komen die claimen iets met de zaak te maken te hebben. Iets anders: deze ontvoering zal zeer breed uitgemeten worden in de media. Jullie persoonlijke geschiedenis en het wel en wee van Lucas zullen publiekelijk bezit worden. Veel mensen zullen met jullie meeleven, maar bereid je ook voor op de "eigen schuld dikke bult"-commentaren. Denk na of jullie voorlopig hier willen blijven of ergens willen onderduiken.'

'O, we blijven absoluut hier!' roept Claire meteen. 'Ik moet er niet aan denken om ook nog ergens anders te zitten. Er staat een hek om onze tuin. Ik blijf hier.'

'Begrijp ik, dan gaan we het op die manier regelen. Realiseer je wel dat jullie hier niet alleen zullen zijn. We weten nog niet precies hoe we het een en ander op gaan zetten, maar jullie zullen beveiligd worden en we onderscheppen alle communicatie, ook die van jullie telefoons. Op het hoofdkantoor van Shell richten we de centrale plek in, want met hen zal hoogstwaarschijnlijk de meeste communicatie plaatsvinden. En op het politiebureau hebben we natuurlijk ons eigen crisiscentrum.'

Johan bedenkt dat in geen van de scenario's die door de jaren heen bij Shell de revue zijn gepasseerd, deze extreme gang van zaken was voorzien. Hij ziet op tegen de dubbelrol die hem nu ten deel valt, maar echt conflicterende belangen verwacht hij niet. Shell heeft toch ook het beste voor met Lucas? En hijzelf zal Shell met verve blijven vertegenwoordigen, al zal het soms misschien niet helemaal synchroon lopen. Johan is vastbesloten om aan te blijven als CEO, juist in het belang van Lucas, maar ook in het belang van Shell en dat van hemzelf: hij zou gek worden als hij niet betrokken zou worden bij de besluitvorming.

~

Nu de koppijn is weggetrokken, gaat het bij Lucas dagen: hij had in de disco al afscheid genomen van Simonetta. Daarna was hij, na eerst binnen rondgekeken te hebben, zijn vrienden buiten gaan zoeken. Een vriendelijke man had zijn hulp aangeboden en Lucas was in het steegje in het busje gestapt. Daar hield zijn herinnering op, tot het moment van ontwaken in deze kamer.

Hij hoort Italiaanse stemmen in de kamer ernaast, staat onwennig op en loopt naar de deur. Hij doet de klink naar beneden, maar de deur wil niet openen. Hij rukt er hard aan, maar er gebeurt nog steeds niets. Wel voelt hij dat de deur een stuk robuuster is dan de rest van de kamer doet vermoeden. Er zit geen sleutelgat in, maar onderin is wel een luik, dat alleen vanaf de buitenkant bediend kan worden. Lucas begrijpt er niets van en roept: '*Hello, anybody there?*' zonder een reactie te krijgen. Hij knipt het licht aan naast de deur en loopt naar de opening in de hoek, een deurgat zonder deur. Daar ziet hij een toilet, een wasbak, twee handdoeken aan een rek en een kleine douchecabine, niet luxe maar bij elkaar beter dan op de camping. Hij draait zich om en loopt naar een van de ramen, maar ook dat zit dicht. Tevergeefs probeert hij ook de andere ramen. *What the fuck gebeurt hier?* Nu slaat de angst hem om het hart: is hij in handen van een of andere *pervert*? Dan ziet hij de twee brieven met zijn voornaam erop op het tafeltje liggen, eentje met een 1 erop, de andere met een 2. Haastig haalt hij de eerste brief uit de envelop en begint te lezen. Hij is zowaar in het Nederlands.

Beste Lucas,

Het spijt ons je te moeten mededelen dat je ontvoerd bent. De reden dat we dit menen te moeten doen vind je in de andere brief, die we aan Shell en aan je vader gestuurd hebben.

Eerst wat regels en mededelingen om de komende tijd zo goed mogelijk samen door te komen.

- Het is onze bedoeling je fatsoenlijk te behandelen. Als je meewerkt zal dit voor ons beiden het prettigst werken.
- Aangezien we op een uitgestorven industrieterrein zitten heeft het geen zin om:
  - hard te gaan gillen of op de muren te bonzen;
  - de ramen in te slaan;
  - te proberen op andere manieren de aandacht te trekken.
  - Wij zien en horen alles wat er in de kamer gebeurt, behalve op de wc, daar zien wij niets: een beetje privacy is je gegund.
- Als we drie keer op de deur kloppen, ga je op het bed zitten. Dan krijg je eten of drinken door het luik in de deur. Of geven we je andere benodigdheden, zoals wc-papier en schone handdoeken. We zullen je wat te lezen geven om de tijd door te komen en van tijd tot tijd zullen we je op de hoogte stellen van de ontwikkelingen.
- Als je met ons wilt communiceren, klop dan twee keer op de deur en zeg duidelijk in het Engels wat je wilt.
- Als je niet meewerkt, zullen we genoodzaakt zijn je te straffen.
- Zoals je in de andere brief zult lezen, zal je verblijf hier minimaal een maand duren, maar stel je maar in op een langere tijd.
- We hopen dat jouw offer niet voor niets is en dat dit het begin zal zijn van een daadwerkelijke omwenteling, zodat je later misschien zelfs met trots kan terugkijken op deze periode.

Sterkte!

Lucas schudt zijn hoofd om de mist te laten optrekken en probeert dit bizarre nieuws te bevatten. *Ontvoerd.* Snel pakt hij de tweede envelop en begint te lezen. Tien minuten later zit Lucas verslagen op het bed met de kopie van de brief aan Shell in zijn handen. *Minimaal een maand! In deze kutkamer? Waar zijn Mees en Simon? Ma en pa worden natuurlijk helemaal gek!* Hij leest beide brieven nog een keer en het besef begint in te dalen dat dit echt is; geen suf spel of stomme fantasie. Hij, Lucas Dijkhuizen, is een spil geworden in het grotemensenspel van klimaat, Shell, politiek, rechters, politie en media.

Lucas merkt tot zijn verbazing dat hij eigenlijk niet zo bang is en dat hij het zelfs wel spannend vindt dat hij zo belangrijk is geworden. Hij beseft dat dit hem veel bekendheid zal geven, helemaal omdat de ontvoerders daar zelf op aansturen. Wat er ook gebeurt: hij zal de geschiedenis ingaan. Hij ziet wel op tegen de lange dagen in deze kamer zonder enig vertier. Misschien kan hij vragen om een Playstation, dat zou helpen.

Hoewel hij het zelf eigenlijk best gaaf vindt om in het middelpunt te staan, zal zijn moeder het heel zwaar hebben en moet zijn vader het roer bij Shell omgooien. En wat als dat niet lukt? Zou hij hier dan heel lang moeten blijven, of zelfs nooit worden vrijgelaten? Dan slaat de paniek weer toe; de Warriors kunnen dan wel het beste met hem voor hebben, maar ze hebben ook bewezen niet terug te deinzen voor drastische maatregelen. Dus wat gaat er gebeuren als Shell niet meewerkt? *Shit.*

~

'Natuurlijk hebben we draaiboeken liggen voor ontvoeringen, Harvey! Ik zeg alleen dat we in geen van die scenario's hebben voorzien dat we niet alleen moeten opboksen tegen de criminelen, maar ook tegen de publieke opinie, en dat allemaal in het openbaar.'

Morris Evans, Head of Strategy & Corporate Security, probeert kalm te blijven, dit is immers nog slechts het begin. Een paar maanden geleden was Harvey Stewart de nieuwe Chairman van de Board geworden en ze zijn nog niet zo op elkaar ingespeeld als Morris zou willen. Hij werkt nu zeven jaar voor Shell en was daarvoor Director geweest bij Special Contingency Risks, een gerespecteerd bedrijf in Londen, gespecialiseerd in het beheersen van alle mogelijke risico's. Ze hadden er zelfs een afdeling *Kidnap & Ransom*, dus hij had genoeg stressvolle en precaire situaties meegemaakt om te weten dat dit er een zou worden. Het leven van de zoon van de CEO tegenover de belangen van Shell; dat zou op zichzelf al moeilijk genoeg zijn, maar er zullen nog veel meer krachten loskomen. Naar buiten toe moeten ze zo veel mogelijk geheimhouden, maar wel laten doorschemeren dat Shell nooit losgeld betaalt. En achter de schermen moeten de politie en de ingehuurde specialisten er alles aan doen om de ontvoerde vrij te krijgen. Maar nu zou zeer binnenkort ook alles openbaar zijn. Onderdeel van de eisen was immers de publiciteit zelf! En zelfs als Shell niet voldoet aan die voorwaarde, dan zal de media het wel voor ze doen.

Dus moeten ze het heft in eigen handen nemen. Stoppen met olie- en gaswinning is geen optie. Daar zou Shell nooit mee instemmen, Lucas of geen Lucas, weet Morris. Maar hoewel de brief nog uitvoerig bestudeerd gaat worden door verschillende specialisten, is het voor Morris duidelijk dat ze te maken hebben met een geduchte tegenstander, die waarschijnlijk ook nog op een hoop sympathie kan rekenen. De komende weken zullen de emoties hoog oplopen en Morris ziet het als zijn taak om dit proces zo ordentelijk te laten verlopen als mogelijk.

'Ja, dit wordt heel vervelend als we het niet snel oplossen,' zegt Harvey. 'Jij leidt het crisisteam, Morris, en je haalt er iedereen bij die jij nodig denkt te hebben, zowel intern als extern. Jij verzorgt ook de primaire communicatie met de politie en andere officiële instanties. Ik geef je carte blanche. Ik wil dagelijkse updates aan de hele Board, maar wij zullen elkaar wel vaker per dag spreken.'

'Is goed, doe ik. En Johan?'

'Ik ben er nog niet uit hoe we Johan moeten positioneren. Als hoogste verantwoordelijke van Shell moet hij er natuurlijk voor zorgen dat onze belangen zo goed mogelijk behartigd worden.

Kunnen wij van Johan vragen om beide rollen te vervullen? Hij is een stressbestendige, nuchtere kerel, maar moeten wij hem niet beschermen? Kunnen wij erop vertrouwen dat hij in deze situatie de beste beslissingen voor Shell neemt? Ik vind het lastig.'

'Is ook lastig. Ik vind het eerlijk gezegd niet ideaal. Niet alleen omdat het voor hemzelf bijna onmogelijk is, maar ook de mensen in zijn team zullen het moeilijk vinden om te beoordelen met welke pet op hij zijn beslissingen neemt.'

'Dat begrijp ik. Vooralsnog wil ik echter de beslissing hierover aan hem laten, dat zijn we aan hem verplicht. Maar wees alert en laat het me alsjeblieft meteen weten als je het gevoel krijgt dat Johan de wereldwijde belangen van Shell uit het oog verliest, of dat hij anderszins de controle begint kwijt te raken.'

Harvey weet dat hij zich met deze laatste woorden op glad ijs begeeft; het is nooit goed om aan een ondergeschikte te laten blijken dat er twijfels zijn over de baas. Maar dit is zo'n ongebruikelijke situatie, dat hij het toch nodig vindt. Het is zijn taak om de belangen van Shell boven alles te stellen. Hij had zich een rustigere start van zijn periode als Chairman voorgesteld, maar het zou niet gebeuren dat Shell tijdens zijn wacht een grote klap te verduren zou krijgen. Nee, Sir Harvey Stewart gaat laten zien uit welk hout hij gesneden is.

Hoofdstuk 8

De eerste zonnestralen

De scène die zich afspeelt op de NRC-redactie speelt zich in grote lijnen op redacties over de hele wereld af. De hoofdredacteur, Peter van Weteringen, had enigszins verstrooid en met een verse kop koffie binnen handbereik, de envelop opengemaakt die aan hem gericht was. Het aantal fysieke brieven met zijn naam en titel erop was in deze tijden aanzienlijk afgenomen. De gemiddelde leeftijd van de schrijvers lag hoog. Peter verwachtte een nette, misschien zelfs handgeschreven brief, waarin gewezen zou worden op een onzorgvuldigheid in de berichtgeving.

Peter maakt zijn eigen post open. Hij wil geen onnodige filters inbouwen die de nieuwswaardigheid anders inschatten dan hij zelf zou doen. En niet-digitaal betekende ook dat de post niet gestuurd was door een algoritme dat voor hem of zijn lezers bepaalde wat wel of niet belangrijk was. En al bevatten de brieven geen nieuwswaardige informatie, toch vond hij ze verfrissend en gaven ze hem het gevoel voeling te houden met een belangrijk deel van zijn lezers.

In de envelop zit de brief van de Warriors, met de melding dat deze een dag eerder aan Shell en de ouders was gestuurd. In de laatste alinea is het e-mailadres lucas@shell.com weggehaald en de PGP-sleutel vervangen door een andere, die voor alle media geldt. Peter gaat met een schok rechtop zitten, zijn koffie bijna omstotend. Na meer dan twintig jaar in de journalistiek heeft hij veel voorbij zien komen, maar dit? *Is dit echt?* Terroristen die de verantwoordelijkheid opeisen voor verschrikkelijke en laffe daden zijn er genoeg. Maar een misdaad zo presenteren en toelichten, zonder restricties over wat de media wel en niet mogen bekendmaken, dat is ongekend.

Terwijl hij iedereen laat optrommelen – collega's die regelmatig over Shell schrijven maar ook andere collega's, met ieder een eigen invalshoek op deze ontvoering – schiet er van alles door Peters hoofd. *Welke nieuwsmedia hebben dit nog meer gekregen? Dit is een journalistieke goudmijn. Zijn dit helden of terroristen?* Voor Shell duidelijk terroristen. Onder de tegenstanders van fossiele brandstofwinning kun je waarschijnlijk beide opinies vinden. Het is niet zo eenduidig. Soms heeft ook hij het gevoel dat alleen maar waarschuwen via rapporten of krantenberichten niet genoeg meer is. Het hele systeem moet snel veranderen.

Ze komen allemaal binnenlopen, benieuwd naar wat er zo belangrijk is. Peter deelt kopietjes van de brief uit. Ja, hij heeft gewoon kopieën laten maken; hij had de blaadjes toch al uit de envelop gehaald en ze uitgebreid in zijn handen gehad. Hij heeft de envelop en de brief daarna wel apart gelegd voor het sporenonderzoek van de politie. Ze hoeven ook geen moeite te doen om hun bron te beschermen, dat scheelt.

Als iedereen alles gelezen heeft, begint Peter: 'De politie wordt nu gebeld, maar die zullen dit al ruim een dag weten, neem ik aan. Ik ga ervan uit dat dit echt is. Het ziet er te doordacht uit voor een grap, maar Alex, jij neemt straks meteen contact op met jouw relaties binnen Shell, om dit te verifiëren en hun eerste reactie te horen. Ik denk dat we er ook van uit kunnen gaan dat deze brief op andere redacties in Nederland ligt, en vele erbuiten. In hoeverre willen we deze ontvoerders de aandacht geven waar ze om vragen?'

Alex reageert: 'Dat zou echt de omgekeerde wereld zijn. Als de ontvoerders om stilte vragen, buitelen de kranten over elkaar heen om nieuws naar buiten te brengen, en nu mag het en dan houden we het stil?' Alex schudt met zijn hoofd en vervolgt: 'Dit gaat iedereen volop brengen, dus als wij stil zijn helpen we daar niemand mee, niet eens ons eigen geweten. Dit is te groot: de ontvoering van een achttienjarige jongen is human interest in optima forma, en het doel dat ze ermee willen bereiken is het meest besproken thema van nu en de komende decennia. We kunnen de nuance opzoeken, zoals we altijd doen, maar dit laten liggen zou een gemiste kans zijn.'

De meesten knikken instemmend. Peter vraagt: 'Wat vinden jullie van deze actie? Is het ontvoeren van een onschuldige puber in dit geval te billijken, of is dit een laaghartige terroristische actie die we in alle toonaarden moeten veroordelen. Of iets ertussenin?'

Wilma Diesbergen, de plaatsvervangend hoofdredacteur, leunt naar voren: 'Wat bij mij als eerste naar boven komt, is de beroemde uitspraak, ik geloof van Stalin: "Een enkele dood is een tragedie, een miljoen doden is een statistiek." Dat lijkt mij het sentiment waar deze Warriors op inspelen. Het zoveelste rampenrapport of doemscenario maakt geen indruk meer. Maar een persoonlijke tragedie zoals deze opent het publiek misschien wel een keer de ogen. En wie weet gaat Shell echt een andere koers varen. Dat is een longshot, dat geef ik toe, maar ik ben wel heel erg benieuwd naar hun reactie. Ik zou nu niet graag in Johan Dijkhuizens schoenen staan: wat een onmogelijke spagaat! Maar je gaat mij niet vertellen dat hij bereid is om zijn zoon op te offeren voor de exploitatie van hun olievelden.'

Daarop barst de discussie los. Na twintig minuten is het Peter wel duidelijk: 'Jullie hebben allemaal zeer goede punten. Laten we die de komende tijd zo goed mogelijk belichten. De komende dagen zullen we elke dag iets op de voorpagina zetten, en die van morgen is helemaal aan deze zaak gewijd. Houd de websites van de anderen in de gaten, maar zorg dat wij ons eigen verhaal vertellen. Benader onze experts op het gebied van criminaliteit in het algemeen en ontvoeringen in het bijzonder, en daarnaast psychologen, klasgenoten van Lucas, de politie, cyberexperts, om te duiden wat de wijze van communiceren zegt over de Warriors en om ons te helpen de berichten goed te ontcijferen. Ik wil de meningen horen van Urgenda, Milieudefensie en meer van dat soort groepen. En natuurlijk belichten we alle invalshoeken met betrekking tot Shell, en wat het zou betekenen als ze gehoor geven aan de eisen. En ik wil die film zien. Johan Dijkhuizen zal wel afgeschermd worden, maar we hebben de hoofdprijs als we hem exclusief aan tafel krijgen. Ook de details van zijn carrière en van zijn familie zijn belangrijk. Laten we kijken of we ons licht kunnen laten schijnen waar Sunlight niet komt.'

~

Pino bekijkt de stortvloed aan publiciteit met gemengde gevoelens. Hij is blij dat hij op kantoor een eigen werkkamer heeft; zijn emoties zitten hoog. Het eerste doel van Project Sunlight lijkt grandioos te slagen: alle kranten pakken groot uit, ook degenen die niet rechtstreeks door hen aangeschreven waren. Internet ontploft. Het is meer dan hij had durven hopen, maar het brengt ook meteen twijfel en angst: is dit niet te groot voor hen? Zijn de krachten die zij ontketend hebben wel te beteugelen? Pino bekijkt de koppen:

'SHELL IN SHOCK! Zoon CEO gekidnapt';

'ZOON CEO SHELL ONTVOERD. Warriors eisen openheid van zaken en stoppen fossiele brandstoffen';

'Nieuwe fase in klimaatgevecht: TERRORISTEN PAKKEN ZOON CEO SHELL'; '

'Zal een 18-jarige jongen de geschiedenis veranderen? Zoon CEO Shell ontvoerd!!';

'Klimaatoorlog wordt grimmig en persoonlijk voor Shell. ZOON CEO GEPAKT IN ITALIË!',

'ZOON CEO SHELL GEKIDNAPT! TERRORISTEN OF HELDEN?'

Zoals verwacht waren de commentaren een mengelmoes van

perspectieven en werden ze niet alleen maar geportretteerd als criminelen. Het was al mooi dat ze vaak als 'de Warriors' werden aangeduid, in plaats van als 'de kidnappers'. Veel media hadden de brief integraal gepubliceerd en dat was perfect. Zo werden hun woorden tenminste niet verdraaid, waren de eisen helder en kon het publiek goed volgen wat er gebeurde.

Pino hoopt dat mensen nu inzien dat Shell al meer dan dertig jaar bewust bezig is de boel te flessen. Natuurlijk zijn er velen die uit principe vinden dat je niet moet toegeven aan ontvoerders, maar hij heeft het gevoel dat ook in deze groep het besef zal indalen dat zij hoe dan ook proberen de aarde te redden. Hun werkwijze is misschien niet chic, maar ja, dat kon van de Shells van deze wereld ook niet gezegd worden. Het is makkelijk ervan uit te gaan dat vooruitgang onvermijdelijk is, alleen vergeet men dat die vaak tot stand is gekomen door rebellie en verzet.

Pino heeft grote behoefte om alles met zijn vieren te bespreken, maar dat zou te veel risico met zich meebrengen. De intensiteit van hun communicatie moet nagenoeg gelijk blijven en ze kunnen zeker niet met iedereen tegelijk samenkomen. Ze zullen in ieder geval de komende week helemaal niets doen, zich even gedeisd houden en alle ontwikkelingen zich laten ontvouwen. En Shell de kans geven om hun positie te bepalen. Pino verwacht niet dat zij op hun rug gaan liggen en braaf doen wat hun werd opgedragen, dat is nou eenmaal niet de aard van het beestje, maar wat dan wel? De vervolgacties van de Warriors hangen af van wat Shell gaat doen. De politie en securityexperts zijn ongetwijfeld op volle kracht bezig om Lucas en hen te vinden, dus hoe minder activiteit, hoe beter. Met de media-aandacht zit het voorlopig goed, dat is duidelijk.

Hij denkt aan Giulia en Marco, die fulltime in de weer zijn met Nemo. Ze hadden bij de discotheek goed opgelet dat er geen camera's hingen en hadden Nemo in een onopvallend busje naar een slaperig industrieterrein in een buitenwijk van Bologna gebracht, in de buurt van waar zij wonen. Het is beter om Nemo dichtbij te hebben, zodat ze hun normale leven zo veel mogelijk kunnen voortzetten. Vanuit hun woonplaats is het maar anderhalf uur rijden naar Rimini, daardoor waren de voorbereidingen goed te doen geweest. Het was met dank aan de voorpret op Facebook en Instagram kinderlijk eenvoudig gebleken om erachter te komen waar Lucas naartoe ging op vakantie. Daarom was de keus dus ook op Lucas gevallen: hij zou een gemakkelijke prooi zijn. De jonge jongens waren totaal niet op hun hoede. Marco en Giulia zouden al hoog en droog in Bologna zitten voordat iemand überhaupt door zou hebben dat er iets mis was. Het ging uiteindelijk nog makkelijker dan gedacht: eenmaal aangekomen in Rimini lieten de drie vrienden op hun social media zien waar ze sliepen en konden ze realtime volgen waar ze uitgingen. Ze konden hun ogen niet geloven toen ze Lucas alleen en stomdronken naar buiten zagen waggelen, op zoek naar zijn vrienden. Nu moesten ze toeslaan. Pino was naast hem gaan lopen, had een arm om hem heen geslagen en in het Nederlands gezegd dat hij Mees en Simon net had gezien, en dat hij hem naar hen toe zou brengen. Lucas had wazig geglimlacht en stapte meteen in. Een beetje chloroform deed de rest. Dat Mees en Simon vervolgens ruim anderhalve dag wachtten met alarm slaan, was een bonus.

Giulia en Marco zijn goed voorbereid om Nemo ruim twee maanden onderdak te bieden. Het kantoor is omgebouwd tot een gevangenis. Ze hebben ook een keukentje, want ze willen niet door de mand vallen omdat ze steeds bij hetzelfde restaurant eten halen, zoals bij Freddy Heineken was gebeurd. Op het industrieterrein zitten wat vervoersbedrijfjes, dus er is 24 uur per dag activiteit, wat anoniem komen en gaan makkelijk maakt. Vanuit hun huis, vijf minuten daarvandaan, kunnen ze Nemo via monitoren in de gaten houden.

Pino beseft dat Giulia en Marco de zwaarste taak hebben: de constante druk om Nemo te bewaken, kalmeren en verzorgen; met de angst dat ze ontdekt worden of dat Nemo op een of andere manier zou ontsnappen of de aandacht zou trekken. Het is gemeen, maar ze hebben toch een heel klein cameraatje in het badkamertje verstopt. Ze kunnen het risico niet nemen dat hij toch iets bekokstooft. Daarvoor is de inzet te hoog. Alleen Marco bekijkt de beelden van een naakte, poepende of masturberende Nemo. Zo proberen ze vast te houden aan iets van fatsoenlijkheid tijdens een daad die allesbehalve fatsoenlijk is.

~

De grote tafel in de directiekamer ligt bezaaid met kranten. Johan heeft de meeste ervan bekeken. Het is zo onwerkelijk om op alle voorpagina's een foto van Lucas te zien met vaak een foto van hemzelf ernaast, en tegelijkertijd zo vertrouwd. Hij had een uur geleden een radeloze Claire achtergelaten bij Olivier en Paul, die hun moeder gelukkig kunnen bijstaan nu hij er niet is. Hun aanwezigheid is belangrijk, ook voor hemzelf. Hij is blij er even uit te zijn. Op kantoor heeft hij het gevoel iets te kunnen doen, iets om Lucas terug te krijgen. Toch voelt hij, te midden van zijn collega's en allerhande specialisten, dat de verhoudingen ineens anders liggen. Het gebeurt niet openlijk, maar hij voelt dat er nu anders naar hem gekeken wordt; met medelijden, maar ook met lichte achterdocht of hij wel de juiste afwegingen kan maken. Hier is ongetwijfeld over gesproken, zojuist aan deze tafel, voordat hij erbij was. Dat was te verwachten, hij had alleen niet verwacht dat het nu al zover was, terwijl alles in feite nog moet beginnen. Maar de aandelenkoers is meteen bijna 5 procent gedaald, een ongehoord grote koersval, en dat had alle analisten, aandeelhouders, pensioenfondsen en natuurlijk Shell zelf op scherp gezet. Daarover maakt Johan zich echter de minste zorgen. De koers zal wel weer terugveren, zoals zo vaak na een slecht nieuwsbericht. Investeerders vergeten makkelijk. En al zou het in deze situatie wat langer kunnen duren, voor een werkelijke correctie op de waarde van Shell is het nog veel te vroeg.

Er zitten alleen Shell-mensen aan tafel. De politie, de ingehuurde veiligheidsexperts en de communicatiespecialisten zitten op de tweede verdieping, waar een crisiscentrum is ingericht. Morris Evans, nu het hoofd van het crisisteam, probeert de afgelopen uren samen te vatten: 'De politie en andere experts verwachten niet dat we deze jongens snel te pakken hebben. Dat betekent dat we serieus naar de eisen van deze "Warriors" moeten kijken. Wat is het risico als we helemaal niet toegeven aan hun eisen? Dat we Lucas nooit meer terugzien, maar ook mogelijk een heel slechte pers, waardoor onze reputatie schade oploopt en klanten weglopen. Hoelang zou het duren voordat dat overwaait? Sorry, Johan, ik loop alleen even de verschillende opties na.' Johan begint een beetje ongemakkelijk te schuiven op zijn stoel.

Hij vervolgt: 'De experts achten het zeer onwaarschijnlijk dat ontvoerders als deze, met de wil om de wereld te verbeteren, een onschuldige jongen kwaad zullen doen. Ik voeg daar meteen aan toe dat deze situatie dermate uniek is dat de mening van experts niet zaligmakend is. Deze zogenaamde wereldverbeteraars hebben wel een achttienjarige jongen ontvoerd, dus tot extreme maatregelen zijn ze hoe dan ook bereid. En het argument dat het niet in het belang is van ontvoerders om hun slachtoffer iets aan te doen, is te vaak wishful thinking gebleken.' Johan is blij dat Claire hier niet bij zit, die zou Morris niet uit hebben laten praten. Hij krijgt er zelf ook buikpijn van, maar weet dat hij zich in moet houden, wil hij betrokken blijven bij alles wat er gaat gebeuren.

Morris gaat door: 'Aan het andere eind van het spectrum geven we toe aan alles wat de Warriors willen, wat in zou houden dat er een einde komt aan Shell zoals we het nu kennen. Is dat slecht? En is Shell zo totaal om te *turnen*? Kunnen we onze enorme resources, met hulp van overheden, zodanig inzetten dat Shell op de lange termijn de grote winnaar is, hét bedrijf van de nieuwe energie, financieel zowel als moreel? Kunnen we deze ongevraagde interventie gebruiken om zo'n ongelofelijke ommezwaai te maken? Dit zou wel betekenen dat we toegeven aan de eisen van criminelen, en wat zou dat betekenen voor de andere spelers?' Johan moet toegeven dat Morris het goed verwoordt, en inderdaad eerlijk alle opties doorneemt.

Morris gaat door: 'En daar tussenin ligt natuurlijk een heel groot grijs gebied. We kunnen bijvoorbeeld best meer ruchtbaarheid geven aan *Climate of Concern*. Het is niets nieuws onder de zon en we laten ermee zien dat we het klimaat altijd belangrijk hebben gevonden. En we kunnen op die manier wachten met de andere eisen, maar de ontvoerders en de buitenwereld toch laten zien dat we er druk mee bezig zijn. Zo kunnen we dit positief spinnen en kopen we tijd om te achterhalen waar Lucas is en wie die klootzakken zijn. We gaan kijken wat de reactie van de ontvoerders is en dan zien we hoe hard ze het willen spelen en hoe ver ze willen gaan. En naar aanleiding van hun reactie bepalen wij dan onze volgende stappen. Wat vind jij, Johan?'

Hoofdstuk 9

Op de tast

Terwijl de Warriors zich stilhouden, draaien de politie, experts en de media overuren. Zoals gewoonlijk doet iedereen op social media zijn zegje en verdrinkt de nuance al snel in een zee van boude uitspraken aan beide einden. Meningen gaan van 'deze harteloze criminelen verdienen niets anders dan de doodstraf' tot 'eindelijk worden die smerige graaiers die onze wereld vernietigen zelf eens aangepakt'.

Op het kantoor van Milieudefensie, dat verschillende succesvolle rechtszaken voerde tegen Shell, begrijpen ze beide standpunten. De organisatie werd genoemd in de brief van de ontvoerders en dus staat de telefoon roodgloeiend. Men wil weten of ze plaats zouden nemen in de Board van Shell als ze gevraagd worden en of ze deze daad ondersteunen.

Topadvocaat Robert Fox had met het bijstaan van Milieudefensie en Urgenda de wereld laten zien dat er via de rechter wel degelijk verandering afgedwongen kan worden ten gunste van het klimaat. Hij was van mening dat als je wist in welke staat de wereld verkeerde, je niet het recht had om niets te doen. Maar viel deze actie op die manier goed te praten?

In de meeting room aan tafel bij Milieudefensie, vraagt Steven Visser, hoofd communicatie, aan Robert: 'Wat vind jij dat we moeten doen?'

'Ik weet niet hoe we hier nu precies op moeten reageren. Ik steek al mijn energie in het op legale wijze afdwingen van gedragsverandering bij de overheden en de grote vervuilers. En we maken daar goede stappen in. Je zou verwachten dat ik erop tegen ben dat mensen op criminele wijze proberen de wereld te verbeteren. Alleen voel ik dat niet echt zo. Ja, wij boeken op onze manier vooruitgang, maar het gaat langzaam, mijns inziens te langzaam. En eerlijk gezegd zijn ook veel acties van Shell als crimineel aan te merken en worden veel onschuldige burgers waarschijnlijk zwaarder en langduriger gedupeerd dan Lucas. Denk aan de Ogoni in Nigeria, maar ook onze eigen kinderen en kleinkinderen als we niets doen.'

Steven: 'Ja, in die spagaat zitten de meesten van ons hier, denk ik.'

Robert vervolgt: 'Waar de ontvoerders in ieder geval in geslaagd zijn, is het probleem en de rol van Shell heel treffend voor het voetlicht te brengen, en voor een heel breed publiek. De rechtszaken die wij winnen staan maar heel even op de voorpagina en verhuizen dan snel naar de financiële secties. Het is met *mixed feelings* dat ik moet toegeven dat de Warriors de eerste slag gewonnen hebben. En wie weet wat er nog gaat komen...'

Angela, een van de woordvoerders: 'Dit zet de discussie wel op scherp inderdaad. Heiligt dit grote doel zo'n heftig middel? En wat nou als Shell ons daadwerkelijk gaat benaderen om plaats te nemen in de Board?'

Robert: 'Je kunt je afvragen hoe serieus jullie worden genomen als iedereen weet hoe het komt dat jullie daar zitten. Aan de andere kant; als je daar officieel aan tafel wordt genodigd, is dat niet makkelijk terug te draaien en kunnen jullie dus wel degelijk invloed uitoefenen. Wat voor mij duidelijk is, is dat mochten jullie dit overwegen, jullie dit pas moeten doen als alles achter de rug is. Eerst moeten we zien hoe alles zich ontvouwt, en pas dan beslissen we over onze rol.'

Steven verzucht: 'Maar wat zeggen we nu dan? Veroordelen we deze actie of laten we doorschemeren dat we, alhoewel we vrijheidsberoving nooit zullen goedkeuren, begrijpen dat er mensen zijn die uit frustratie bereid zijn tot harde acties? Of brengen we Milieudefensie dan in gevaar? Ik moet eerlijk zeggen dat als die jongens gepakt worden, ik wel een heroïsche rol voor jou zie weggelegd, Robert.'

'Grappig genoeg schoot mij ook dat meteen door het hoofd,' antwoordt Robert. 'Iedereen heeft recht op verdediging en deze zaak wordt hoe dan ook zeer interessant. Maar laten we niet op de zaken vooruitlopen.'

'Nee, we hebben geen haast. Laten we vooralsnog zeggen dat we in deze hectische tijd geen commentaar leveren; dat we onze aandacht richten op onze eigen strijd voor het redden van het klimaat, en dat we hopen op een snelle en behouden thuiskomst van Lucas,' vult Angela aan.

Steven: 'Ja, en let dan vooral op wat we niét zeggen. Niet "we veroordelen deze actie in alle toonaarden en we distantiëren ons ten verste van deze laſhartige daad", nee, we voeren onze eigen strijd. Top! Ik vind het mooi. Kunnen we later nog alle kanten mee op, maar een goed verstaander zal begrijpen dat wij in de Warriors toch medestrijders zien, hoe laakbaar hun aanpak ook moge zijn.'

~

'Dag 5' schrijft Lucas bovenaan een nieuw vel. Hij had meteen om pen en papier gevraagd om aantekeningen te kunnen maken. Een maand lang opgesloten zitten in deze kamer gaat tegenvallen, dat is hem wel duidelijk aan het worden. Hij hoopt dat de beloofde PlayStation snel zal komen. Lucas rekent er niet op dat hij zijn aantekeningen mee mag nemen bij zijn vrijlating, maar ze helpen hem zijn observaties te onthouden en ze geven hem het gevoel nuttig bezig te zijn. Bovendien heeft hij gezien dat er in zijn badkamer een buis zit naar de buitenlucht. De diameter van vijftien centimeter is niet voldoende om door naar buiten te kruipen, maar hij kan er wel iets in verstoppen. Mocht ooit iemand deze plek vinden, dan is meteen ontegenzeggelijk bewezen dat hij hier vastgezeten heeft. Dit plannetje geeft hem energie en zelfvertrouwen. Het zou nog beter zijn als hij de blaadjes naar buiten kan laten vallen en iemand ze vindt en alarm slaat. Maar de buis gaat eerst naar boven en dan de bocht om. Hij kan niet zien hoe lang de buis is en wat zich aan het uiteinde bevindt, hoogstwaarschijnlijk een rooster. Maar het kan geen kwaad daar ook een poging toe te wagen. Hij moet nog zoeken naar iets in de kamer dat hij ongezien kan gebruiken om een papiertje door de buis te duwen.

Wat weet hij tot nu toe? Hij noteert: 100% zeker: minimaal één man en één vrouw. (Ik heb ze duidelijk met elkaar horen praten door de deur heen.)

99% zeker: het zijn beiden Italianen. (Ik hoorde ze praten in het Italiaans, op zo'n typische opgewonden toon als ze het niet eens waren.)

75% zeker: Ik ben nog in Italië. (Ik was bewusteloos door mijn vele drinken en ben wakker geworden in deze kamer, maar ik weet vrijwel zeker dat ik niet heel ver ben vervoerd. Het eten is ook Italiaans.)

50% zeker: De man spreekt ook Nederlands. (De man die mij aansprak en me aanbood me naar mijn vrienden te brengen, deed dat in het Nederlands (toch?); het was in ieder geval geen Italiaans. En de brief is in het Nederlands, of kan dat ook met Google Translate?)

25% zeker: Ze hebben het niet slecht voor met mij. (Er ligt een Engelse *Harry Potter*, ze geven me waar ik om vraag, behalve de PlayStation nog, ik krijg goed te eten en ze gunnen me wat privacy in de badkamer.)

Dit lijstje wil hij de komende dagen en weken uitbreiden.

Hoe zou het met Simon en Mees zijn? Hoe raar was het voor ze dat ik niet kwam opdagen? Misschien dachten zij wel dat ik met die Italiaanse was meegegaan. Hoe snel hebben ze aan de bel getrokken? Mamma zal wel boos op ze zijn dat ze me niet beter in de gaten gehouden hebben, maar hier kunnen zij natuurlijk ook niets aan doen.

Lucas hoopt kranten of tijdschriften te krijgen, nieuwsgierig als hij is naar hoeveel aandacht zijn ontvoering krijgt. En zou Shell gehoor geven aan hun eisen, of laten ze hem stikken? Dat laatste kan hij zich niet voorstellen, maar dat zo'n groot bedrijf helemaal overstag gaat, lijkt hem ook onwaarschijnlijk. Dat hij nu het middelpunt is voelt onwerkelijk. Hij heeft een unheimisch gevoel – onzeker over zijn situatie en bezorgd om zijn ouders, die het ongetwijfeld zwaar hebben – maar echt bang is hij nu niet. Dat verbaast hem; hij is ontvoerd en dat is in principe gewoon een slecht verhaal. Lucas begrijpt dat de mogelijkheid bestaat dat de ontvoerders, als Shell te traag beweegt, geweld gebruiken om hun eisen kracht bij te zetten. Maar hij kan zich dat op dit moment niet voorstellen. Wel ziet hij in dat het allemaal een stuk langer kan gaan duren dan die ene maand. Geen prettig vooruitzicht. *Het is te hopen dat ze me dan schone onderbroeken blijven brengen.*

Hij neemt zich voor om elke dag oefeningen te doen om een beetje fit te blijven: opdrukken, diepe kniebuigingen en buikspieroefeningen. Hij ziet niets waar hij zich aan op kan trekken. Hij zal om wat gewichten vragen; het is immers ook in hun belang dat hij gezond blijft. Hij hoopt dat hij door verzoeken in te dienen hints krijgt over waar hij zit en wie zijn ontvoerders zijn. Misschien kan hij met de ontvoerders aanpappen, bijvoorbeeld door te zeggen dat hij het helemaal met ze eens is. Als ze vrienden worden, zullen ze hem minder snel kwaad doen, toch? Hij heeft genoeg tijd om zich op deze rol voor te bereiden. En helemaal toneelspelen is het ook niet. Zijn generatie zal langer met de gevolgen van de klimaatverandering moeten leven dan die van zijn ouders en de ontvoerders.

Ja, dat gaat hij doen: hij zal zeggen dat hij hun strijd ondersteunt. Dat is de veiligste route. En misschien laten ze zelfs wat steken vallen en kan hij ontsnappen, of ervoor zorgen dat ze later makkelijker te vinden zijn.

~

'Het eerste dat we moeten doen is vragen naar een bewijs dat Lucas nog leeft,' zegt Casemier stellig. 'Vaak is men bang om hierom te blijven vragen, om de ontvoerders niet pissig te maken. Die willen de contactmomenten zo schaars mogelijk houden, want daar zitten voor hen de risico's. Maar deze jongens begrijpen heus wel dat we moeten weten of Lucas nog in leven is. En voor hen lijkt communiceren geen probleem te zijn, alhoewel ik dat nog wil zien.'

Ze zitten weer om de keukentafel bij de Dijkhuizens. Voor de politie is het gezin het belangrijkste aanspreekpunt; want de familie stelt de behouden thuiskomst van Lucas boven alles, net zoals de politie. Het contact met Shell was natuurlijk ook intens: daar komen de berichten van de Warriors binnen. Bovendien moet het bedrijf beslissen in hoeverre ze toe willen geven aan de eisen, en daar heeft de politie ook wat over te zeggen.

'Waarom zouden ze hem in godsnaam willen doden? Dat zou toch niet in hun eigen belang zijn?' vraagt Johan.

'Dat is ook verreweg de meest voor de hand liggende conclusie, maar we mogen er nooit zomaar van uitgaan. Er kunnen altijd dingen fout gaan, zoals de ervaring inmiddels wel geleerd heeft. Zo kunnen in de enorme stress die de eerste minuten met zich meebrengen domme fouten gemaakt worden. De ontvoerde kan rare streken uithalen die een buitenproportionele reactie teweegbrengen. En we hebben de bizarre zaak van Heijn meegemaakt, waarbij de ontvoerder het slachtoffer om logistieke redenen meteen om het leven bracht en de politie en de familie maandenlang om de tuin leidde. Ik acht deze scenario's nu hoogst onwaarschijnlijk, maar we zouden ons werk niet goed doen als we er geen rekening mee zouden houden. Bovendien,' vervolgt hij, 'is het cruciaal dat we in contact treden met de ontvoerders en proberen een dialoog op te zetten. Hoe meer informatie ze met ons delen en hoe vaker we een contactmoment hebben, hoe groter de kans dat we erachter komen waar ze zitten of wie het zijn. Vragen om een *proof of life* is een zeer valide reden om contact te zoeken en dus alleen al daarom moeten we het niet nalaten.'

Claire knijpt in Johans hand en knikt stilletjes, terwijl de tranen over haar wangen lopen. Olivier, ook wat bleekjes, vraagt met schorre stem: 'En hoe ziet zo'n *proof of life* er dan uit? Een foto van hem met een recente krant in zijn handen, zoals je in films ziet?'

Anita van der Klomp, die er ook weer bij is, mengt zich in het gesprek: 'Dat is inderdaad een mogelijkheid. Ontvoerders doen dit echter liever niet, want het kan lastig te regelen zijn en aanwijzingen bevatten die tot hun ontmaskering leiden. We kunnen beter een vraag stellen waar alleen Lucas het antwoord op weet. Dat is makkelijker en dan hoeven we niet bang te zijn voor een gemanipuleerde foto of iets dergelijks. En wat helemaal goed zou zijn, is als we een vraag kunnen verzinnen die Lucas doet herinneren aan iets leuks. We noemen dat een *morale booster.* We weten niet in wat voor een situatie hij zich bevindt. Misschien is hij verstoken van alle informatie en vormt deze vraag de eerste echte interactie met zijn ontvoerders. Dan kan dit hem een enorme boost geven.'

In de stilte die volgt schreeuwt Olivier het bijna uit: 'Ik weet het! We moeten iets vragen wat betrekking heeft op experts en het snijden van croissants.' Alle politiemensen kijken hem verbaasd aan, maar Claire moet door haar tranen heen glimlachen en ook Johan kan het niet laten om te lachen. Olivier vertelt in geuren en kleuren het verhaal, dat al meer dan een decennium een klassieker is in hun gezin, en waar ze elke keer weer om moeten lachen. Iedereen is het er al snel over eens dat dit precies het soort anekdote is waar Lucas vrolijk aan terug zal denken en die intiem genoeg is; de ontvoerders kunnen het niet weten en nergens opzoeken.

Er brandt een discussie los over hoe ze de vraag moeten stellen. Op de vraag 'Wat heb je nodig voor het snijden van een croissant?' kan je ook antwoorden met 'een scherp mes'. Dat zouden de ontvoerders kunnen raden. En Lucas zou ook niet zeker weten of ze nou een mes of een expert bedoelen en in paniek kunnen raken dat hij het verkeerde antwoord geeft. Het antwoord op de vraag 'Wie is de expert in de familie?' was ook te gokken. Uiteindelijk was er consensus dat de vraag moet zijn: 'Waar heb je een expert voor nodig?' Het antwoord, 'voor het snijden van een croissant', is niet te raden én zou Lucas een goed gevoel geven, daarvan zijn ze overtuigd.

Het volgende probleem is hoe ze in contact moeten treden met de ontvoerders. De Warriors hadden een ingenieus systeem bedacht om berichten naar Shell en de media te sturen, maar hoe kunnen ze veilig iets terugsturen? Is dit hun eerste fout of hebben ze dit expres gedaan, om wat druk op de ketel te zetten en Shell te dwingen alles in het openbaar te doen en zo meer publiciteit te genereren? De experts van de cryptische communicatiemethode die de Warriors hebben gekozen hebben uitgelegd dat het ook andersom kan: dat Shell ook een bericht met een PGP-code terug kan sturen. Maar dan hebben ze wel een code nodig om het bericht te versleutelen en een adres waar ze het naartoe kunnen sturen. Dat zal risicovol kunnen zijn voor de Warriors. Maar hoe kunnen ze de ontvoerders laten weten dat ze terug willen praten? Ze spreken af dat de communicatie voorlopig via Shell zal verlopen. Zij zijn immers aangeschreven en moeten aan de eisen voldoen. Maar alle berichten zullen altijd volledig afgestemd worden met de familie.

Ze kunnen altijd later alsnog besluiten om vanwege tactische of andere redenen uit naam van de familie te communiceren. Casemier stelt voor dat de politie namens Shell een bericht zal plaatsen in verschillende kranten, met als enige boodschap dat ze op vertrouwelijke wijze willen praten. Dit is meteen een test om te zien hoe inventief en georganiseerd de Warriors echt zijn.

~

Alex loopt zonder te vragen door tot aan het bureau van Peter.

'We hebben de volgende move in de ontvoering!'

Peter trekt zijn wenkbrauwen omhoog.

'Ik krijg net van onze advertentieafdeling door dat iemand een advertentietje wil plaatsen met de volgende tekst: "*Warriors, we hebben jullie bericht ontvangen. De situatie is complex en behoeft wederkerige communicatie. Laat ons aub weten hoe we op een vergelijkbare wijze berichten terug kunnen sturen.*" We hoeven niet te raden van wie dit komt en wat dit betekent.'

'Nee, dat lijkt wel duidelijk. Waarom gebruiken ze de term Warriors?' vraagt Peter zich hardop af.

'Ik denk dat het de enige manier is om de aandacht te trekken van de ontvoerders. Hoe weten die anders dat het voor hen bedoeld is?'

'Ja, waarschijnlijk wel. Een advertentie is dan weer lekker ouderwets, maar ze kunnen blijkbaar weinig anders. Hoe zullen we dit plaatsen?'

'Tussen de kleine advertenties waar hij bedoeld is en ook groot op de voorpagina. Ik heb geen enkele twijfel wat dit is.'

'Wat heerlijk verfrissend dat we bij deze ontvoering niet bang hoeven te zijn de ontvoerde in gevaar te brengen als we informatie delen. We kunnen lekker losgaan met alle theorieën en scenario's. Hebben we de ouders of iemand bij Shell al bereid gevonden wat te zeggen?'

'Nee, vooralsnog gaat het via de woordvoerders van Shell en de politie.'

'Blijf daar wel op hameren, ze hadden deze vraag net zo goed via een interview kunnen afgeven.'

'Tuurlijk. Ik ga kijken wat de opties zijn voor Shell om met de ontvoerders te kunnen communiceren.'

~

Pino zit op kantoor met de NRC en *The New York Times* voor zich. Beide kranten hebben de kleinere advertentie ergens midden in de krant geplaatst en ook groot afgedrukt op de voorpagina. De NRC heeft als kop erboven: 'SHELL ZOEKT CONTACT MET ONTVOERDERS' en daaronder de advertentie.

Ze hadden dit verzoek voorzien, alles verliep dus nog steeds volgens plan, stelt Pino met enige opluchting vast. Marco heeft het eerste bericht al klaarstaan, maar ze hadden afgesproken dat ze nooit binnen 24 uur zouden antwoorden. Laat de politie en Shell maar gissen waar ze op de wereld zijn, en gespannen wachten op een antwoord. Pino is zelf ook gespannen. De hele wereld ontploft om hem heen. Alle gesprekken gaan hierover en hij moet steeds op zijn tong bijten.

Suus heeft gelukkig nog niets gezegd over hoe toevallig het is dat Pino net in Italië was toen Lucas ontvoerd werd. Ze vindt het vooral zielig voor die arme jongen; die kan er toch niets aan doen dat zijn vader bij Shell werkt? Pino loopt thuis op eieren; als hij de ontvoering zwaar veroordeelt, dan zou die schijnheiligheid Suus waarschijnlijk meteen opvallen. Daarom mompelt hij maar dat wanhopige situaties om wanhopige maatregelen vragen. Maar hij voert geen gepassioneerde verdediging voor de Warriors, want dan zou hij zich weleens kunnen verraden.

Pino heeft Giulia net gesproken. Ze heeft het niet makkelijk, maar is in ieder geval samen met Marco. Ze koken voorlopig toch maar thuis, zodat er geen etensgeuren uit het kantoor komen. Nemo gedraagt zich vooralsnog voorbeeldig. Hij leest *Harry Potter* en maakt aantekeningen. Prima, geef hem maar het gevoel dat hij wat onder controle heeft, later zullen ze zijn krabbels innemen. Hij draagt de kleren die ze gekocht hebben. Op zijn verzoek hebben ze hem een PlayStation gegeven om – uiteraard zonder wifi – te gamen.

Hoewel de kamer goed geïsoleerd is en de deur niet van binnenuit te openen is, vinden Giulia en Marco het lastig om 's avonds naar huis te gaan en Nemo alleen achter te laten: misschien verzint hij iets, voelt hij zich opeens niet lekker of draait hij door. Ze kunnen dan wel binnen vijf minuten bij hem zijn, maar midden in de nacht haastig aan komen rijden bij een kantoor is verdacht. De eerste nachten hebben ze om beurten Nemo de hele nacht in de gaten gehouden, maar Pino vindt dat niet nodig. Hij benadrukt dat ze fit moeten blijven en dus echt moeten proberen te slapen.

Alhoewel het mediageweld Pino's verwachtingen heeft overtroffen, verloopt alles tot nu toe redelijk voorspelbaar. Hij weet echter dat er momenten zullen komen dat ze moeten improviseren. Door verschillende scenario's goed door te nemen, kun je sneller inspelen op veranderende omstandigheden en dus beter improviseren. Een manier van voorbereiden op de toekomst waar Shell beroemd mee is geworden. Dat hadden ze gedaan en zo hoopt Pino de politie en Shell een slag voor te kunnen blijven. Voor nu is hij vooral heel benieuwd wat ze zo graag met hen willen communiceren.

Hoofdstuk 10

Moraalbooster?

'Deze jongens weten wat ze doen,' zegt Morris. Ze zitten weer aan de grote tafel in de boardroom – Harvey Stewart aan het hoofd en Johan naast hem – de uitgeprinte mail voor hun neus, waarvan de tekst ook geprojecteerd wordt op het grote scherm. Morris vervolgt: 'Hij is gestuurd naar lucas@shell.com; het mailadres dat we op hun verzoek hebben aangemaakt. Het bericht kwam 25 uur nadat onze advertentie in verschillende kranten en op sites verscheen.'

'Als het digitaal is, waarom duurt het dan zo lang?' vraagt iemand aan tafel.

'Daar kunnen we alleen maar naar gissen. Ons stukje in de krant was nog niet digitaal. Moesten ze eerst overleggen, zagen ze het pas laat, is het lastig om iets te versturen van de plek waar ze zitten, doen ze het expres? Aan de andere kant is dit ook best snel; vroeger, met de gewone post, konden er meerdere dagen of zelfs weken overheen gaan.'

Een ander: 'Is dit moeilijk te ontcijferen of gaat dat makkelijk?'

'Heel makkelijk, voor de experts, als je de juiste hebt,' antwoordt Morris. 'En het feit dat we dit bericht zo kunnen lezen, betekent dat de code om te ontsleutelen die ze meesturen werkt. Ook weten we honderd procent zeker dat de mail afkomstig is van de Warriors zelf. We hebben al verschillende brieven en mails binnengekregen van mensen die proberen een slaatje te slaan uit deze zaak. De politie zal daar achteraan gaan, want het is een misdaad om je voor te doen als een van de ontvoerders, maar het heeft geen hoge prioriteit, zoals jullie je kunnen voorstellen.'

Harvey stelt de vraag die iedereen wil stellen, alhoewel ze het antwoord wel kunnen bevroeden: 'Kunnen we nu zien wie het bericht verstuurd heeft, of op zijn minst waar het vandaan komt, uit welk land?'

'Nee,' antwoordt Morris direct, 'ze gebruiken TOR-software. Dat staat voor *The Onion Router*. Het heeft een slechte naam, omdat er praktijken op plaatsvinden die het daglicht niet kunnen verdragen, maar in oorsprong wilden de ontwikkelaars een omgeving creëren waar mensen anoniem kunnen browsen op het internet. Het was bedoeld voor activisten in landen met een totalitair regime of voor journalisten die veilig willen communiceren met een bron, of gewoon voor mensen die niet willen dat anderen weten waar ze wel en niet naar kijken. TOR bestaat uit heel veel versleutelde lagen, vandaar de ui, die van knooppunt naar knooppunt gaan, in verschillende landen. En pas bij het uitgangsknooppunt wordt het laatste stukje ontsleuteld. Het is onmogelijk om te traceren waar het oorspronkelijke bericht vandaan komt. En deze ontvoerders zullen dit mailtje überhaupt niet vanuit hun schuilplaats verstuurd hebben. Zolang ze geen fouten maken of pech hebben zijn ze vrij veilig. Dat neemt niet weg dat al onze experts en die van de politie er alles aan doen om erachter te komen wie de berichten verstuurt en waarvandaan. Gezien de inhoud van dit bericht weten we dat er minimaal één iemand in de groep is die verstand van zaken heeft én dat enige ironie de Warriors niet vreemd is.' Morris kijkt weer naar de brief op het scherm.

L.S.,

We hebben jullie bericht gezien.

Wat ons betreft is de situatie helemaal niet complex. Jullie realiseren de vijf punten uit onze brief en dan komt Lucas weer thuis. Samenvatting: Shell moet zich terugtrekken uit de fossiele brandstofwinning en de wereld laten weten dat het bedrijf al ruim dertig jaar beseft dat dit onvermijdelijk is.

Desalniettemin begrijpen en respecteren we jullie behoefte om direct met ons te communiceren. De voorpagina's zijn bedoeld voor jullie andere communicatie. Jullie gaan als volgt te werk: publiceer een (gewone) downloadbare nieuwsbrief op jullie eigen website, en verstop in de metadata van het Shell-logo (met hoge resolutie) jullie bericht aan ons, versleuteld met de volgende PGP-code:

24Z3 DLK2 FFQ8 7HD1 YM1W 28J9 H5C6 1DPC 28K1 9SKF

Wellicht ten overvloede: probeer geen slimme trucjes uit te halen, zoals het meesturen van trackingpixels of andere 'cadeautjes'. Als we iets dergelijks ontdekken, zullen we het bericht niet ophalen, niet lezen en dus niet beantwoorden, als we daar al toe geneigd zouden zijn.

Met Lucas gaat het ondertussen prima.

The Sunlight Warriors

Een van de cybersecurityspecialisten aan tafel beaamt: 'Dit zit inderdaad goed in elkaar. Een tekstbericht kan heel makkelijk verstopt worden; het neemt heel weinig ruimte in beslag. Mocht iemand anders het tegenkomen, dan is dat niet erg; zonder de ontsleutelcode kun je niets. En zo kunnen de Warriors het bericht zelf ophalen vanaf een zelfgekozen spot, in plaats van dat wij het ergens heen sturen. Ik kan me niet aan de indruk onttrekken dat ze erop voorbereid waren dat we om directe communicatie zouden vragen.'

Morris merkt op: 'We moeten proberen iets te verzinnen waardoor ze moeten improviseren.'

Johan reageert: 'Deze manier van communiceren roept bij mij *mixed feelings* op. Aan de ene kant vermoed ik, misschien ten onrechte, dat zulke professionele jongens Lucas niet in een opwelling iets aan zullen doen. Aan de andere kant blijken we geduchte tegenstanders te hebben, waar we niet zomaar vanaf zijn.'

Johans woorden krijgen veel bijval aan tafel, waar ieder voor zich probeert een uitweg te vinden. *Kunnen we ze te slim af zijn? Kunnen we iets doen wat makkelijk terug te draaien is? We laten deze snuiters toch niet de toekomst bepalen van ons fantastische bedrijf? Hoeveel gevaar loopt Lucas nou daadwerkelijk?*

Morris voelt de spanning en is er zelf ook nog niet klaar voor om drastische besluiten te nemen: 'De reden dat we gevraagd hebben om een-op-een met ze te kunnen communiceren, is allereerst om erachter te komen of Lucas nog leeft. We gaan niets beslissen of ondernemen voordat we dat weten. We bereiden ons voor op verschillende uitkomsten, maar doen nog niets. En nu we een communicatielijn hebben, kunnen we wellicht ook beginnen met onderhandelen.'

Hij vervolgt: 'De familie heeft van de politie het advies gekregen om een vraag te verzinnen die alleen Lucas kan beantwoorden, en die bij hem tegelijkertijd prettige associaties oproept, om zo zijn moraal een oppepper te geven.'

Johan steekt zijn linkerhand omhoog, beweegt zijn middelvinger stram heen en weer en vult glimlachend aan: 'Sommigen van jullie kennen het verhaal achter mijn niet al te soepele linkerhand. Mijn zeer knullige interventie bij het snijden van een croissant voor Lucas is hier de reden van. Deze gebeurtenis heeft sindsdien een epische en hilarische status gekregen in ons gezin, waar mijn dierbaren me graag te pas en te onpas aan herinneren.'

Morris voegt daaraan toe: 'Ik hoef jullie niet te vertellen dat deze anekdote voorlopig niet bestemd is voor bij het koffieapparaat.

De vraag is of we nog iets willen toevoegen of houden we het bij de vraag om een *proof of life*? We kunnen bijvoorbeeld aanvoeren dat Lucas niets met onze bedrijfsvoering te maken heeft en dat we bereid zijn tot enkele stappen als ze hem eerst vrijlaten. Of we kunnen betogen dat we er in het geval van de Ogoni alles aan gedaan hebben om het goed te maken, maar dat anderen er een potje van gemaakt hebben.'

Tot Johans genoegen antwoordt Harvey: 'Ik ben geen onderhandelaar, maar ik zou het bericht zo schoon mogelijk houden. Het lijkt erop dat we redelijk snel informatie kunnen uitwisselen met de ontvoerders, dus ik zou ze nu niet irriteren of afleiden. Eerst moeten we duidelijk krijgen dat Lucas levend in hun handen is, en deze *two-way*-communicatie opzetten. Zo winnen we ook tijd om intern te bepalen hoe we dit willen spelen.'

~

De tranen biggelen over zijn wangen en een warme gloed trekt door zijn lichaam. Hij leest nogmaals wat er op het papiertje staat dat hij nog steeds in zijn handen heeft:

Shell en je familie willen van je weten waar je een expert voor nodig hebt.

Lucas voelt de betrokkenheid en liefde die in deze vraag besloten liggen. De intimiteit, de zelfspot van zijn vader, de lol die hij hier met zijn broers altijd om gehad had, de halfbakken verdediging van zijn moeder, die haar lachen zelf amper kon inhouden. Te bedenken dat er bij Shell ook over gepraat was. Lucas ziet voor zich hoe zijn vader de scène aan een grote tafel navertelt. Opeens, na bijna zeven dagen, daalt het besef in dat anderen hard aan het werk zijn om hem terug te krijgen, en dat ze zich echt zorgen maken. Dat geeft hem een goed gevoel, maar hij voelt zich ook schuldig, al kan hij er natuurlijk niets aan doen dat hij hier zit. Of voelt hij zich schuldig omdat hij zelf niet zo bezorgd is? *Wacht even, ze willen weten of ik überhaupt nog in leven ben.*

Wat zal hij terugschrijven? Kan hij in zijn bericht een boodschap verstoppen? De ontvoerders durven vast niets weg te laten, want ze kennen het verhaal niet. Wat weet hij dat ze in Nederland niet weten? Italië, minimaal twee mensen. Wat is een croissant ook alweer in het Italiaans? O ja, *brioche*. Dat kan hij wel gebruiken. Zijn ouders zou het opvallen als hij dat woord gebruikt in plaats van 'croissant'. Twee brioches dan? Hij schrijft zijn antwoord op een nieuw blaadje.

Een expert heb je nodig voor het snijden van twee brioches.

Het velletje met de vraag wil hij bewaren, daar wordt hij vrolijk van.

~

Aba is blij dat hij weer iets kan doen. De brieven posten in Duitsland was relatief makkelijk geweest, want toen wist nog niemand dat Nemo was ontvoerd. Hij had wel opgelet dat hij niet in beeld kwam bij het posten of bij het parkeren van zijn auto. Nu was het aan hem om het antwoord terug te sturen naar Shell. Marco had als extra veiligheid bedacht dat ze de locatie waarvandaan ze iets sturen zo veel mogelijk moeten afwisselen; hoe meer rookgordijnen hoe beter. Marco had de anderen duidelijke instructies gegeven en een middag getraind in het gebruik van de TOR-software.

Aba heeft een laptop bij zich die hij alleen voor dit doeleinde heeft en de Tails-software op een USB-stick. Als hij via Tails werkt, kan hij de computer na het uittrekken van de stick in één keer leegmaken: ideaal als hij op heterdaad betrapt wordt. Hij rijdt de parkeerplaats van een McDonald's in een buitenwijk van Brussel op. Daar parkeert hij zijn auto met valse nummerplaten naast een bestelbus.

Aba is weer zenuwachtig. Hier zit hij dan, Abayomrunkoje Oni uit Nigeria, om een bericht te sturen aan het grote Shell, aan de familie van de CEO. Zouden zijn familie en zijn dorp trots zijn dat hij nu eindelijk actie onderneemt om die schoften een halt toe te roepen? Hij denkt van wel; de vernederingen en de verliezen zijn te groot geweest om de andere wang toe te keren. En veel belangrijker nog: het gaat nu om de toekomst, en niet alleen die van zijn dierbaren, maar die van de hele wereld. Het wordt tijd voor Shell om op de blaren te zitten.

De afgelopen maanden was Aba opgewonden geweest, verheugd dat hij een duidelijk doel had, onderdeel was van een ambitieus plan. Pino was zo doortastend geweest, ondanks zijn twijfels, of misschien wel dankzij; nu hij eenmaal een besluit had genomen hield niets hem meer tegen. Het had ook geen zin om dezelfde discussies steeds te herhalen. Pino had hun op het hart gedrukt om altijd een open geest te houden, om op alle onvoorziene situaties in te kunnen spelen. Maar ook om vaart te houden; want wie over elke stap nadenkt, staat zijn hele leven op één been. Aba hoopt dat het allemaal goed uitpakt, maar hij is bereid alle consequenties te aanvaarden: *If you can't do the time, don't do the crime.* Aba klapt zijn computer open, haalt de USB-stick uit zijn zak en steekt hem in de computer. Hij logt in op het gratis wifinetwerk van McDonald's en creëert de TOR-verbinding.

Over het antwoord dat hij moet sturen, had hij met Pino overlegd. Ze vinden het verdacht dat Lucas 'brioche' had geschreven. Een Frans woord, maar ook veel gebruikt in Italië. Dat kan een indicatie zijn dat Nemo denkt dat hij zich nog in Italië bevindt. Maar hij was daar ook ontvoerd, dus echt veel informatie geeft hij hier niet mee weg. Bovendien vinden ze het te riskant om dit eigenhandig te veranderen in 'broodje' of 'croissant'. Ze vermoeden dat de familie ook dan wel weet dat het antwoord van Nemo komt, maar het kan vragen oproepen. Ze zouden dan onnodig tijd verliezen met het heen en weer communiceren.

Aba tikt de PGP-code in. Hij had hem uit zijn hoofd moeten leren, daar was Marco onverbiddelijk in geweest. Die had een geavanceerd systeem opgezet en wilde niet het risico lopen dat ze gepakt zouden worden omdat iemand een papiertje met de code in z'n zak heeft zitten. Veertig willekeurige cijfers en letters was geen onmogelijke opgave, maar Aba had er wel op zitten zweten. Hij typt Nemo's antwoord in en wil afsluiten, als opeens de TOR-verbinding wegvalt. Aba schrikt zich rot. *Shit, wat betekent dit? Zijn we nu de klos?* Haastig trekt hij de USB-stick eruit, klapt zijn laptop dicht, start de auto en zet hem in zijn achteruit. Hij kijkt achterom, maar dan slaat zijn hart een paar slagen over. Achter zijn auto staat een man met zijn handen op het achterraam. '*Attention!*' schreeuwt hij. De bestuurder van het bestelbusje was net uit het restaurant gekomen, en precies toen hij achter Aba's auto liep, startte die. De man schrok en zette instinctief zijn handen op het raam. Met het hart, dat verwoed zijn best doet om de verloren slagen in te halen, in de keel heft Aba zijn hand op: '*Excusez moi!*' De man stapt opzij, kijkt Aba nog even aan en knikt dat het al goed is. Binnensmonds vloekt Aba: '*Merde!*'

~

Zonder het te weten kopieert Claire Lucas; ook bij haar lopen de tranen van ontroering over haar wangen. Lucas leeft! Ze heeft zich er nog geen voorstelling van durven maken hoe het is als hij er niet meer zou zijn. Maar zo'n duidelijk teken van leven, waar bovendien uit blijkt dat hij helder is en mee wil helpen om zijn ontvoerders te ontmaskeren, maakt haar gelukkig, al is het maar heel even. Ze kijkt naar Johan, die ook onmiskenbaar opgelucht is. Om de keukentafel zitten verder, naast Olivier en Paul, alleen vier politiemensen, onder wie Anita, die de dagelijkse leiding heeft gekregen over alle politieactiviteiten rondom de ontvoering, al blijft Casemier nauw betrokken.

Anita: 'Het is inderdaad heel goed nieuws. We hoeven nu niet te speculeren en allerlei alternatieven te verzinnen. Het is duidelijk dat Lucas tot gisteren in ieder geval in leven was, en dat hij ons iets probeert te vertellen. Wat zou dat kunnen zijn?'

'"Brioche" is een woord dat wij nooit gebruiken, en zeker niet in relatie met dit voor ons beroemde voorval,' antwoordt Johan. 'Het verbaast me zelfs dat Lucas dat woord kent. Het is voor mij zonneklaar dat hij wil aangeven dat hij nog in Italië denkt te zijn. De "twee" is voor mij minder goed te duiden. Hij wil er wel iets mee zeggen, want ik ging met maar één croissant de mist in. Zijn er twee ontvoerders? Of twee ontvoerden? Twee plekken waar hij vastgehouden wordt? Iets anders? Ik denk eerlijk gezegd het eerste. Niet dat het ons heel veel informatie oplevert, maar het is geruststellend dat hij iets extra's probeert te communiceren. Dat betekent dat hij goed in zijn vel zit en niet bij de pakken neerzit.'

Anita beaamt: 'Ja, dat zijn onze conclusies ook en voor ons is het feit dat hij het mogelijk over twee ontvoerders heeft wel belangrijke informatie. Er is dan geen sprake van een lone wolf, één gefrustreerde gek. Het is zeer waarschijnlijk dat de ontvoerders inderdaad een groep vormen, en de taken onderling hebben verdeeld. Lucas heeft slim gehandeld. We vragen niet voor niets aan slachtoffers om elk detail, hoe insignificant het ook lijkt, te vertellen, want het kan soms een belangrijk stukje van de puzzel zijn. In dit ene zinnetje geeft hij ons een zeer sterke indicatie dat hij waarschijnlijk nog in Italië is en dat er meer dan één Warrior is.'

Johan knijpt in Claires hand.

'En er is nog meer goed nieuws,' vervolgt Anita. 'Het lijkt erop dat de Warriors hun eerste fout hebben gemaakt, of in ieder geval hun eerste tegenslag moeten incasseren. Ik zal jullie de technische details besparen, maar tijdens het sturen van hun antwoord is voor een kort moment een deel van hun pantser weggevallen, en hebben we kunnen zien waarvandaan het gestuurd is. En dat bevestigt eveneens dat we met meer dan één Warrior te maken hebben. Het bericht lijkt namelijk verzonden vanuit van een McDonald's in een buitenwijk van Brussel.'

'Brussel?'

'Ja, dat is bijna zeker. Het wordt nu allemaal gecheckt en gedubbelcheckt. De Warrior heeft vermoedelijk niet binnen gezeten; de wifiverbinding zal ook op de parkeerplaats gewerkt hebben en die is redelijk anoniem. We hebben videobeelden opgevraagd om te kijken of we daar iets op kunnen zien.'

Johan veert op: 'O, wow! Dat is snel. Ik bedoel, dat ze nu al een fout maken.'

'We moeten er niet al te veel hoop op vestigen, maar er is nu een klein gaatje waar we onze vinger in kunnen wringen om te proberen iets los te wrikken. We hebben iets om achteraan te gaan,' probeert Anita de verwachtingen te managen.

'Wat is dan de volgende stap?' vraagt Johan.

'Wij blijven vol achter alle aanwijzingen aan gaan: we doen onderzoek in Brussel, in Italië zijn collega's druk bezig alle leads op te volgen, en de communicatie- en cyberexperts maken overuren. Maar nu er een verbinding is met de Warriors en we weten dat ze Lucas levend in handen hebben, moeten wij samen met Shell met een antwoord komen. Gaan jullie in op hun eisen, wijzen jullie alles af, of iets ertussenin?'

'Wie bepaalt dan uiteindelijk wat er gezegd en gedaan gaat worden?' vraagt Johan.

'Tja, dat is in dit geval tamelijk complex. Jullie zijn de familie en willen maar één ding: Lucas zo snel mogelijk gezond weer thuis.

De eisen zijn echter gesteld aan Shell. Die willen ook dat Lucas thuiskomt, maar willen en kunnen ze überhaupt aan die eisen voldoen? Shell voert officieel het beleid dat ze nooit onderhandelen met ontvoerders, maar in deze openbare case zullen ze waarschijnlijk wel wat moeten.'

'Daar hebben wij en jullie toch ook iets over te zeggen?' komt Claire ertussen.

'Natuurlijk. En dat doen we ook. Wij willen de thuiskomst van Lucas, wij willen de boeven vangen en wij willen anderen ontmoedigen om ook zoiets te proberen. Jullie hebben nu weinig boodschap aan wat er in de toekomst gebeurt, maar Shell en wij moeten dat wel degelijk meenemen in onze beslissingen,' zegt Anita terwijl ze Johan aankijkt.

Johan merkt dat de plek waar hij zich bevindt veel invloed heeft op zijn gemoedstoestand en zodoende op zijn prioriteiten. Hier thuis, naast Claire en zijn andere zonen, lijkt Shell heel ver weg en kan het hem bijna niets schelen wat Shell zou moeten opofferen om Lucas thuis te krijgen. Maar hij weet dat als hij straks weer op kantoor is, allerlei krachten hem een andere kant op kunnen duwen. Zich eens te meer bewust van zijn dubbelrol, antwoordt hij: 'Eén ding is zeker: Shell zal niet zomaar aan alle eisen toegeven. Dat kan gewoon niet.'

Johan kijkt Claire aan en vervolgt: 'En al konden ze het, dan kun je je afvragen of het goed zou zijn om meteen toe te geven. Is het niet beter om te onderhandelen, om de eisen omlaag te brengen en de ontvoerders uit hun tent lokken?'

Voordat Anita kan antwoorden komt Olivier tussen beide: 'Maar pappa, je zegt dat Shell het niet kan, is dat echt zo? Ik had die film *Climate of Concern* nog nooit gezien, maar ik heb hem nu bekeken. Hij is al gemaakt voordat ik geboren was maar is nu nog steeds relevant. Ik schrok er eigenlijk best wel van. Waarom zouden ze deze negatieve gebeurtenis niet gebruiken om het roer echt helemaal om te gooien? Fuck precedenten! Misschien is dit wel een góéd precedent. Niet de ontvoering op zich, maar het resultaat. Laat Lucas' ontvoering de geschiedenis ingaan als het tippingpoint op weg naar échte maatregelen om de klimaatproblemen tegen te gaan. Met jou aan het roer kan het. Shell heeft genoeg geld; als het een paar jaar wat minder is, *who cares*?'

Anita ziet dit schouwspel met veel interesse aan. Alleen kinderen kunnen zo boud de waarheid zeggen tegen hun ouders. Iedereen aan tafel kijkt naar Johan. Die antwoordt met een zucht: 'Olivier, ik wou dat je gelijk had, maar zo simpel is het helaas niet. Laten we deze discussie hier nu niet voeren en de juiste weg voorwaarts proberen te vinden.'

'Hoezo nu niet? Wanneer dan wel? Hier gaat het toch om? Wat gaat Shell doen om Lucas te redden? Wat gaat Shell doen om de wereld te redden?'

'Het lijkt wel of je de ontvoerders steunt,' countert Johan.

'Ach kom op, pap. Tuurlijk wil ik Lucas hier hebben. Ik zeg alleen dat jij, dat Shell, deze daad kan gebruiken om een voorbeeld te zijn voor de wereld. En je hebt een mooi excuus richting de aandeelhouders en alle andere stakeholders.'

Claire mengt zich in het gesprek: 'Jongens, we willen allemaal het beste voor Lucas en Shell en de wereld. Laten we vandaag blij zijn dat Lucas leeft en in goede gezondheid is, én dat we een openingetje hebben om te ontvoerders te pakken. Gelukkig is je pappa de baas van Shell en kunnen we erop vertrouwen dat hij Lucas bovenaan heeft staan op zijn prioriteitenlijstje.'

Hoofdstuk 11

Wat minder geolied

'Voordat Johan komt en we weer met z'n allen om tafel zitten, wil ik graag samen met jou kijken waar we nu staan,' zegt Harvey tegen Morris. Als Britten onder elkaar begrijpen ze elkaar net iets beter. Harvey weet dat hij er niet aan kan ontkomen om als Chairman van de Board een veel actievere rol op zich te nemen. Het is niet voldoende om Johan te ondersteunen. Hij heeft een goede relatie met Johan en vertrouwt hem volkomen, maar nu de belangen niet meer helemaal synchroon lopen, is er iets veranderd. Heeft hij een fout gemaakt door Johan te laten zitten als CEO? Had hij hem niet beter tijdelijk zijn CEO-functie af kunnen nemen, niet alleen in het belang van Shell maar ook in dat van hemzelf? Zijn eerste impuls was geweest dat hij Johan geen dubbele klap wilde bezorgen. Je baan verliezen, al is het tijdelijk, terwijl je zoon ontvoerd is, leek onnodig wreed. Maar hij is hier niet neergezet om moeilijke beslissingen te ontlopen. Het belang van Shell behartigen; dat is zijn taak.

'We hebben in principe goed nieuws: Lucas leeft en is alert, en de Warriors hebben een steek laten vallen,' begint Morris.

'In principe?'

'Ja, want nu moeten we kleur bekennen. Wat zijn we bereid te doen? Gaan we onderhandelen? Ik hoef je niet uit te leggen dat letterlijk de hele wereld meekijkt en dat elke stap die we zetten onder een vergrootglas ligt; bij onze investeerders, onze werknemers, onze klanten, en alle media die hun geluk niet op kunnen met deze zaak.'

‘Hoe waarschijnlijk is het dat de fout van deze Warriors snel tot een doorbraak leidt?’

Morris schudt zijn hoofd: ‘Daar moeten we nu niet op hopen. Het spoor leidt naar een McDonald’s in Brussel, wat bevestigt dat het een georganiseerde bende betreft. Die gaan we niet in een paar dagen oprollen.’

‘Daar was ik al bang voor. Voordat we de verschillende opties doornemen, wil ik Johans positie met je bespreken. Ik wil weten hoe jij die voor je ziet.’

‘Ik ben blij dat je dit noemt. Helaas is wat ik vreesde, toen we het erover hadden, bewaarheid geworden. Hoe vervelend het ook is voor Johan, die ik heel graag mag, kan hij Shell mijns inziens op dit moment niet leiden. Voor mij is dit een schoolvoorbeeld van belangenverstrengeling. Nog afgezien van het feit dat de ontvoering hem helemaal opslokt en hij dus geen tijd heeft voor andere Shell-zaken, zullen zijn collega’s nooit geloven dat hij voor de volle honderd procent hun belang en dat van Shell bovenaan stelt. Sterker nog: ze zullen verwachten dat hij dat niet altijd zal doen. Krijgt hij dan nog alle benodigde informatie? Zullen ze hem steunen in al zijn beslissingen? Ik denk dat het antwoord op deze beide vragen “nee” is.’

Harvey had dit directe antwoord niet verwacht: ‘Ik twijfel ook of we er goed aan gedaan hebben om hem aan te laten blijven. Ik ben er niet zo van een volwassen persoon tegen zichzelf beschermen, maar dit was wel beter geweest. Maar vind je dan ook dat hij niet meer mag aanschuiven bij onze crisismeetings, waar we onze strategieën voor de onderhandelingen met de Warriors bepalen? We kunnen hem dat soort informatie toch niet onthouden? Moeten we hem niet op zijn minst het gevoel geven dat de belangen van zijn familie zo goed mogelijk behartigd worden?’

‘Hoe zie je dat dan voor je? Dat hij uit een soort medelijden aan tafel mag zitten? Nee, Harvey, je vraagt het mij en voor mij is het duidelijk: Johan moet daar niet zitten. De informatie moet vrij kunnen stromen en de verschillende scenario's, ook die het leven van Lucas mogelijk in gevaar brengen, moeten besproken kunnen worden. We kunnen geen discussies met de handrem erop voeren, omdat we Johan weleens zouden kunnen kwetsen. Jij kunt hem dagelijks bijpraten en hem om input vragen, zodat hij Lucas' belang op een zuivere manier kan verdedigen.'

Harvey weet dat Morris gelijk heeft. Hij ziet op tegen het gesprek met Johan.

~

Alex komt het kantoor binnenrennen. 'We hebben waarschijnlijk een primeur.'

Peter kijkt op.

'Een van mijn contacten binnen Shell heeft me eindelijk iets gegeven wat niet openbaar is. Vooralsnog. Shell heeft bevestiging dat Lucas leeft!'

'Echt? Hoe dan?'

'Ze hebben kennelijk die tweerichtingscommunicatie weten op te zetten waar ze om vroegen in de advertentie. En een vraag gesteld die alleen Lucas kan beantwoorden.'

'Dat is goed nieuws zeg. Waarom komt hij nu met deze informatie?'

'Een zij. Ze werd vermoedelijk moe van steeds maar weer "geen commentaar" te moeten zeggen. Plus, ik denk dat ze het fijn vond om een keer goed nieuws te geven in deze ellende. En ze schaadt hiermee de zaak niet. Alhoewel Shell nu wel met de billen bloot zal moeten. Want wat gaan ze geven om Lucas vrij te krijgen?'

'Ja, dat wordt interessant. Je weet zeker niet wat de desbetreffende vraag was.'

'Jawel! Dat heeft ze ook verteld. Dijkhuizen heeft ooit zich flink gesneden bij het snijden van een croissant voor Lucas onder het slaken van de voor de familie legendarische woorden "Kijk, zo doet een expert dat". Dus de vraag was waar je een expert voor nodig had.'

'Dat is een mooi verhaal. Wat denk je, kunnen we het risico lopen om dit eerst in de krant te zetten en dan pas op het internet? Of lopen we het risico dat we dan de primeur verliezen?'

'Ik zou het risico niet durven lopen. Als wij het nu posten, dan zullen anderen voorlopig ons als de bron moeten aangeven, dat is goed genoeg.'

'Loopt jouw bron een risico? Kunnen ze bij haar uitkomen, omdat zij een van de heel weinigen is die dit weet?'

'Dat heb ik natuurlijk gevraagd. Nee, ze zei dat er meer dan voldoende mensen aanwezig waren. Voordat het antwoord terugkwam, werd er wel heel streng op toegezien dat het niet naar buiten zou komen. Maar nu wordt het als het ware bij het koffieapparaat besproken. Dus het gaat snel naar buiten komen.'

'*Well done*, Alex. Zet dit goed op internet en we maken er een mooie reportage van voor morgen.'

~

'LUCAS LEEFT!' Susanne leest de grote kop op de voorpagina. Het hoe en wat wordt breed uitgemeten in de media. Het voorval met de croissant doet haar glimlachen, al beseft ze daardoor eens te meer dat hier een familie uit elkaar getrokken is. Het geeft Johan Dijkhuizen bovendien een menselijker gezicht: feilbaar en kwetsbaar. Hoe de media dit allemaal zo snel weten is haar een raadsel. Waarschijnlijk is er met opzet gelekt om aan alle speculaties een einde te maken.

Ze kijkt hoe Luna met haar tong uit haar mond aan het tekenen is; de handen en voeten harken, maar de zon al mooi rond. Ze moet er niet aan denken dat iemand Luna zou wegnemen om het klimaat te redden. Lucas is weliswaar ouder, maar even onschuldig. Hoe nobel het streven ook mag zijn, dit voelt simpelweg niet goed.

Dat het een keer uit de hand zou lopen was te verwachten; er zijn zo veel actiegroepen, en de belangen waren zo groot, dat de kans levensgroot is dat een van die groepen – of een eenling, zoals Volkert van der Graaf bij Pim Fortuyn – het heft in eigen hand neemt. Pino vertelde laatst dat er nota bene een boek was uitgekomen met de titel *How to Blow Up A Pipeline*. En de schrijver ervan loopt gewoon vrij rond. Terwijl het opblazen van een pijpleiding niet alleen het oliebedrijf raakt, maar ook vele omwonenden. De bijkomende schade zou ook nog eens moeilijk te beteugelen zijn. Vergeleken daarmee is deze ontvoering, meer een precisiebom, misschien niet eens zo gek. En het genereerde meer en langer publiciteit. Zo'n ontploffing doet even pijn in de boardrooms van het oliebedrijf en de verzekeringsfirma, maar verdwijnt snel uit het collectieve geheugen. Een pijpleiding roept nu eenmaal weinig emotie op.

Susanne is heel benieuwd hoe Shell gaat reageren. Ze had *Climate of Concern* bekeken op YouTube en was met stomheid geslagen. Heb je nog meer bewijs nodig dat dit bedrijf altijd voor zichzelf kiest, terwijl ze weten dat het niet klopt wat ze doen? Hé, is ze hier nou de Warriors aan het verdedigen? Nou ja, in ieder geval kan ze hen wel begrijpen; zij heeft de oplossing ook niet.

Ze vindt Pino verassend kalm over de hele situatie, ze had een heftigere reactie van hem verwacht. Hij lijkt ernaar te neigen om de actie begrijpen, maar gezien zijn emotionele pleidooien tegen de grote vervuilers van deze wereld en zijn machteloosheid om er iets tegen te doen, had ze verwacht dat hij de Warriors met meer vuur zou verdedigen. Vermoedelijk gaat ook Pino dit een stap te ver. Hij is zo dol op Pipi en Luna, en vanuit zijn grote rechtvaardigheidsgevoel (wat jij niet wil dat jou geschiedt, doe dat ook een ander niet) vindt hij het waarschijnlijk moeilijk om deze actie openlijk te steunen. Hij had zich wel laten ontvallen dat hij, nu het kwaad geschied was, benieuwd was wat Shell zou gaan doen. 'Laat dit dan maar een kantelpunt zijn, al is het een beetje om de verkeerde reden', had hij gezegd. Helemaal oneens kan ze het daar niet mee zijn.

~

Op de achtste dag bellen ze voor het eerst weer met z'n allen. De behoefte daaraan hadden ze elke dag gehad, maar daar konden ze niet aan toegeven. Toen had Aba iedereen een berichtje gestuurd met het codewoord 'Europa' erin, wat betekent dat ze elkaar de eerstvolgende middag om halfvijf bellen op hun eerste wegwerptelefoon, want er is potentieel gevaar. Aba heeft net met enige paniek in zijn stem uitgelegd wat er de vorige dag gebeurd is op de parkeerplaats bij de McDonald's.

Marco, die samen met Giulia belt via de luidspreker, reageert als eerste: 'Fuck, Aba, dit had je meteen moeten melden. Met zoiets wacht je toch niet bijna een hele dag?'

'Ja, sorry *guys*. Ik maak me inderdaad zorgen, maar ik wilde niet meteen het allerhoogste alarm slaan. Dit valt volgens mij niet onder de situaties die we hadden besproken, zoals: de politie staat voor de deur, Nemo is ontsnapt, een van ons is opgepakt of zo.'

'Ja, maar we hadden ook afgesproken,' gaat Marco door, 'dat je bij twijfel liever te veel of te vroeg aan de bel trekt dan te weinig of te laat. En als het iets technisch betreft, moet je mij gewoon meteen bellen, zodat ik snel kan bekijken hoe bedreigend het is voor onze operatie.'

Pino is ook niet blij met hoe Aba deze situatie heeft aangepakt. Dat er dingen anders zouden lopen dan voorzien wisten ze van tevoren, daar had hij tot in den treure op gehamerd. Het was ieders taak om daar zo goed mogelijk mee om te gaan. Aba's angst om paniekerig of onprofessioneel over te komen had hem op een verkeerde manier terughoudend gemaakt. Pino komt ertussen: 'Aba, het klopt dat we hadden afgesproken dat we *better safe than sorry* zijn. Dat de verbinding wegviel is je niet aan te rekenen, maar dat je ons zo laat informeert wel. Als we elkaar niet de keiharde waarheid blijven vertellen, kunnen we niet adequaat reageren. We kunnen alleen ingrijpen bij dingen die we weten. Dus jongens, allemaal, als je twijfelt, als je vermoedt dat er iets fout is gegaan, laat het de rest meteen weten. Bel op zijn minst één ander, mij in principe, maar als ik niet op kan nemen bel je een van de anderen. En dan beslis je samen of iedereen ingeschakeld moet worden. Het is voor ons allen de eerste en hopelijk meteen de laatste keer dat we iemand ontvoeren, we zijn dus op onbekend terrein. Maar het belangrijkste is nu: Marco, hoe erg is dit?'

'Ja, het is kut natuurlijk. Maar ik ben blij dat het gebeurde op een parkeerplaats in Brussel. De politie zal daarachter komen, maar als het goed is ontdekken ze niet meer dan dat. Ze kunnen niet bij een specifieke computer of gebruiker uitkomen. Maar ze kunnen misschien wel andere bronnen gebruiken, zoals veiligheidscamera's of toevallige getuigen, en die informatie afzetten tegen het tijdstip en de plaats. Heeft iemand je gezien, Aba, ben je opgevallen?'

'Nou, dat wilde ik ook nog zeggen, voordat jullie me onderbraken,' antwoordt Aba, nu zachter sprekend, 'toen de TOR-verbinding wegviel, klapte ik meteen mijn computer dicht en wilde ik achteruit wegrijden. Maar de bestuurder van een bestelbusje dat naast mij stond was net terug en stond precies achter mijn auto. Dat had ik niet gezien. Dus toen ik weg wilde rijden schrok hij en zette zijn handen op de achterruit om zich te beschermen. Ik draaide me om en we keken elkaar even aan. Ik gebaarde sorry, wat hij accepteerde, en daarna reed ik weg.'

Pino: 'Jezus. Had je wel valse nummerborden op?'

'Ja natuurlijk, ik heb alles gedaan zoals gepland, alleen gebeurde er iets onverwachts.'

'Oké, dus wat hebben ze nu? Ze weten dat de Warriors een handlanger naar Brussel gestuurd hebben, die daar misschien woont. Dat de handlanger een donkere man is en in een Volkswagen Golf rijdt, een van de meest verkochte auto's in België, met valse nummerborden. Dat is meer informatie dan we hadden willen geven, maar daar kan de politie vooralsnog weinig mee, denk ik zo,' probeert Pino de klap te verzachten. 'Als ik had geweten dat zo'n verbinding weg kon vallen, had ik je liever naar een verder weg gelegen parkeerplaats gestuurd. Maar ja, de politie weet ook niet of je toevallig gepakt bent in de buurt van je huis of dat je ergens naartoe bent gereden, zoals voor het posten van de brieven. Aan de andere kant kunnen ze vermoeden dat je op het TOR-netwerk vertrouwde en het dus niet uitmaakte waar je was. Ik geloof niet dat we nu iets kunnen doen, behalve dat we Aba voorlopig buiten schot moeten houden. Alhoewel, wat doen we met de Golf?'

'Die staat in een privégarage. Mijn neef, die ook in Brussel werkt, is voor een paar maanden terug naar Nigeria en ik mocht zijn auto en garage gebruiken. Daar heb ik ook de nummerborden verwisseld. En ik heb voor de zekerheid de vingerafdrukken op het achterraam en de mijne in de rest van de auto gewist. Dus dat gaat goed.' Aba is opgelucht dat hij ook wat positief nieuws kan brengen.

'Oké, dat is prima. Laten we de media goed in de gaten houden of ze iets melden over vorderingen van de politie. Ze wisten ook al van het briocheverhaal. Ik had niet verwacht dat dat zo snel naar buiten zou komen. Maar ja, dit verhaal is te sappig en er zijn te veel mensen bij betrokken om het geheim te houden. Giulia en Marco, hoe gaat het met Nemo?'

Nu is de beurt aan Giulia: 'Goed. Sinds we de PlayStation hebben gegeven is hij daar druk mee bezig. Hij was geroerd door de vraag van zijn ouders; het was waarschijnlijk een dierbare herinnering, hij wilde het blaadje met de vraag erop graag houden. We zagen geen reden om dat terug te vragen. Hij draagt de kleren die wij hem brachten, hij zei zelfs "grazie" en hij doucht gewoon. Dus voorlopig schikt hij zich in zijn lot. Hij verslonst niet en doet niet lastig. Wij hebben hem ook wat kranten en tijdschriften gegeven, zodat hij over zijn zaak kan lezen. Hij verslindt ze.'

'Dat is goed te horen. En hoe is het voor jullie?' vraagt Pino door.

Giulia, 'Nou, voor ons is het wat zwaarder dan voor Nemo, lijkt het. We wisselen 's nachts veel af. Maar elke dag zijn we bang ergens een fout te maken en dat is niet altijd even makkelijk. Dit ga ik geen drie maanden volhouden.'

'Dat begrijp ik. En hebben jullie het gevoel dat we hem moeten verplaatsen?'

Marco: 'Nee, echt niet. Op het terrein en in het gebouw vallen wij nog niet op, naar ons weten. Deze set-up is tot nu toe prima en kan nog wel even zo doorgaan.'

'Mooi, dan het laatste punt: Shell heeft nu tijd verspeeld of gewonnen, het is maar hoe je het bekijkt, maar ze hebben nog geen actie ondernomen op de punten waar wij om vragen. Ik denk dat we nu nog niets hoeven te doen om onze eisen kracht bij te zetten. De openingszetten zijn achter de rug. Ze weten nu honderd procent zeker dat wij Nemo hebben, dus hebben ze geen excuus meer om niet aan onze eisen te voldoen. Laten we de komende week afwachten wat ze doen. Iedereen eens?' Pino wil afronden.

Bijna in koor zeggen ze 'ja'.

'Top. Vergeet deze telefoons niet te vernietigen en de resten discreet weg te gooien.'

~

Terwijl Claire doelloos in de soep roert, ziet ze door het keukenraam Johan aan komen rijden. Ze had hem nog niet verwacht. Hij was de laatste week vaker vroeg thuis, maar niet zo vroeg. *Heeft hij nieuws? Goed of slecht?* Als ze hem uit de auto ziet stappen, met zijn schouders omlaag, slaat de schrik haar om het hart. *Er is toch niets met Lucas gebeurd?* Ze gooit de pollepel in de gootsteen en loopt naar de hal waar Johan net de deur opent.

'Wat is er, schat? Is er wat gebeurd?

'Ik ben op non-actief gesteld.' Claire ziet dat de tranen hem in de ogen staan. Ze probeert de in haar opwellende woede te onderdrukken.

'Mijn god, Johan. Hoe dan?' Ze gaan aan de keukentafel zitten.

'Harvey vertelde het net. Hij vond eigenlijk dat hij het meteen had moeten doen, maar uit piëteit had hij mij en mijn positie nog een kans willen geven, maar hij zag dat het uiteindelijk niet ging werken.'

'Hoezo niet?'

'Hij merkte het bij zichzelf en bij anderen: ze durven niet vrijuit te praten en kijken met medelijden naar me, niet het sentiment dat de CEO van Shell moet opwekken. Hij vindt het bij nader inzien ook een onmogelijke opgave voor mij om dit managen. Hij zegt dat-ie me elke dag op de hoogte zal houden en onze input zwaar laat wegen, maar ik mag niet meer aan tafel zitten.'

'De reden dat ze Lucas überhaupt hebben gepakt is omdat jij daar de baas bent! En nu nemen ze je dat ook nog af!'

'Ik weet het, Claire. Het is echt klote. Maar helemaal ongelijk hebben ze niet. Hoe oneerlijk ook, ik kan nu geen effectieve leider zijn. En de Board heeft nu eenmaal de taak om te zorgen dat Shell zo goed mogelijk geleid wordt.'

'Ach kom, jij bent het zwaarst getroffen van iedereen daar, en dan sturen ze je ook nog weg? Ze geven je niet eens de kans om te vechten voor je zoon?'

'Harvey probeerde het te verkopen als een voordeel: hij zei dat ik juist op deze manier op de meest zuivere wijze kan strijden voor Lucas. Als iedereen weet dat hij mijn eerste prioriteit is, dan hoef ik daar ook niet geheimzinnig over te doen.'

'Ja, maar je zit er dus niet bij als ze de beslissingen nemen. Dat is lekker makkelijk voor ze. Nu gaan ze voor wat het minste schade oplevert. In die strategische plannen zal Lucas een steeds kleinere plaats innemen. Waarschijnlijk wegen ze zijn belang alleen mee omdat het anders slecht is voor hun reputatie.'

'Kom op, Claire, ik was tot twee uur geleden nog de baas van die tent. Ik weet als geen ander dat we meedogenloos kunnen overkomen, maar Lucas wordt echt geen pionnetje, dat hebben ze me beloofd.'

'Ja, maar nu ze ongestoord over scenario's willen praten waarin Lucas wordt opgeofferd, moeten ze jou ineens zogenaamd in bescherming nemen en word je weggestuurd.' Ze kon zich niet meer inhouden, ze was zo boos en voelde zich zo nietig. Alles wat ze wilde was haar jongen terug, de rest kon haar gestolen worden. En nu gingen die kille Engelsen daarover beslissen. *Fuck them!*

Ze ging door: 'Lucas is nu acht dagen weg, Shell heeft nog geen enkele stap gezet, nog geen enkel gebaar om te laten zien dat ze willen dat hij vrijkomt – en dat was nog mét jou! Het is wel duidelijk waar hun belangen liggen en dat is niet bij het zo snel mogelijk vrij krijgen van Lucas.' Claire begint te huilen, staat op en door haar tranen heen zegt ze: 'Er staat soep op, wil je alsjeblieft vragen of Olivier en Paul vanavond komen? Wij zijn de enige vier mensen op wie Lucas kan rekenen. Ik ga naar boven.'

Johan blijft ontredderd achter; door Shell weggestuurd, Claire teleurgesteld in hem, Lucas weg... alles glipt door zijn vingers.

Hoofdstuk 12

Een poging tot transformatie

Harvey ziet de laatste mensen binnendruppelen. Zestien zijn er wat veel, maar nu is de tijd gekomen om beslissingen te nemen. Het is daarom zaak om input vanuit alle gezichtspunten te krijgen. Daarna kunnen ze met een kleiner gezelschap knopen doorhakken. Je kan niet iedereen overal bij betrekken; dan gebeurt er nooit iets. Zo was het ook gegaan bij het op non-actief stellen van Johan. Zoals verwacht was dit met gemengde gevoelens ontvangen. Op rationeel niveau waren de meesten het er wel mee eens, maar ze hadden wel met Johan te doen. De prijs die hij voor zijn positie moet betalen is zeer hoog, en nu is hij die positie ook nog eens kwijt.

Harvey wijst naar Morris, ten teken dat hij kan beginnen. Morris duikt er meteen in: 'We zijn nu op de ochtend van de negende dag dat Lucas is ontvoerd. We komen er niet meer onderuit: we moeten kleur bekennen. We hebben zekerheid dat Lucas in handen is van de ontvoerders en dat hij in goede gezondheid verkeert. Nu moeten we onze reactie bepalen en vervolgens beslissen wat we mededelen aan de buitenwereld. De eisen omvatten ook dat we ruchtbaarheid geven aan welke schade we aanbrengen of hebben aangebracht. Daarom is ons gebruikelijke antwoord: "In het belang van de ontvoerde en het onderzoek doen we geen enkele mededeling over deze interne aangelegenheid", dit keer niet van toepassing. Dus: wat kunnen en willen we doen?'

Hij laat op het scherm de eisen van de Warriors zien:

1. *De komende maand geven jullie 100 miljoen uit aan advertising waarin jullie* Climate of Concern *tonen. Thema: Shell weet al lang dat er actie ondernomen moet worden en dat gas- en oliewinning gestopt moet worden. Onze excuses dat we hier toch dertig jaar mee door zijn gegaan. Wij gaan dat onmiddellijk stopzetten en vanaf nu al onze 'energie' stoppen in schone energie.*
2. *Beken schuld in alle rechtszaken. Erkennen dat Milieudefensie en de rechter gelijk had. Niet in hoger beroep. Shell zal verder gaan en als voorbeeld dienen voor de rest van de wereld.*
3. *Erken schade die Shell heeft toegebracht in Ogoni-territory en help de lokale bevolking met schadeloosstellingen. De 95 miljoen euro is een begin.*
4. *Stel minimaal twee mensen aan in jullie Board die erom bekendstaan te vechten voor het klimaat. Bijvoorbeeld personen die betrokken zijn bij Milieudefensie, Urgenda of Follow This.*
5. *Begin met het sluiten van olie- en gaswinninglocaties.*
   a. *Maak gebruik van de miljardensubsidie die de overheid beschikbaar stelt voor jullie.*

Morris vervolgt: 'De verschillende afdelingen, waaronder natuurlijk Marketing & pr en Juridische Zaken, hebben deze eisen bestudeerd. De conclusie is dat we bij de eerste vier punten binnen een maand grote stappen zouden kunnen zetten, hetgeen ons enkele honderden miljoenen zou kosten. Punt vijf is veel complexer; dan hebben we het over vele miljarden en meerdere jaren. Heeft het zin om aan een paar eisen gehoor te geven, als we bij voorbaat weten dat we niet aan alle kunnen of willen voldoen? Zullen de Warriors tevreden zijn als we bijvoorbeeld alleen punten drie en vier honoreren? Die zijn het minst kostbaar en kunnen onze reputatie zelfs een beetje versterken. Maar ik loop op de zaken vooruit, misschien moeten we eerst proberen een principieel antwoord te formuleren. Willen we überhaupt voldoen aan de eisen of onderhandelen?'

Jill Cooper, de securityexpert in de Board, antwoordt: 'Principes zijn leuk, maar elke situatie heeft zijn eigen wetmatigheden. In de VS zijn we daar harder in: je onderhandelt nooit met ontvoerders. Als overheid moet je potentiële misdadigers geen aanleiding geven. Niemand mag het idee hebben dat het wel eens lonend zou kunnen zijn om het slechte pad op te gaan. Dat is in het belang van het hele land. Bij Shell geldt in principe hetzelfde: je wilt criminelen niet aanmoedigen medewerkers te bedreigen of te ontvoeren. Dat zou ook nu onze houding kunnen zijn. Dat is ook echt wel uit te leggen aan de buitenwereld. De verontwaardiging zal redelijk snel wegebben, zoals altijd. En het betekent niet dat we Lucas opgeven; we zullen aanzienlijke resources ter beschikking stellen aan de politie om Lucas te vinden en te bevrijden. Als we voor deze strategie kiezen, moeten we de Warriors zo lang mogelijk aan het lijntje houden, om de pakkans zo groot mogelijk te maken. Verder hoeven we niets te veranderen aan ons beleid, we zijn immers al intensief bezig met de energietransitie, zoals gepresenteerd in ons programma *Powering Progress. Climate of Concern* is overigens al meer bekeken dan ooit, dus dat hebben de Warriors alvast bereikt.'

Norah Adams, Senior Vice President Marketing, Growth and Transformation, is al een tijdje aan het wikken en wegen of ze een tegengeluid zal geven. Ze haalt diep adem en gaat ervoor: 'Dat is zeker een heel valide optie, die past bij wat we altijd hebben gedaan. Om de discussie helder te krijgen en om in een andere Shell-traditie te blijven, wil ik een heel ander scenario beschrijven. Een scenario dat past bij het laatste woord in mijn titel: "transformatie". Dat misdaad niet mag lonen zit diep verankerd in het systeem én in onze psyche. Daarom voelt helemaal toegeven aan de Warriors niet goed. Het zou bovendien een heel fout precedent kunnen scheppen. Maar wat als we deze gebeurtenis zien als een *force of nature*, als een natuurramp, als iets wat ons overkomt en we niet terug kunnen draaien? Als iets waar we zo goed als mogelijk mee om moeten gaan of zelfs kunnen gebruiken om er beter van te worden? Op die manier volgen we een evolutionair principe: degene die zich het beste aanpast overleeft. Shell heeft veel bijgedragen aan de vooruitgang in de wereld, maar dit heeft een prijs, dat is nu wel duidelijk, en die prijs betalen we allemaal. Iedereen weet dat we dit niet nog eens honderd jaar kunnen volhouden. Er komt dus sowieso een moment dat we het helemaal anders gaan doen. De vraag is of we dat moment op ons af laten komen, terwijl we steeds meer met de rug tegen de muur gedrukt worden, of dat we dat moment zelf bepalen. Waarom zouden we niet weer het voortouw nemen en een leidende rol pakken in de wereld? Ik denk dat de goodwill die Shell ermee kan creëren op de lange termijn ook voor de aandeelhouders die er puur voor het financiële rendement zitten positief zal uitpakken.'

Ze ziet een paar mensen knikken en gaat door, al wat zekerder: 'Er is in de coronatijd in Europa en de VS alleen al 16.000 miljard uitgegeven om levens en levensonderhoud te redden. Waarom zouden ze ook niet zo'n bedrag uittrekken om de wereld te redden? Ik denk dat de overheid best bereid is om naast de al toegezegde 4,5 miljard veel meer te subsidiëren, als we laten zien dat we helemaal stoppen met fossiele brandstofwinning en het gebruik bij onze afnemers afremmen.'

Norah raakt nu helemaal op dreef: 'We laten Lucas symbool staan voor de toekomst van Shell, voor de toekomst van onze wereld. We gaan voor échte transformatie, niet alleen voor titels op naamkaartjes. In plaats van 10 procent van onze investeringen te gebruiken voor nieuwe energie, nemen we 100 procent: de volle 20 miljard. Dat is de eerste jaren natuurlijk nog niet mogelijk, want we zullen onze sites en infrastructuur bedachtzaam en weloverwogen moeten afbouwen en sluiten met zo min mogelijk schade aan de omgeving. En we verkopen onze *facilities* niet aan de concurrentie. De jongere generaties willen dit en zij bepalen ook de toekomst voor Shell. Deze transformatie zal enorm veel energie en daadkracht opwekken, en onze werknemers nog trotser maken op Shell dan ze nu al zijn. Nu is het moment om dit er bij de aandeelhouders doorheen te krijgen. Als we dit slim spelen, zullen we veel financiële steun krijgen én veel waardering van onze consumenten. Dit zal onze grote industriële afnemers en overheden ook dwingen om te schakelen, en zo zal Shell aan het begin staan van een revolutie. Dit is het moment.'

Norah stopt. Is ze te ver gegaan? Opeens is ze bang dat ze met te veel passie een scenario heeft geschetst dat niemand wil horen. Maar hier wordt ze toch voor betaald? Daar komt bij dat dit scenario steeds aantrekkelijker lijkt. Hoe gaaf zou het zijn als Shell de geschiedenis in zou gaan als de grote gamechanger?

Het is even oorverdovend stil aan de grote tafel. Degenen die dit plan veel te ver vinden gaan, houden hun mond en wachten af of Norah bijval krijgt van de top. En degenen die het eigenlijk wel een inspirerend verhaal vinden houden ook hun mond, uit angst een muiterij te ondersteunen. Ook zij kijken liever even de kat uit de boom.

Harvey voelt dat het aan hem is om dit ongemakkelijke zwijgen te doorbreken: 'Dank, Jill en Norah, voor het zo helder uiteenzetten van de twee uitersten waar we ons tussen kunnen bewegen.' Iedereen aan tafel lacht opgelucht.

Hij vervolgt: 'En dat is nuttig, want het helpt ons helder te krijgen wat we wel en niet willen. Ik ben benieuwd hoe jullie er allemaal over denken.' Harvey is oprecht geïnteresseerd hoe de top van Shell ertegenaan kijkt, en in zijn drang om helderheid te creëren probeert hij een antwoord te forceren: 'Als jullie nu zouden moeten kiezen tussen doorgaan op de huidige weg of het stuur radicaal omgooien en alles op z'n kop zetten, wat wordt het dan?'

Harvey beseft niet dat hij door de vraag zo ongelukkig te framen de keuzevrijheid die men aan tafel ervaart enorm beperkt. Hoe had de toekomst van Shell eruitgezien als hij de vraag anders gesteld had? Niemand zal het ooit weten.

Morris grijpt zijn kans: 'Ik ben voor het eerste scenario. Shell kan het zich simpelweg niet veroorloven de eisen van misdadigers in te willigen. Dan is het hek van de dam – en niet alleen voor ons, maar voor elke multinational wiens business in de ogen van die bomenknuffelaars niet door de beugel kan. Wij zijn het verplicht aan al onze stakeholders de koers te varen die we ze beloofd hebben. De energietransitie is daar natuurlijk onderdeel van, maar wel in ons tempo. En, zoals Jill voorstelt, zullen we dit publiekelijk uitdragen, inclusief alles wat we doen om Lucas terug te vinden. Laten we niet vergeten dat de kidnappers de misdadigers zijn en niet wij.'

Norah beseft dat haar poging kansloos was. Het zou zelfs zomaar kunnen dat dit haar haar carrière kost. Niet nu meteen, maar later, als er een keuze gemaakt moet worden tussen haar en een ander. Dan zal men oordelen dat zij te soft is, en dat ze niet volledig achter Shell staat. Toch is ze trots op zichzelf. Zij was tenminste dapper genoeg om een ander geluid te laten horen. En ze heeft in de ogen van verschillende collega's gezien dat ze haar hadden willen steunen. Maar nu de kaarten geschud zijn zullen ze hun nek niet uitsteken.

Het is haar ook duidelijk waarom Johan niet bij deze vergadering mocht zijn. Die was gek geworden bij die klinische uiteenzettingen, zogenaamd in het belang van Shell. Zij dacht zelf ook aan Shell, alleen zag zij een unieke kans om ook de belangen van de mensheid en de aarde mee te nemen.

Harvey probeert nog de schijn op te houden dat er ruimte is voor andere meningen en vraagt: 'Zijn we het hier allemaal mee eens, of willen we het scenario van Norah een kans geven?'

Dit zal nu voor altijd het 'scenario van Norah' zijn, weet Norah: toegeven aan de ontvoerders en alles op zijn kop. Maar ze heeft er geen spijt van, ze gelooft in haar scenario. En wie weet komt er ooit een moment dat ze met trots kan zeggen: 'Ik zei het toch?'

Alhoewel een paar mensen onrustig op hun stoel heen en weer schuiven met hun blik omlaag, voelt niemand zich geroepen om zijn of haar mond open te doen. Norah ook niet, zij heeft haar visie al met genoeg verve verdedigd.

Jill doorbreekt de stilte: 'Ik denk werkelijk dat dit de enige consistente weg is voor Shell. Er is een grote energiebehoefte in de wereld en Shell is een van de spelers die hierin voorziet. Dit wordt van ons verwacht: dit is al jaren onze positie en dat blijft zo. En we zijn bezig met het intensiveren van onze inspanningen voor alternatieve energie. Als we ook maar een beetje toegeven aan de eisen van de ontvoerders, maken we ons verhaal alleen maar zwakker. We zijn met zijn allen al jaren bezig met deze strategie, hoe geloofwaardig zijn we als we ons door dat tuig van onze koers laten drijven?'

Norah schrikt van de emoties die door haar heen gaan. Zij was en is hier onderdeel van. Ze voelt de enorme kracht die het systeem vertegenwoordigt. De zelfrechtvaardiging is onverbiddelijk. *Climate of Concern* was toch echt door Shell gemaakt, de bezorgdheid toen was reëel en dat zou ze nu nog méér moeten zijn, maar daar mag het nu niet meer over gaan. De Warriors kiezen een fout pad, maar dat maakt hun argumenten niet onjuist. Was ze naïef geweest toen ze dacht dat ze Shell vanuit haar nieuwe positie echt kon transformeren? Dit is zo'n moment dat je weet dat je die avond thuis gaat komen en niet trots bent op waar je die dag mee bezig bent geweest. Dat je aan je man en kinderen iets uit moet leggen wat, realiseert ze zich nu, ze eigenlijk niet uit wíl leggen. Was ze verblind door de prestigieuze baan? Ze kan moeilijk aan zichzelf verkopen dat ze niet wist waar Shell mee bezig is. Haar ambitie om het systeem van binnenuit te veranderen en zo de wereld te verbeteren, heeft vandaag een flinke knauw gekregen.

'Nou, dat lijkt me dan helder. Het is niet makkelijk, maar wel de juiste beslissing.' Harvey is blij met het eensgezinde besluit. 'Ik zal Johan op het hart drukken dat we er alles aan doen om Lucas snel terug te brengen. En ik zal met het crisisteam bespreken hoe we dit het beste met de ontvoerders kunnen communiceren.'

Hoofdstuk 13

Voor het blok

Susanne ziet Pino wit wegtrekken aan de ontbijttafel. Hij schiet met een ruk achterover en terwijl hij met één hand door zijn zwarte krullen gaat, laat hij de krant op zijn bord vallen, staat op en loopt wankelend weg.

'Gaat het, *tesoro*?'

'Eh, ik ben een beetje misselijk,' antwoordt Pino, die zich écht beroerd voelt. 'Ik moet even naar de wc...'

Susanne kijkt naar Pipi en Luna, die niets doorhebben; te druk met eten en kibbelen. Ze kijkt Pino bezorgd na, pakt dan de krant van zijn bord en leest: SHELL ZEGT NEE TEGEN DE KIDNAPPERS!!

In een onverwachte wending komt Shell met een verklaring bij monde van Chairman of the Board Harvey Stewart:

> 'Het is niet onze gewoonte om naar buiten te treden bij interne aangelegenheden, en zeker niet wanneer het familieleden van onze werknemers betreft. Echter, de zelfverklaarde Warriors zoeken nadrukkelijk de media op en noemen hun lafhartige daad "*Project Sunlight*", hiermee insinuerend dat wat Shell doet het daglicht niet zou kunnen verdragen. Niets is echter minder waar: wij zijn allen trots op het werk dat wij doen en de bijdrage die wij leveren aan de energietransitie in de wereld. We hebben onze nieuwe strategie *Powering Progress* gepresenteerd: onze weg naar een schonere toekomst. Want dat de uitstoot van

broeikasgassen zo snel als mogelijk moet worden teruggebracht, is volstrekt helder. We zullen daarnaast aan de energiebehoefte van dit moment blijven voldoen. Daarin zullen we ook moeten investeren. We zijn voornemens deze activiteiten uiteindelijk af te bouwen, maar wel pas op het juiste moment. Shell is op de goede weg. We hebben nog veel te doen, maar dat doen we zorgvuldig, en niet van het ene op het andere moment. Dat is niet veilig en niet verantwoord.

We zullen daarom geen duimbreed toegeven aan de absurde eisen van deze laffe criminelen, die een onschuldige jongen hebben ontvoerd. Shell zal overigens nooit toegeven aan eisen van misdadigers; waar zou de wereld heen gaan als men denkt bedrijven of overheden op die manier te kunnen beïnvloeden? Ook hierin wil Shell een voorbeeld zijn: we willen ervoor zorgen dat andere bedrijven en instanties niet te maken gaan krijgen met deze verschrikkelijke praktijken.

Wij zullen alles doen wat in onze macht ligt om Lucas Dijkhuizen zo snel mogelijk gezond en wel weer thuis te krijgen. We hebben de politie en hun experts al onze hulp en zo nodig extra resources toegezegd. U zult begrijpen dat wij over het lopende onderzoek geen verdere mededelingen doen.'

Susanne had zo'n sterke afwijzing niet verwacht, en zeker zo snel niet. Aan de andere kant is Shell nooit erg onder de indruk geweest van de buitenwereld. Het bedrijf dendert eigenlijk altijd gewoon door. Achteraf praten ze alles weer recht, in de wetenschap dat de verontwaardiging meestal niet lang blijft hangen. Susanne ziet in hoe slim Shell dit aanpakt. De Warriors krijgen hier een koekje van eigen deeg. Jullie willen openbaarheid? Dan krijgen jullie dat! De aanval is vaak de beste verdediging. Zouden de Warriors dan helemaal niets voor elkaar krijgen? Wat zou hun volgende zet kunnen zijn? Als wereldverbeteraars konden ze Lucas moeilijk meteen opofferen. Het raakt haar, merkt ze. Ze had kennelijk toch gehoopt dat de underdog iets zou bereiken. Maar Pino's reactie was nog een stuk heftiger, dat was toch wel opvallend.

~

Pino zit op de wc met zijn hoofd in zijn handen. Hij is kotsmisselijk. Dit had hij niet aan zien komen. Hij had nooit verwacht dat Shell zomaar aan alle eisen toe zou geven, natuurlijk niet. Dat ze weinig verandering teweeg zouden brengen was een van de scenario's geweest waarover ze gesproken hadden. Ze kennen de aard van het beestje immers. Maar dit zou gepaard gaan met traineren, met rekken, want ook dat is hun standaard reactie: net doen of ze mee willen werken, maar ondertussen gewoon doorgaan met wat ze altijd doen. Zo openlijk 'nee' zeggen is een meesterlijke zet, moet Pino met tegenzin toegeven. Nee hoor, we hebben helemaal niets te verbergen: we zijn een voorbeeldbedrijf, we doen ons best voor jullie... de hypocrieten! Pino is eens te meer verbluft door het gemak waarmee Shell liegt en door de brutaliteit om het eigenbelang wederom te laten prevaleren. En dan die journalisten die dit zo klakkeloos overnemen! Als Shell echt zo'n voorbeeld is, waarom hebben ze dan hun eigen waarschuwing van dertig jaar geleden niet ter harte genomen?

Maar wat moeten ze nu doen? Lucas voor het oog van de camera afschieten? Daar hebben ze alleen maar Lucas mee, zijn familie en zichzelf. Shell kan daar dan lekker schande van spreken en aanvoeren dat ze er goed aan gedaan hebben om niet met die barbaren te onderhandelen. Bovendien hadden ze sowieso afgesproken dat ze Nemo nooit zouden doden. Ha, de Warriors geven waarschijnlijk meer om het leven van Nemo dan Shell, bedenkt Pino. Maar wat dan wel? Nemo simpelweg naar huis sturen was ook geen optie, dan heeft Shell te makkelijk gewonnen. Nee, ze kunnen nog proberen de media te bespelen; kijken wat via die weg nog te behalen valt.

Pino vindt het moeilijk om tot de middag te wachten om de andere Warriors te spreken. Maar nu wacht hem eerst een andere uitdaging: hij moet de klip thuis omzeilen.

Susanne kijkt Pino bezorgd aan als hij de keuken weer binnenkomt. Hij heeft tien minuten op de wc gezeten. Ze vraagt nogmaals hoe het gaat.

'Ja, het gaat wel weer. Bij het lezen van de krant verslikte ik me.'

'Las je het artikel over Shell?'

'Ja, de hypocrisie over hoe goed ze wel niet bezig zijn en hun kilheid jegens die zoon van de CEO, ik ben even zijn naam kwijt, schoot mij letterlijk in het verkeerde keelgat. Dit is waar we met het WNF ook tegen vechten: de kolossen met hun gelikte pr-machines, ik word er misselijk van.'

'Lucas.'

'Lucas ja, en zijn familie. Ik kan me niet voorstellen dat die ontvoerders hem meteen iets aan zullen doen, maar dit zal die jongen niet helpen. En denkt het grote publiek nou werkelijk dat Shell zo goed bezig is?'

Het wordt Susanne duidelijk dat deze ontvoering Pino meer doet dan ze aanvankelijk dacht. Ze zegt: 'Ik moet zeggen dat ik ook wel een beetje teleurgesteld ben. Ik heb echt te doen met Lucas en zijn ouders. Nu ik dit zo lees besef ik dat ik stiekem hoopte dat ze wat gedaan zouden krijgen bij Shell. Ik las dat ze de CEO voorlopig ook op non-actief hebben gezet, om hem te beschermen. Nu lijkt het wel of Shell hem naar huis stuurde om vrij te kunnen beslissen over het lot van zijn zoon. Best bruut.'

Pino kent deze uitdrukking niet, maar voelt wel aan wat ze ermee bedoelt: 'Ja, inderdaad best bruut. Wat vind jij dat die Warriors nu zouden moeten doen?'

Pino begrijpt dat hij zich op glad ijs begeeft, maar de vraag past op een natuurlijke wijze in deze discussie en hij is oprecht benieuwd naar haar mening. Hoe kijkt een buitenstaander hier tegenaan? En mocht het later allemaal uitkomen, dan kan hij haar erop wijzen dat hij heeft geprobeerd om naar haar te luisteren.

'*Tesoro*, dat weet ik echt niet, hoor. Ik vind dat Lucas zo snel mogelijk naar huis moet kunnen. Maar ik kan me niet voorstellen dat de ontvoerders hun nederlaag zomaar zullen toegeven.'

Pino weet dat hij moet uitkijken dat hij niet te veel in de verdediging schiet, maar antwoordt toch: 'Nou, een totale nederlaag is het sowieso niet, want het grote publiek heeft in ieder geval kennisgenomen van wat Shell al decennia geleden wist. Maar ik kan me ook niet voorstellen dat Lucas nu gewoon naar huis mag. We zullen het zien.'

~

Totaal gedesillusioneerd, boos en verdrietig zit Claire op de bank, met Olivier en Paul aan beide kanten met hun arm om haar heen. Johan zit hulpeloos tegenover hen, verschillende kranten uitgespreid op de koffietafel voor hem. Met rode ogen kijkt Claire op naar Johan en zegt kalm: 'Weet je, ik ben blij dat je daar weg bent. Jij kan er niets aan doen dat Lucas ontvoerd is, maar als jij er nog had gezeten en je had dit besloten, dan hadden we elkaar toch niet meer aan kunnen kijken?'

Johan knikt, hij is inderdaad opgelucht dat hij dit besluit niet heeft hoeven te nemen of mee te delen. Soms is het fijn als je je kunt verschuilen achter de beslissingen van anderen, merkt hij. Dat is hij als CEO niet gewend. Maar dit had hij thuis nooit kunnen uitleggen. En ondanks dat hij de vlucht naar voren van Shell wel begrijpt, is zelfs hij onaangenaam verrast met de snelheid waarmee Lucas' leven te grabbel wordt gegooid. Natuurlijk zullen ze hun best doen om Lucas vrij te krijgen, maar dat heeft toch meer kans als je de ontvoerders aan het lijntje houdt? Zo werkt dat toch bij gijzelingen? De onderhandelaar houdt de ontvoerder aan de praat, terwijl de politie en arrestatieteams druk bezig zijn om een weg naar binnen te vinden.

Maar dit zijn geen gewone ontvoerders, voor zover je daarover kan spreken; deze jongens pretenderen *the good guys* te zijn en handelen niet uit eigenbelang. Hij verwacht daarom niet dat ze Lucas kwaad zullen doen, maar helemaal gerust is hij er niet op. Ze hebben immers al laten zien dat ze bereid zijn om Lucas pijn te doen. En van dit alles weglopen is makkelijker gezegd dan gedaan.

Shell had het volgens Johan pr-technisch ook beter kunnen spelen. Niet door schuld te bekennen, maar wel door een paar bewegingen richting de ontvoerders te maken, als teken van goodwill jegens Lucas – en de mensheid.

'Ja, Claire, ik ben blij dat ik niet degene ben die dit moest vertellen aan jou en de jongens. Ik vraag me af of ik deze koers had kunnen voorkomen als ik daar wel nog had gezeten. Als ik Harvey mag geloven niet. Hij zei dat de aanwezigen behoorlijk eensgezind waren. Misschien krijg ik ooit nog eens te horen hoe de verhoudingen werkelijk lagen.'

'Het lijkt eeuwen geleden dat jij daar de baas was. We hebben veel te danken aan Shell, maar opeens voel ik me buitenstaander en lijkt Shell een kwade macht die op nietsontziende wijze op zijn doel afgaat. Dat obligate "We zullen er alles aan doen om Lucas terug te krijgen" voelt zo fake aan. Er zullen heus mensen hard werken aan de terugkomst van Lucas, maar niet binnen Shell, dat hebben ze wel duidelijk gemaakt. En bovendien...'

De bel gaat. Johan staat op en komt even later binnen met Anita en twee van haar collega's. Claire is blij Anita te zien. De afgelopen anderhalve week is ze erg op haar gesteld geraakt. Anita's rustige manier van praten en haar professionaliteit en directheid geven Claire het vertrouwen dat zij en de politie in ieder geval wél hun best doen voor Lucas.

Anita ziet Claire tussen haar zonen in zitten, neemt tegenover haar plaats en vraagt: 'Hoe gaat het met je, Claire?'

Knikkend naar de kranten tussen hen in zegt ze: 'Ik zei net

tegen Johan dat ik blij ben dat hij daar niet bij was. Ik vind het vreselijk dat ze alles afwijzen en maak me zo'n zorgen. Wat gaan de ontvoerders nu doen? Kunnen jullie nog iets doen? Ze zouden onze mening toch altijd meenemen, ook in de communicatie?'

'Ja, daar heb je gelijk in. Alleen vindt Shell overleg met de politie blijkbaar alleen zinvol als het gaat om technische aspecten; codes en zo. Het sturen van de publieke opinie doen ze blijkbaar naar eigen goeddunken. Ik zeg je eerlijk dat ik hier ook heel erg boos om ben geworden. Ik heb de heren laten weten dat ik deze semantische spelletjes niet tolereer. Daarom ben ik ook wat later; ik ben eerst langs het hoofdkantoor gereden. Er staat hier een leven op het spel en dan helpt het niet als iemand het slimste jongetje van de klas probeert uit hangen. Shell weet heel goed dat alle uitingen in de media onderdeel zijn van de onderhandelingsstrategie. Het is nota bene een van de eisen van de Warriors. Op eigen houtje zó frontaal de aanval kiezen, dat kan echt niet.'

'En nu?' vraagt Johan.

'Nou ja, terugdraaien kan niet meer. Maar ik ben benieuwd hoe het publiek hierop gaat reageren. Als het averechts werkt, moet Shell misschien alsnog bakzeil halen. Maar voorlopig is dit hun koers. Het interessante is wel dat de Warriors nu voor het blok staan. Helemaal zonder verdienste is deze tactiek dus niet. Ik denk niet dat de Warriors dit hebben zien aankomen. Ze zullen waarschijnlijk moeten overleggen en improviseren. Dat maakt ze kwetsbaar.'

'Als ze hun woede maar niet uitleven op Lucas,' zegt Claire zacht.

'Zijn jullie nog verder gekomen in Brussel?' komt Olivier ertussen.

'Een klein beetje. Er hing een camera op de parkeerplaats. We hebben de bestuurder van het bestelbusje die bijna werd aangereden door de Warrior gevonden. Hij kon naar binnen kijken en zag een heel donkere man, hij dacht een Afrikaan. Het bleek moeilijk om een compositietekening te maken; hij kon niet goed uitleggen hoe de Warrior eruitzag. De tekening was daardoor te weinig specifiek. De nummerplaten op de auto waren gestolen, dus dat leverde ook niets op. De auto is een heel gangbaar model, maar de politie in Brussel let wel extra op dat merk auto's in die kleur met een donkere man erin. Een longshot, want het kan natuurlijk goed zijn dat de Warrior helemaal niet in de buurt van Brussel woont, maar ze blijven daar alert. Vanwege de link tussen Shell en Nigeria kijken we ook naar Nigerianen die in de buurt van de McDonald's wonen. Dat zijn er veel, maar je weet nooit.'

'En digitaal?' vraagt Olivier door.

'Daar stopt het spoor op de parkeerplaats, al zijn ze er nog mee bezig. Ook in Italië zijn er nog geen verdere vorderingen gemaakt. Voor nu moeten we wachten op de volgende move van de Warriors.'

Anita staat op: 'De communicatie rondom Shell-aangelegenheden ligt bij hen, daar kunnen we niets aan doen. Maar zodra Lucas in het spel komt, moeten ze ons en jullie erbij betrekken.'

Claire: 'Als Shell het alleen wil doen, kunnen wij toch ook ons eigen plan trekken?'

'Hoe bedoel je?'

'Dat we onze eigen communicatie met de ontvoerders op gaan zetten. Of dat ik zelf op televisie smeek dat de ontvoerders mijn Lucas vrij moeten laten.'

Anita gaat weer zitten. 'Daar vind ik het toch te vroeg voor, Claire. We weten dat Lucas leeft, er is nu communicatie, de volgende stap is aan de ontvoerders. Laten we die afwachten. Maar dat jij of de familie zelf een keer in beeld komt om de Warriors direct aan te spreken is zeker een mogelijk scenario. Nu is het het beste om te kijken wat de ontvoerders gaan doen.'

Claire knikt.

'Als jullie het goed vinden, ga ik nu weer door. Tot snel.'

~

'Wat zijn het toch ontzettende klootzakken! Ze gooien Nemo zomaar voor de bus.' Giulia weet niet goed hoe ze haar frustratie moet uiten.

Ze zitten weer met zijn vieren aan de telefoon. Aba reageert: 'Zullen we anders gewoon een stap verder gaan? Nemo verdrinken in olie en hem bij Shell op de stoep afleveren?

'*Che cazzo dici?*' Pino schrikt.

Aba gaat door: 'Kennelijk is een ontvoering niet genoeg om de ernst van onze bedoelingen tot hen door te laten dringen, *fuck them*! We zullen ze eens echt aan het schrikken maken.'

'Dan hoeven ze helemaal niets meer te doen,' zegt Pino.

'Nou, dan ontvoeren we daarna een kind van die Harvey, dan weten ze tenminste dat het ons echt menens is,' gaat Aba door.

'En dan? Als ze weer niet luisteren? Net zo lang doorgaan tot ze dat wel doen?' vraagt Marco.

'Wat mij betreft wel. Ze hebben zich in Nigeria ook niet ingehouden.'

'Jongens, jongens. Kappen nu. We hebben van tevoren duidelijk afgesproken dat we de grens trekken bij iemand doden,' komt Pino tussenbeide.

'Maar toen wisten we niet dat Shell helemaal niets zou doen. We zijn nu toch al criminelen. Ik wil iets concreets bewerkstelligen!' blijft Aba volharden.

Giulia: 'Nee, Aba, dat zou ik mezelf nooit kunnen vergeven. Ja, we zijn criminelen, maar we doen dit op een beschaafde manier, als je dat kan zeggen van een ontvoering. We behandelen Nemo goed en stellen ons zo correct mogelijk op. En het is echt niet zo dat we niets concreets bewerkstelligd hebben. De publiciteit die we gegenereerd hebben is immens. Het is wel klote dat Shell verder geen concrete stappen wil ondernemen, maar wat kunnen we verzinnen om ze toch nog te bewegen zonder ons te verlagen tot ordinaire moordenaars?'

Marco: 'We hebben allemaal dezelfde frustratie als jij, Aba. Maar Nemo wordt al genoeg gestraft voor iets waar hij niets aan kan doen. Hem vermoorden zou ons elk greintje moreel overwicht voorgoed ontnemen en zo zelfs in het voordeel van Shell kunnen werken. Afgezien van het feit dat, mochten we ooit gepakt worden, we dan de gevangenis nooit meer zullen verlaten.'

Aba: 'Ik weet natuurlijk dat jullie gelijk hebben, maar ik heb zo'n behoefte om die zelfvoldane eikels voor hun bek te slaan.'

'Daar zijn we toch mee bezig, Aba? De stap die wij genomen hebben is uniek. De hele wereld kijkt mee en kijkt naar *Climate of Concern*. Oké, Shell maakt een verrassende en teleurstellende move. Nu is het aan ons om daar iets tegenover te stellen. Zoals Giulia net vraagt, wat kunnen wij verzinnen? De handdoek in de ring te gooien is geen optie,' stelt Pino.

'Nee, dat zeker niet!' antwoordt Giulia, 'Wij moeten ook met iets onverwachts komen. Welk drukmiddel kunnen we nog uitoefenen? Hey, wacht eens, ik heb een idee.'

Het halfuur daarna werken ze het plan uit. Ze zijn het erover eens: het idee van Giulia is het proberen waard.

Hoofdstuk 14

Nemo

Lucas voelt zich niet meer zo'n held en is ook niet meer zo zeker van een positieve afloop van zijn ontvoering. De kranten staan bol van het nieuws dat Shell niet wenst toe te geven aan de Warriors. Ze laten hem gewoon in de steek. Dat had hij niet verwacht, ondanks dat hij de dag ervoor had gelezen dat zijn vader op non-actief was gezet. Dat had hem pijn gedaan; Lucas wist hoe trots zijn vader op die baan was, en nu moest hij weg – door hem. Toen hij dat had gelezen, was ook even door hem heen geschoten dat er dan niemand meer bij Shell was die aan zijn welzijn dacht. Maar die gedachte had hij snel weggedrukt, natuurlijk zouden ze hem niet laten stikken. Maar nu, nog geen dag later: dit! Hij voelt zich ineens heel alleen. Zijn droom, de romantische voorstelling die hij had gemaakt van zijn rol in de strijd tegen klimaatverandering, spat uit elkaar. Geen beslissende slag met hem in de hoofdrol. Nee, hij ervaart nu slechts de kille macht van de kolos Shell. Hij voelt zich nietig, machteloos, en begint te huilen. Dan ziet hij een envelop onder de deur doorgeschoven worden en hij begint de Engelse brief te lezen.

Beste Lucas,

Het spijt ons dat je, naast je verloren vrijheid, nu ook geconfronteerd wordt met een andere harde werkelijkheid: Shell is nietsontziend. Alles wordt opgeofferd opdat zij maar geld kunnen blijven verdienen aan het vernietigen van de wereld. Een happy few verdient grof geld en de rest van de mensheid betaalt de prijs.

Jij behoorde tot voor kort tot deze happy few, maar je ziet hoe snel het systeem bereid is je op te offeren als je het niet meer tot dienst bent. Dat geldt zelfs voor je vader, die tot gisteren topdog was in deze elite. Je denkt toch niet dat hij nog terug kan komen, hoe dit ook gaat eindigen?

Shell komt zelfs geen klein beetje tegemoet aan onze eisen, terwijl het zo verschrikkelijk makkelijk voor ze was geweest om iets van verantwoordelijkheid te nemen voor wat ze aanrichten.

Je zult begrijpen dat wij niet zomaar op kunnen geven. Voorlopig zit je dus nog aan ons vast. Je weet ook dat wij jou in principe geen kwaad willen doen. Wij willen immers de wereld redden, met ál haar inwoners. Aan de andere kant beseffen we dat vooruitgang soms grote offers vraagt. En het zal je inmiddels duidelijk zijn dat wij bereid zijn die te brengen.

Je bent pas achttien en hebt geen schuld aan wat Shell aanricht en aangericht heeft. Toch zullen jij en je leeftijdsgenoten de consequenties van hun daden meer aan den lijve ondervinden dan de mensen die het voor het zeggen hebben; de mensen van onze generatie. We doen dit dus eigenlijk meer voor jou dan voor onszelf. Je hebt tot nu toe een bevoorrecht leven gehad. Vind jij dat jouw levensstandaard in stand gehouden moet worden, ten koste van de aarde en dus ook uiteindelijk ten koste van jezelf?

Denk hier maar eens over na.

Als je vindt dat er iets moet veranderen, laat het ons dan weten door je duim op te steken richting de camera. Je hoeft niet bang te zijn dat je niet loyaal bent aan je vader, die werkt immers niet meer voor Shell.

Lucas veegt de tranen uit zijn ogen. Hij is verward. Wat willen ze van hem? Gek genoeg voelt hij zich iets minder alleen na het lezen van de brief. Hij ervaart meer betrokkenheid van de Warriors dan van Shell... Of zijn ze met hem aan het dollen? Wat gebeurt er als hij zijn duim opsteekt? En wat als hij het niet doet?

Als Lucas eerlijk is, is hij het wel eens met de Warriors. Hij beseft dat het luxe leven dat hij tot nu toe leidde niet iedereen gegeven is, en dat de aarde een hoge prijs moet betalen. Hoe zit het met zijn vader? Is die schuldig, of is ook hij maar een radartje in het systeem? Misschien, maar hij had meer te zeggen dan de gemiddelde werknemer. Hij had de kans om dingen te veranderen. Of kun je daar geen baas worden als je te veel nieuwe dingen wilt?

Wat moet hij doen?

~

Die middag zit Pino in zijn auto op de drukke parkeerplaats van een motel ergens in Nederland. Nu is het zijn beurt om een bericht te verzenden. De wifi van het motel lijkt goed te werken. Hij hoopt niet mee te maken wat Aba overkwam. Hij heeft de instructies van tevoren nog een paar keer goed doorgenomen. Die zijn nu ingewikkelder, want dit bericht moet naar veel verschillende adressen gestuurd worden.

Was het gemeen om Nemo zo te bespelen? Ze hadden unaniem besloten dat ze dit wilden proberen en ze hadden Nemo nergens toe gedwongen. Sterker nog: ze hadden er samen echt iets moois van gemaakt. En Nemo's overtuigende optreden gaf hem het idee dat ze hem juist hadden ingeschat. Wat een dappere jongen.

Pino kijkt over zijn schouder, eerst naar rechts, dan naar links. Er is niemand te zien. Hij pakt de USB-stick en steekt hem in zijn laptop. De TOR-verbinding start soepel op. Een paar minuten later heeft hij alles alweer opgeborgen en rijdt hij naar huis.

~

Ze zitten allemaal klaar. Een uur geleden kregen ze bericht van Anita. Ze zijn allemaal nog aangedaan door wat ze net hebben gezien. Bij Claire overheerst de blijdschap om Lucas zo te zien: gezond, wijs en overtuigend. Daar is natuurlijk Johan ook blij om, maar hij zit hier ook met een kater. Het is één ding om het verhaal van actievoerders en advocaten te horen, maar iets heel anders om het van je eigen zoon te moeten vernemen, en dan nog wel ten overstaan van de hele wereld. Was er voor hem nog een weg terug naar Shell?

~

Het achtuurjournaal opent ermee. De nieuwslezer, staand voor een grote foto van Lucas, begint: 'Nieuwe dramatische ontwikkelingen in de ontvoeringszaak van de achttienjarige Lucas Dijkhuizen. Na de categorische weigering van Shell om toe te geven aan de eisen, was de grote vraag hoe de Warriors zouden reageren. Moesten we vrezen voor het leven van Lucas? Zouden ze Lucas vrijlaten? Het antwoord heeft niet lang op zich laten wachten. Vandaag stuurden ze een videoboodschap naar een groot aantal mediabedrijven. Wij laten het in zijn geheel zien, het duurt net iets meer dan vijf minuten. Shell koos er uitdrukkelijk voor om de strijd via de media aan te gaan, en de ontvoerders pakken de handschoen op. Na de boodschap, die door Lucas zelf in het Engels wordt gebracht, laten we enkele experts aan het woord over de inhoud en over de vraag of Lucas hiertoe gedwongen zou kunnen zijn, ondanks zijn bewering dat dit niet het geval is.'

De video begint. Lucas zit aan een tafel, achter hem hangt een grote poster van een zeevogel op een strand, bedolven onder zwarte olie. Lucas is fris geschoren, zijn haar is nog nat en hij draagt een wit overhemd. Hij heeft een stapeltje papieren in zijn hand.

Hij heeft altijd op de beste internationale scholen gezeten, dus zijn Engels is onberispelijk. Toch kijkt hij af en toe onwennig in de camera, terwijl hij de boodschap uitspreekt:

'Beste allemaal, lieve pappa en mamma, beste Shell,

Om te beginnen wil ik jullie allemaal laten weten dat ik oké ben en goed word behandeld. Ik zou nu natuurlijk liever thuis zijn bij mijn familie en vrienden, maar ik spreek deze woorden vrijwillig uit. Ik lees de tekst wel voor. Dat doe ik om het verhaal goed te vertellen en niets te vergeten, maar het is mijn eigen tekst; hij is me niet opgedrongen. Ik weet wat het stockholmsyndroom is, waarin de ontvoerde sympathie opvat voor de gijzelnemers, niet in de laatste plaats vanwege de totale afhankelijkheid, maar wat ik nu ga voorlezen is geen gevolg daarvan, daar ben ik zeker van. Ik heb mijn ontvoerders nog nooit in levenden lijve gezien, dus ik kan moeilijk een band met ze opgebouwd hebben. Wel hebben ze mij dagelijks voorzien van het nieuws, dus ik heb wel een mening kunnen vormen over de gebeurtenissen. Ik heb immers tijd genoeg.'

Lucas kijkt verlegen maar met een ondeugende glimlachen van zijn blaadje op. Hij vervolgt:

'Ik ben achttien jaar en de kans dat ik de tweeëntwintigste eeuw ga halen is best groot. En dat geldt zeker voor mijn kinderen en kleinkinderen, als me die gegeven zijn – eerst hier uit komen. De tweeëntwintigste eeuw; dat klinkt ver weg, maar is dus eigenlijk heel dichtbij. Er worden de meest verschrikkelijke voorspellingen over gedaan. Als we doorleven zoals we nu doen, zal de opwarming van de aarde onomkeerbare veranderingen in gang zetten, zoals misschien de zesde massale uitsterving op onze planeet. De dinosaurussen, een van de slachtoffers van de laatste massale uitsterving vijfenzestig miljoen jaar geleden, konden er niets aan doen dat er opeens een meteoor uit de lucht kwam vallen. Als ze die meteoor met vereende krachten terug de ruimte in hadden kunnen koppen, denk je dan dat ze hadden geaarzeld? Ondanks de koppijn die dat ze een tijdje zou hebben gegeven, is dat toch helemaal geen keuze? Even denken...'

Lucas steekt het puntje van zijn rechterwijsvinger in zijn mond, kijkt omhoog en veinst diepe contemplatie:

'Beste mede-dino's, kiezen we ervoor om met zijn allen even koppijn te hebben of zullen we met zijn allen doodgaan? Vergeleken met nog geen honderdvijftig jaar geleden leven we allemaal het leven van koningen. Ik heb een bevoorrecht leven gehad, besef ik nu. En daar moet ik mijn vader en Shell dankbaar voor zijn. Was de Boeddha zijn ouders dankbaar voor het beschermde leven dat hij had geleid? Hij had nog nooit arme en zieke mensen gezien, totdat hij het paleis uit vluchtte. Geconfronteerd met de narigheden die hij zag, was zijn reactie niet "snel weer terug het paleis in". Nee, hij wijdde zijn verdere leven aan het verlichten van het lijden. Ik ben natuurlijk geen Boeddha, en zal het ook nooit worden, maar zijn voorbeeld is inspirerend voor mij. Ik stond in een donkere kamer, iemand knipte heel even het licht aan, en ik kon de hele kamer zien. Het licht ging weer uit, maar niemand zal ooit dat wat ik zag van mij af kunnen nemen. Ik zie nu in waar wij met zijn allen mee bezig zijn en welke prijs we daarvoor moeten betalen. Iedereen kan helpen om de wereld een beetje beter te maken, maar feit is dat grote spelers als Shell buitensporig veel hebben bijgedragen aan klimaatverandering, zonder een evenredig deel van de oplossing te leveren. De winsten waren altijd alleen voor hen, en voor mij, eerlijk is eerlijk, maar de kosten zijn voor de hele samenleving. Ik begrijp dat Shell onderdeel is van een systeem dat een enorme behoefte heeft aan de fossiele brandstoffen. De verandering zal niet van binnenuit komen, daarvoor houdt het systeem zichzelf te zeer in stand. Shell vreest de mensen buiten het systeem die verandering willen, denkt dat die niet begrijpen hoe belangrijk Shell is voor de huidige energiebehoefte. Maar ik denk dat deze mensen juist heel goed zien hoe belangrijk Shell is. En precies daarom vragen ze, hopen ze, dat Shell het voortouw neemt om grote maar noodzakelijke veranderingen in gang te zetten. Dat kan niet langzaam en zonder pijn. Nee, we zullen hier allemaal even koppijn van hebben. Maar Shell durft niet; de dreiging van uitsterving is net niet urgent genoeg om actie te ondernemen. Maar we naderen het point of no return, het kantelpunt waarna we de wereld niet meer kunnen redden, en ze onherroepelijk onleefbaar wordt. Er zit daarom niets anders op dan om die pijn voor Shell te creëren, zodat zij zélf met uitsterven bedreigd wordt als ze niet gaat veranderen.'

'Het spijt me, pappa,' Lucas kijkt nu recht de camera in:

'maar het bedrijf waar jij je leven aan hebt gegeven moet echt veranderen, of anders stoppen. Ik hoop dat jij leiding mag geven aan de verandering.

Begrijp me niet verkeerd: misdaad mag niet lonen. De Warriors moeten gestraft worden. Maar ik begrijp waarom ze tot deze wanhoopsdaad zijn gekomen. Shell weet al dertig jaar dat ze niet goed bezig zijn – heeft u *Climate of Concern* al gezien? – en toch gaan ze maar door en door. Hoe kan iemand ze in hemelsnaam tot rede brengen? Deze ontvoering werkte duidelijk niet, gezien de reactie van gisteren. Sterker nog: ze slaan zichzelf op de borst hoe goed ze wel niet bezig zijn. Nee, ze hoeven zich nergens voor te schamen – maar dat moeten ze dus juist wel! Ik weet ook niet hoe het nu verder moet met mij. Maar ik hoop dat de klanten van Shell en de overheid actie ondernemen om Shell tot verandering te dwingen. Alleen als het bedrijf zelf pijn ervaart zal het zijn gedrag aanpassen. Ik ben kennelijk te klein, wat hen betreft kan ik geofferd worden. Alstublieft, denk mee en doe mee: raak Shell daar waar u kunt, niet met iets crimineels, maar door niets meer van ze kopen, ze geen subsidie meer te geven of zelfs extra belastingen te heffen. En misschien zullen ze dan eindelijk stoppen met fossiele brandstoffen.

Lieve pappa en mamma, ik hoop jullie snel weer te zien.'

~

'Mijn god, hoe stoer kun je zijn op je achttiende?!' Susanne heeft ademloos zitten kijken. 'Hij zal het heus niet helemaal alleen geschreven hebben, maar je voelt gewoon dat het zijn eigen woorden zijn. Daar zit geen angstig muisje; daar zit een kerel; een man die in heel moeilijke omstandigheden tot inzicht komt en dat durft te tonen aan de hele wereld. Knap hoor! Hoe zal die Johan zich voelen? Hij is wel lief naar zijn ouders, en hij hoopt vast oprecht dat zijn vader Shell mag omvormen, maar hij heeft de professionele loopbaan van zijn vader hiermee vakkundig om zeep geholpen. Die kan daar nooit meer serieus genomen worden. Maar misschien wil hij dat ook niet meer; als er thuis zo over je bedrijf gedacht wordt ga je niet met een lekker gevoel naar kantoor, toch? Als er al een bedrijf over is om naartoe te gaan, haha. Die Warriors hadden zich geen betere pleitbezorger kunnen wensen!'

Pino is heel erg tevreden over hoe dit zich ontvouwt. De experts zeiden op het *Journaal* dat ze dachten dat Lucas niet werd gedwongen en meende wat hij zei. En de manier waarop Susanne nu praat maakt hem ook iets minder angstig voor haar reactie als ze er ooit achter komt dat hij de kwade genius is achter deze ontvoering. 'Dit komt zo veel harder binnen dan die gladde praatjes van Shell,' zegt hij.

'Bij mij ook!' beaamt Susanne. 'En helemaal als Shell nu eerst met de pr-adviseurs om tafel moet om te bepalen wat ze gaan zeggen. Morgen zullen ze wel weer met een strak georkestreerde boodschap komen. De talkshows likken hun vingers hierbij af natuurlijk. Ik lees net dat *De Wereld Draait Door* vóór de uitzending *Climate of Concern* laat zien. Dat vind ik wel gaaf. Dat hebben die Warriors toch maar bereikt. Of de mensen daardoor hun gedrag gaan veranderen is een tweede, maar dit doet Shell hoe dan ook geen goed.'

Pino kan het niet laten en vraagt: 'Dus jij vindt dit eigenlijk wel een goede actie?'

'Nou, ik begin die jongens wel steeds meer te begrijpen. Helemaal nu zelfs het slachtoffer het met ze eens is. En Shell begint me steeds meer te irriteren. Voor eigen rechter spelen is natuurlijk niet oké, maar we zijn waar we nu zijn en ik hoop echt dat er iets gaat veranderen bij Shell. En ik hoop dat Lucas gezond terugkomt, en stiekem ook een beetje dat de Warriors ermee wegkomen.'

Pino moet echt op zijn tong bijten om er niet uit te flappen dat híj´ erachter zit. Maar het is nog veel te vroeg; hij mag de anderen niet in gevaar brengen. En het feit blijft dat hij Susanne dan onnodig met gewetensbezwaren opzadelt. Dat gold aan het begin van dit avontuur en dat geldt nog steeds. Maar hij is nu wel een stuk minder bang geworden voor het moment dat hij ontmaskerd zal worden en hij Susanne onder ogen zal moeten komen.

Hoofdstuk 15

Bezoek

Als stagiaire krijg je altijd de kansloze klussen, denkt Elise Dubois. Als ambitieuze student criminologie aan de Vrije Universiteit Brussel heeft ze veel moeite gedaan om stage te kunnen lopen op een politiebureau. Wetenschappelijk onderzoek zonder ooit met je poten in de modder gestaan te hebben, lijkt haar niet zinvol. De afgelopen maanden hadden echter ontnuchterend gewerkt. Saai was het woord niet, maar spectaculair of bevredigend was het werk ook niet gebleken. Toch ziet ze in dat het aflopen van lijstjes en het checken van tips noodzakelijke stappen zijn van het opsporen van criminelen. Die komen namelijk niet gewoon het bureau binnenlopen om zich aan te geven. Ze heeft genoeg voorbeelden gezien; ze weet dat het combineren van ogenschijnlijk onbelangrijke details tot een doorbraak kan leiden. Iedereen maakt fouten, dus ook criminelen, maar daar moet je wel naar zoeken.

Elise is toegevoegd aan een klein team dat de politie in Nederland ondersteunt. De Belgische politie wil er niet te veel tijd in stoppen, want de kans dat hun onderzoek iets gaat opleveren is klein. Maar niets doen is ook geen optie. In een grote ontvoeringszaak in Nederland en Italië was een bericht verzonden vanaf de parkeerplaats van een McDonald's in Brussel. De beveiligde TOR-verbinding was even onderbroken geweest. De waarschijnlijk betrokken en geschrokken bestuurder reed bijna tegen iemand aan. Deze persoon had een beschrijving gegeven van de bestuurder: een donkere, waarschijnlijk Afrikaanse, man. De nummerborden op de auto waren vals, dus die bieden geen aanknopingspunten. Deze man kan natuurlijk overal vandaan komen, maar het is een aannemelijke hypothese dat hij in de buurt woont en op zijn TOR-verbinding vertrouwde. Vandaar dat het Brusselse bureau was gevraagd om assistentie. Het is een longshot, dus een uitgelezen taak voor een vasthoudende stagiaire.

Elise was erin gedoken en had alles wat ze wist op een rijtje gezet. De ontvoerders lijken geen harde criminelen, maar betrokken burgers. En van 'betrokken' was het een kleine stap naar 'getroffen'. Aangezien Shell het doelwit was, keek Elise naar een gebied in Afrika dat het meest onder de aanwezigheid deze multinational had geleden. Dat was het Ogoni-territory in Nigeria. Misschien kwam de ontvoerder daarvandaan. Als hij illegaal in België verblijft, zal ze hem niet in de systemen kunnen vinden, dus die zijweg laat ze links liggen. Ze gaat er dus van uit dat hij een vast adres in Brussel heeft. Gelukkig kan ze gebruikmaken van Palantir, een computerprogramma dat met grote hoeveelheden data om kan gaan, en dat je ook zonder ingewikkelde programmeertaal kunt toepassen. Goed, er zijn ruim 1,2 miljoen buitenlanders in België, waarvan om en nabij 80.000 uit de Sub-Sahara-regio afkomstig. Een kwart daarvan komt uit Congo. Er zijn acht- tot tienduizend Nigerianen. Daarvan valt de helft af, want ze zoekt een man. De man wordt geschat op 35 à 40 jaar oud. Elise elimineert alle mannen onder de 25 en boven de 50. Nu valt er nog eens 40 procent af. Er blijven ongeveer 2500 mannen over. Ze kijkt hoeveel daarvan in Brussel of de nabije omgeving wonen. Ze kan helaas niet direct zoeken op 'Ogoni' in de database, maar maakte een uitdraai van haar selectie, en bekijkt regel voor regel of ze uit die regio afkomstig zijn. Na een paar dagen heeft ze 135 regels gehighlight: 135 mannen die aan haar criteria voldoen. Dat zijn er nog steeds te veel om allemaal te bezoeken, maar het is een begin. Ze bekijkt wat ze voor werk doen. 48 mannen werken in een restaurant. De ontvoerders lijken goed geschoold te zijn. Daarom streept ze deze mannen weg, net als alle monteurs, onderhoudsspecialisten, opzichters en winkelmedewerkers. Er blijven er drieënvijftig over. Die kunnen ze toch wel een bezoekje brengen?

~

Johan ziet er niet goed uit. Harvey heeft met hem te doen; in een paar weken tijd is zijn hele leven ingestort. Harvey werkte altijd prettig met hem samen en vond Johan een heel kundige CEO. Maar de krachten die nu waren losgebroken waren te machtig.

'Goed je te zien, Johan. Koffie?'

'Ja, prima.' Johan gaat tegenover hem zitten.

Harvey draait zich om naar het espressoapparaat achter hem, dat hij daar precies voor dit soort gelegenheden heeft staan; wanneer hij ongestoord wil kunnen praten.

'Johan, ik weet niet goed of ik je mijn verontschuldigingen aan moet bieden voor onze communicatie naar de ontvoerders. Het kan jou en Claire rauw op je dak zijn gevallen, maar het was volgens iedereen hier de enige juiste respons. Geef ze een vinger, weet je wel? En niet alleen voor ons, maar voor alle bedrijven die iets doen waar iemand aanstoot aan kan nemen, terecht of niet. En als je dan besluit het niet te doen, is de aanval de beste verdediging. Speel het spel op je eigen voorwaarden, nietwaar? Ondertussen zetten we natuurlijk vol in op het terugvinden van Lucas, die volgens de experts trouwens niet echt in levensgevaar is, gezien het geschatte profiel van de Warriors.'

Voordat Harvey verder kan gaan, steekt Johan zijn hand op en zegt: 'Stop maar, Harvey. Ik heb geen zin om dit nu allemaal door te spreken. Ik ben enorm teleurgesteld in jullie beslissingen, en ook dat je mij niet eerst hebt gebeld, terwijl je dat uitdrukkelijk had beloofd. Het is wel míjn zoon, Harvey!'

'Natuurlijk, Johan, dat is ook het uitgangspunt. Dat is een zeer belangrijke overweging, maar we moesten snel handelen om ons statement nog in de kranten te krijgen en ik wilde je daarna meteen bellen.'

'Ach, hou toch op. Niet alleen bel je mij niet, je gaat er ook nog eens met een gestrekt been in, terwijl dat het grootste risico voor Lucas met zich meebrengt. En ik denk dat dit pr-technisch ook beter had gekund. Ik ben het met je eens dat ik in een dubbelrol zat en dat dat niet kon, maar dat jullie zó snel je eigenbelang op de eerste plek zouden zetten is zelfs voor mij als Shell-veteraan een onaangename verrassing.'

'Johan, ik verzeker je dat Shell er alles aan zal doen om Lucas veilig terug te krijgen.'

'Nou, dan had je je tekst wel iets toegeeflijker op kunnen stellen. En die eensgezindheid waar jij het over hebt, die valt ook wel mee. Of denk je dat ik helemaal niemand meer spreek in dit bedrijf? Ik geloof dat we deze tegenslag in ons voordeel hadden kunnen gebruiken, om bepaalde veranderingen nog sneller door te voeren. Ik neem aan dat je de speech van mijn zoon hebt gezien? Het heeft me diep geraakt. Hij zei niets nieuws natuurlijk, maar als je zoon het zo op tv verkondigt, dan komt het anders binnen, kan ik je verzekeren. Hoe dit verhaal ook eindigt – Lucas thuis, Lucas dood, ontvoerders gepakt of niet – ik kan hier niet meer functioneren. Ik ben mijn gezag kwijt en ik kan de huidige koers eerlijk gezegd ook niet meer ten volste verdedigen.'

Harvey had ook nagedacht over hoe het verder moet als dit achter de rug is. Hij weet dat het moeilijk zou worden voor Johan, maar dit...

'Ga je niet wat te snel, Johan? Je staat nu onder extreme druk, dit lijkt me niet het moment om zulke drastische beslissingen te nemen.'

'Nou, Harvey, je kunt het ook omdraaien. Misschien is er zoiets extreems als dit nodig om duidelijk te krijgen dat de ware aard van Shell en die van mijzelf onverenigbaar zijn. Het gaat niet meer lukken, en dat weet jij ook. Ik wil thuis ook welkom zijn, snap je?

Zoek maar een ander en laat maar weten hoe je het wilt regelen. Ik vrees trouwens dat de publieke verontwaardiging dit keer wat minder snel overwaait, maar dat is jullie probleem nu.'

Johan staat op, geeft Harvey een hand en loopt weg zonder verder op antwoord te wachten. In de gang pakt hij zijn telefoon en drukt op het bovenste nummer. 'Liefje, het is klaar. Ik ben zo thuis.'

~

Aba werkt regelmatig thuis. Heerlijk rustig – en het is nu helemaal handig: zo kan hij ongestoord de berichtgeving over de ontvoering volgen. Het is allemaal wel heel anders gelopen dan ze hadden verwacht. Maar Aba verbaast zich er ook over dat hij zo verbaasd was. Hij heeft thuis in Nigeria gezien hoe Shell onder druk reageert: altijd ontkennen en de boel vertragen. Ook nu maalt het systeem door. Iedereen probeert in het belang van het bedrijf te handelen, vaak zonder zich af te vragen wat de consequenties zijn voor het individu. Mensen die dat wel doen gaan daar niet eens werken, en als ze later een geweten kweken zal het wel moeilijk zijn om te overleven binnen het bedrijf. Hij had gehoopt met deze daad een duw te kunnen geven. Zijn ze naïef geweest? Is hij daadwerkelijk bereid Nemo op te offeren? Hij hoeft er nu niet over na te denken, maar zo overtuigd als de anderen is hij niet om Nemo nooit wat aan te doen. Het zou heel zielig zijn voor hem en oneerlijk, maar in het grote oneerlijke geheel, kan Aba zich voorstellen wellicht wel die grote stap te nemen, als hij het gevoel had dat het hun zaak werkelijk zou kunnen helpen. De oom van een klasgenoot was een van de acht die samen met Saro-Wiwa was opgehangen. Dat grote onrecht van zo dichtbij meemaken, had zijn wraakgevoelens diep verankerd.

Pino heeft lef en visie, maar is waarschijnlijk te lief en te aardig als er echt doorgebeten moet worden.

Hun actie heeft gelukkig wel publiciteit opgeleverd. De aandacht die deze ontvoering krijgt is overweldigend en, dat hadden ze wél goed ingeschat, niet alleen maar negatief. In de trant van, 'het is niet netjes wat ze doen, maar we begrijpen waarom ze tot deze wanhoopsdaad zijn gekomen'. En dat Nemo zo meewerkt is een cadeautje. Hij is bovendien heel overtuigend. En ook verstandig, want nu weet hij zeker dat de Warriors hem nooit iets aan zouden doen. Het zal zijn vader wel zijn kop kosten bij Shell, dat kan bijna niet anders. Maar met hem heeft Aba totaal geen medelijden; hij zit al decennia bij Shell en heeft zelfs in Nigeria gewerkt.

Aba maakt zich geen zorgen over hoe er over hem gedacht zal worden. Zijn familie en dorp zullen trots zijn dat hij probeert Shell te stoppen. En er gebeurt echt wel iets: *Climate of Concern* is al honderdduizenden keren bekeken en raakt mensen. Als je al zo lang weet wat de gevolgen zijn van het gebruik van fossiele brandstoffen, hoe kun je dan een van de bepalende spelers in die markt blijven? Dat is een vraag die steeds openlijker gesteld wordt in kranten, tijdschriften en talkshows. Oké, het zal niet meteen leiden tot een gedragsverandering bij het brede publiek, daar is meer voor nodig, maar zoiets begint toch met inzicht. Wie weet ontstaat hierdoor een stroming die groot genoeg is om van invloed te zijn. En hoe trots zijn werknemers van Shell nu nog op hun werkgever? Ja, alles is anders gelopen, maar Aba had toch het gevoel dat ze iets bereikten. De ironie is alleen dat als Johan straks vertrekt bij Shell, zij met de zoon van een werkeloze zitten. Welk drukmiddel hebben ze dan nog?

De bel gaat. Verrast staat Aba op. Wie belt er nog zo laat in de middag aan? In zijn joggingspak loopt hij naar de voordeur en doet open.

'Abayomrunkoje Oni?'

Aba slaagt er op wonderbaarlijke wijze in niet naar achteren te springen. Zijn schrik is fysiek: zijn hele lichaam in shock. Zijn hartslag vliegt in een fractie van een seconde naar maximaal. Twee politiemannen in uniform en een jongedame in burger staan bij hem op de stoep.

'Eh ja, dat ben ik.' *Fuck*! Hoe hebben ze me kunnen vinden? Moet ik wegrennen? Ligt er iets belastends in huis? Nee, daar heb ik op gelet. Focus, Aba!

De agent praat door: 'Ik weet niet of ik uw naam goed uitspreek...'

'En onze excuses voor dit onaangekondigde bezoek,' onderbreekt de wat oudere politieman zijn collega: 'Mijn naam is Peeters en dit zijn mijn collega's De Smet en mevrouw Dubois.'

Aba herstelt zich snel en probeert een draai te geven aan zijn duidelijke schrikreactie; 'Oni is oké. Er is toch niets met mijn moeder?'

'Nee hoor, bij ons weten is er niets aan de hand. Maakt u zich geen zorgen. Wij zijn bezig met een routineonderzoek en kijken naar wat losse eindjes. Bent u in het bezit van een auto?'

'Sorry, maar mag ik weten waar dit over gaat?'

'Vijf dagen geleden heeft zich iets verdachts afgespeeld op een parkeerterrein bij een McDonald's hier in de buurt. Een getuige heeft een donkere man, die er waarschijnlijk mee te maken heeft, weg zien rijden in deze auto.' Peeters laat een foto zien van de Volkswagen Golf waar Aba in wegrijdt, gemaakt door de bewakingscamera. Er is slechts een vaag silhouet te zien. Hoe komen ze in vredesnaam bij hem uit? Aba is stupéfait.

'En nu brengen jullie alle donkere mannen in België een bezoekje? Ik wens jullie veel succes.'

Peeters gaat onverstoorbaar door: 'Nee, dat zou inderdaad onbegonnen werk zijn. U hoeft niet mee te werken, meneer Oni. Vanzelfsprekend is dat wel reden om een kruisje achter uw naam te zetten en u in de gaten te houden. Dan komen we een andere keer terug of brengen we u naar het politiebureau als we daar aanleiding toe zien.'

'Natuurlijk werk ik mee, ik vraag me alleen af of u ook dit soort bezoekjes zou afleggen als uw getuige een witte man weg had zien rijden.' Aba moet uitkijken dat hij niet opstandig wordt.

'We staan hier niet alleen vanwege uw huidskleur, neemt u dat maar van mij aan. Kom ik terug op mijn vraag: bent u in het bezit van een auto?'

'Nee, die heb ik niet.'

'Heeft u vijf dagen geleden deze auto bestuurd?' Peeters laat de foto weer zien.

'Ook niet.'

'Waar was u die dag?'

'Ik heb toen thuisgewerkt, net zoals nu.'

'Zijn er mensen die dat kunnen onderschrijven?'

'Vast wel, ik heb gemaild en gebeld die dag.'

'Oké, daar komen we dan nog op terug. Heeft u andere informatie die ons zou kunnen helpen? Misschien hebben bekenden van u zo'n auto, of kent u mensen die vaak naar de betreffende McDonald's gaan?'

'Nee, ik ben bang dat ik jullie niet kan helpen.'

'Oké, dat is jammer. Het spijt ons dat we u hebben moeten lastigvallen. Hier heeft u mijn kaartje, voor het geval u alsnog iets te binnen schiet.'

'*Au revoir.*' Alle drie draaien ze zich om en lopen naar hun auto.

'*Au revoir.*' Aba sluit de deur en zakt naar beneden. Met zijn rug tegen de deur zit hij met zijn hoofd in zijn handen, die op zijn opgetrokken knieën rusten. Hij begint te trillen. Hij kan niet bevatten hoe ze nu al bij hem terecht zijn gekomen. Zo snel. Aba maakt zich geen illusies: ze zullen terugkomen. Wat moet hij doen?

~

'Zeg het maar, Elise, wat denk jij?' Peeters zit op de bijrijdersstoel en draait zich om naar de achterbank.

'Nou, daar gaat voorlopig nog geen streep door. Hij schrok zich rot toen hij de deur opendeed! De meeste mensen schrikken als de politie op de stoep staat, maar bij hem was het *next level*. Ik vind deze bezoekjes erg leerzaam. Je hebt niet veel middelen, maar desalniettemin kun je een eerste schifting maken. Deze meneer was heel beschaafd, maar ik heb geen goed gevoel bij hem. Van de 27 mannen die we bezocht hebben hadden er 18 een alibi en 6 pasten toch niet in het profiel. Dus we hebben er nu 3 om wat dieper in te duiken, onder wie deze meneer Oni als het aan mij ligt. Als uit de 26 die we nog moeten bezoeken ook 3 tot 5 verdachte personen komen, dan is het te overzien.'

'Ik ben het met je eens,' zegt Peeters. 'Hij was wel erg onaangenaam verrast, maar ook heel snel weer bij zinnen. Een intelligente man, die duidelijk het een en ander te verbergen heeft. Niet bedreigend, maar wel fel. Ik ben benieuwd wat je over hem op kan duikelen.'

~

Hij moet Pino bellen. Dit is duidelijk een van de afgesproken noodsituaties. Aba verwacht niet dat ze hem afluisteren, maar als de politie het later checkt en ziet dat hij meteen na hun bezoek Pino heeft gebeld, is die er ook gloeiend bij. Hij pakte een van de wegwerptelefoons uit de la. De andere vier heeft hij buitenshuis verstopt, zoals ze hebben afgesproken. Meerdere telefoons in huis hebben is verdacht bij een eventuele huiszoeking. Hij staat nog steeds te trillen als hij Pino belt.

'Hallo?' Pino neemt dit onbekende nummer aarzelend op.

'*C'est moi*, ik heb bezoek gehad. Kun je praten?'

'Wacht even,' Pino vangt zijn kinderen op, die aan komen rennen en om zijn benen vliegen. 'Dag lieverds,' Pino knuffelt ze snel. 'Pappa moet nog even wat uit de auto halen, ik kom zo.'

Hij loopt weer naar buiten en gaat in de auto zitten; 'Oké, *tell me*.'

Hoofdstuk 16

Wie wil er naar huis?

Norah klopt een beetje onzeker op de deur; het gebeurt niet vaak dat ze in haar eentje ontboden wordt bij de Chairman, en dan zo laat op de dag. Haar pleidooi voor een andere koers zal haar toch niet meteen haar baan kosten? Bovendien schetste ze simpelweg een van de mogelijke scenario's, die moesten ze toch ook meenemen in hun overwegingen? Eerlijk gezegd was het wel een scenario waar zij graag voor was gegaan. Achteraf had ze gehoord dat meer mensen aan tafel er zo over dachten, maar die hadden hun mond gehouden, de slappe zakken. Ze moest nog ontdekken waar transformatie in haar titel voor staat.

'Kom binnen, Norah.' Harvey staat bij zijn koffieapparaat. 'Koffie?'

'Nee, dank je, een glas water is prima.' Ze wijst naar de karaf en glazen op tafel.

'Prima. Ik neem er zelf nog wel eentje.' Ze wachten terwijl de machine pruttelt. Beiden zijn ze gespannen, zij het om verschillende redenen.

Harvey gaat zitten en pakt een van de kranten die voor hem liggen en laat de voorpagina zien: 'PUBER LEEST SHELL DE LES!', hij pakt een andere: 'LUCAS BEGRIJPT ZIJN ONTVOERDERS', nog eentje: 'WIJZEN DINO'S & DE BOEDDHA SHELL DE WEG?'

Geïrriteerd zegt hij: 'Die Warriors hebben goed begrepen dat zo'n arme jongen tot de verbeelding spreekt, of wij nou wel of niet aan hun eisen toegeven. Maar dat hij hun zaak zó vurig zou verdedigen hadden ze waarschijnlijk niet durven hopen. Dit waait niet zo snel over, ben ik bang. Onze aandeelhouders zijn nog niet zenuwachtig, maar als de klanten onze pompen gaan vermijden en de overheid onder de publieke druk de subsidies stopzet, brengt dit ons aanzienlijke schade toe. Ik heb al een paar keer gezien dat ondanks goede afspraken met de overheid, over bijvoorbeeld het salaris van de CEO, er in dit landje onder publieke druk opeens een "moreel appèl" op grote bedrijven werd gedaan, en beslissingen ineens teruggedraaid moeten worden. Ik ben er niet gerust op. Jij spreekt hun taal, wat vind jij dat we nu moeten doen?'

Norah ademt langzaam uit; ze wordt niet ontslagen, althans niet meteen. 'Vraag je mij nu hoe we met de ontvoerders moeten communiceren terwijl we blijven doen wat we afgesproken hebben, of vraag je mijn mening over hoe we Shell zouden moeten omvormen?'

'Het eerste natuurlijk; wat we gaan doen is allang besloten. Maar ik denk dat we onze toon moeten aanpassen. We hebben laten zien dat we niet met ons laten sollen, maar nu moeten we weer onze zachte kant laten zien, zeg maar, haha.'

Het kost Norah moeite om mee te glimlachen. Harvey gaat door. 'Daar komt bij dat Johan vanmiddag zijn ontslag heeft aangeboden.'

'Wat? Echt?' Norah weet niet of ze medelijden met hem moet hebben of hem moet bewonderen om zijn moed. Ze zag zijn terugkeer ook beroerd in, maar dat hij het heft in eigen hand zou nemen? Nee, die zag ze niet aankomen.

'Ja, de snelheid verbaasde mij ook, maar hij heeft gelijk. Na die vertoning van zijn zoon zou hij nooit meer het gezag kunnen genieten dat hij tot twee weken geleden had. Voor hem persoonlijk is het natuurlijk lullig, om het zachtjes uit te drukken, maar het maakt onze handen wel vrij. We zullen vanzelfsprekend op gepaste wijze afscheid van hem nemen. De vraag is: willen we dit nu al communiceren of houden we het onder de pet? Kunnen we hier een draai aan geven die ons ten goede komt of beter even wachten?'

Norah is nog aan het schakelen. Johan is weg en Harvey wil de Warriors paaien zonder dat Shell iets toegeeft. De hypocrisie stuit haar tegen de borst. Ze heeft er zelf aan meegewerkt, dat weet ze zelf ook, maar de spagaat waar ze nu in moet opereren wordt wel erg oncomfortabel. Harvey moest zo nodig zelf een statement maken, om te laten zien hoe goed en flink Shell is. Maar nu dat als een boemerang terugkomt, mag zij de scherven opruimen.

'Ik denk dat we het nieuws over Johan beter uit kunnen stellen. Iedereen weet dat hij op non-actief staat en dat vindt men pijnlijk maar wel begrijpelijk. We winnen er weinig mee om naar buiten te brengen dat hij helemaal weg is. We zouden misschien wat goodwill kunnen krijgen door de menselijke kant van dit verhaal te benadrukken: hoe zwaar Johan het heeft en wat deze ontvoering met hem en zijn familie doet, en zo. Maar ja, zijn eigen zoon staat aan de kant van de Warriors, dus we kunnen dit verhaal ook niet al te zwaar aanzetten.'

Al pratende probeert Norah een weg voorwaarts te verzinnen. Hoe kan ze Harvey en Shell goed vertegenwoordigen en tegelijkertijd de publieke opinie bijsturen? 'We moeten hoe dan ook blijven benoemen dat we al hard bezig zijn met de energietransitie.'

Opeens heeft ze een ingeving: 'Wat we zouden kunnen doen, om tijd te winnen, is zeggen dat we nog meer het voortouw willen nemen. We kunnen bijvoorbeeld een serie conferenties met onze concurrenten opzetten, om samen een betere en snellere weg voorwaarts te vinden. Want alleen Shell veranderen werkt natuurlijk niet. We kunnen iedere speler in de energiemarkt oproepen om een extra 10 procent van de investeringen in een "fonds ter acceleratie van de energietransitie" te stoppen. Met zo'n miljardenfonds kunnen we goede sier maken naar de buitenwereld. En jij en ik weten dat we zo een paar jaar verder zijn voordat zoiets überhaupt concreet wordt, maar ondertussen kan men ons geen passiviteit verwijten. Wij zijn bereid onze miljardeninvestering te verdubbelen, om samen met de rest van de fossiele-brandstoffenwereld een nog grotere positieve impact te genereren. Ik denk dat dat een mooie boodschap is.'

Harvey knikt instemmend: 'Dat is helemaal niet zo'n slecht idee. Het leidt de aandacht af van de kidnappers én we laten zien dat we nog meer verantwoordelijkheid nemen. Wat de uitkomst ook zal zijn, dit zal onze reputatie alleen maar ten goede komen. Werk het uit, ik zal het ondertussen met de anderen bespreken.'

Norah staat op en terwijl ze wegloopt weet ze niet of ze nou blij moet zijn met deze bijeenkomst of niet.

~

'Hé, rustig! Kom op, niet allemaal door elkaar!' Pino probeert tevergeefs de gemoederen te bedaren, alhoewel hij ook allesbehalve kalm is. Aba's verslag had hem koude rillingen bezorgd, en hij had meteen iedereen een onschuldig ogend Signal-bericht gestuurd, met daarin het codewoord voor 'urgent'. Hij had erop gelet dat hij iedereen een net iets ander bericht stuurde, want een identiek bericht zou bij een eventueel onderzoek later op kunnen vallen. Het was halfvijf geweest, dus was de eerstvolgende mogelijkheid om te bellen om acht uur. Pino had net met zijn gezin gegeten. Het had hem moeite gekost om over koetjes en kalfjes te praten, en om zijn eten weg te krijgen. Met het excuus dat hij nog moest werken zit hij nu in zijn werkkamer, met alle Warriors aan de telefoon. Ieder natuurlijk met zijn eigen wegwerpapparaat, Giulia en Marco weer samen op hetzelfde toestel.

Hij vervolgt: 'Het heeft geen zin om tijd te besteden aan de vraag hoe ze in godsnaam zo snel bij Aba uit zijn gekomen. Het is duidelijk dat het te maken heeft met de problemen die hij had met de wegvallende TOR-verbinding en de man die hij bijna van zijn sokken reed. Het lijkt er ook op dat ze nu nog in het wilde weg aan het zoeken zijn. Maar Aba stond op hun lijstje en ik vrees dat hij er niet in geslaagd is om zichzelf daarvan af te krijgen. Hoeveel meer mensen er op die lijst staan weten we niet, maar we moeten er serieus rekening mee houden dat ze binnenkort terugkomen. Mochten ze dieper graven, dan komen ze erachter dat Aba ons kent en contact met ons heeft. Het is een geluk dat Aba niet met zijn eigen auto reed en dat die auto in een garage staat. Hoeveel tijd we nu hebben weten we niet, maar we moeten iets doen. Het goede nieuws is dat de performance van Nemo boven verwachting heeft gewerkt. Wat er ook gebeurt, we hebben een verschil gemaakt, lijkt het.'

'We moeten zeker iets doen!' Marco ontploft weer: 'Dit is verschrikkelijk! Die agenten gaan terugkomen, honderd procent!'

Pino ziet ook geen uitweg: 'Sorry, Aba, Marco heeft gelijk. Ik denk dat je morgen meteen naar Nigeria moet gaan. Wegwezen! Voordat ze je daar vinden, is alles hopelijk allang voorbij. En dan moeten we maar kijken hoe het loopt, en of je terug kunt komen. Maar je zit liever daar dan in de gevangenis, toch?'

'Als de politie terugkomt en ik ben weg, dan ben ik pas écht verdacht,' sputtert Aba tegen.

'Nou, als ze terugkomen is het niet omdat ze hun pen hebben laten liggen.' Marco kan zich moeilijk inhouden: 'Hoe het ook loopt, het is het beste als jij in Nigeria bent. Verzin op je werk maar een urgente familieomstandigheid en vertrek meteen.'

'Aba, zie het als iets positiefs: je kunt nu nog gewoon gaan. Marco, wat moet Aba nog doen voor zijn vertrek, en welk risico lopen we nog meer?'

'Ik zei al: het is klote. Teruggaan in de tijd kunnen we helaas niet. We hebben in het afgelopen jaar nu eenmaal contact gehad met elkaar. Nederland kent een bewaarplicht van telefoongegevens van twaalf maanden, juist om criminele activiteiten achteraf te kunnen traceren. Dus al zit Aba in Nigeria en vermorzelt hij zijn telefoon – wat je overigens sowieso meteen moet doen, Aba, nu je nog in Brussel bent – kunnen ze toch terugvinden welke nummers hij gebeld heeft en hoelang. En aangezien ze kunnen zien via welke toren de verbinding gemaakt werd, kunnen ze ook grofweg inschatten waar hij zich bevond.'

'Dus ze kunnen alle nummers zien die Aba de afgelopen twaalf maanden gebeld heeft?'

'Ja.'

Pino vraagt door: 'Aba, heb jij naast ons nog veel andere mensen gebeld? Of vallen we op als ijsberen in een woestijn?'

Aba is nog aan het verwerken dat hij meteen moet vertrekken: 'Eh, ik denk dat jullie relatief veilig zijn. Mijn taak hier in Brussel is het monitoren, coördineren en contact houden met allerlei organisaties die zich bezighouden met het milieu. Dus ik bel en mail de hele dag met een groot aantal mensen in verschillende Europese landen. Jullie zullen wel op de lijst staan, maar tussen heel veel anderen. Het zal even duren voordat dat net zich sluit.'

'Dat lijkt dan redelijk positief. Aba, je hebt geen keus: morgen stap je op het vliegtuig naar Nigeria. Wacht niet langer; ze zullen nu nog niet op de uitkijk staan op het vliegveld. En, zoals Marco zegt: vernietig je telefoon in Brussel. Haal de chip eruit, sla hem tot splinters en gooi de resten ergens in het water,' gaat Pino door, 'De andere wegwerptelefoons en alle andere spullen die met Nemo te maken hebben gooi je ook weg, niet bij jou in de buurt. Je houdt één telefoon om met ons te communiceren. Bel ons niet zelf; wij bellen jou op het nummer dat je zo doorgeeft. Als we uitgebreider met elkaar moeten overleggen, dan doen we dat zoals met de buitenwereld: via de TOR en de PGP-codes.'

Stilte.

'Oké, ik begrijp het. Ik wist dat het lastig kon worden en dat we gepakt konden worden, maar ik baal ervan dat ik degene ben die ze het eerst op de korrel hebben, en dat ik nu weg moet en het werk aan jullie moet overlaten.'

'Het loopt nu eenmaal zo en ik ben blij dat je nog weg kunt komen. En hopelijk kun je ons nog helpen vanuit Nigeria. Het ga je goed, en ik hoop je snel weer te zien.'

Aba schiet vol: '*Shit* man, sorry! *Good luck guys.* Dit is mijn nummer.'

Aba geeft het nummer door van een van de telefoons in zijn la. Terwijl ze het opschrijven zegt Pino: 'We laten dit even bezinken en laten Aba vertrekken, daarna nemen we weer contact op met elkaar, om te besluiten hoe we verdergaan.'

~

Lucas gloeit van trots als hij de kranten ziet. De Warriors hebben hem nog meer edities dan normaal gegeven, en overal wordt hij bejubeld. Van tevoren was hij zenuwachtig geweest, 'een gezonde spanning' zou zijn vader zeggen. Zijn vader... tja. Lucas vond het niet tof om hem publiekelijk af te vallen. Hij zag in dat hij een doodvonnis over diens carrière binnen Shell had uitgesproken, maar spijt kon hij er niet van hebben.

Het was opwindend geweest om samen met de Warriors die speech te schrijven. Zij hadden een goede opzet onder de deur door geschoven, maar hem de ruimte gegeven om er zijn eigen draai aan te geven. Het stukje over de dino's en de Boeddha had hij zelf verzonnen en dat vond hij best cool. Hij had op school een profielwerkstuk over de Boeddha gemaakt en hij was onder de indruk geraakt van diens gedachtegoed; geen godsdienst maar een manier van leven. Gautama's ouders die hem wilden beschermen; dat kwam hem bekend voor. Maar het lot besliste anders... en zo was het nu ook met hem. Wat doe je dan als alles anders loopt? Dan probeer je er het beste van te maken. Lucas vindt dat hij het tot zover goed gedaan heeft.

Maar hoe nu verder? Zal hij nog steeds proberen om te ontsnappen? Hoezeer hij de intenties van de ontvoerders ook steunt, hij heeft geen zin om maanden in deze kamer door te brengen. Hij heeft zijn deel gedaan: hij heeft zich nu al bijna twee weken goed gedragen én de speech van zijn leven gegeven om de Warriors te helpen. Het is toch in hun voordeel om hem nu te laten gaan? Hij zal na zijn vrijlating een goed woordje voor ze doen. Dan worden ze vast niet heel erg gestraft; althans, dat hoopt hij vurig. En Shell zal echt niet meer bijdraaien, dat is duidelijk. Dus waarom zouden ze hem nog langer vasthouden?

Bovendien heeft hij nog dingen te doen. De zomer is nog niet voorbij; hij kan zijn doel nog halen. Wie weet helpt zijn nieuwe status als bekende Nederlander – of zelfs bekende wereldburger! – hem wel en komen de meisjes vanzelf naar hem toe, in plaats van dat hij moeite moet doen om ze überhaupt aan te spreken. Deze ervaring transformeert hem van een door hormonen geplaagde kansloze puber tot een door hormonen geplaagd interessant persoon. Lucas kijkt ernaar uit om zijn prille roem te verzilveren. Simon en Mees zouden nog weleens jaloers kunnen worden op zijn overwinningen. Ha, dat zou wat zijn! Hij kan niet wachten. Hij moet iets proberen.

Hoofdstuk 17

Houvast?

Alain Peeters kijkt op. Elise staat ongeduldig bij zijn bureau.

'Ja?'

'Ik ben dus met die zeven Nigerianen die overbleven aan de slag gegaan. Ik dacht: ik bel ze alle zeven nog eens, om te kijken hoe ze reageren. Krijg ik bij Kwento Emem en die meneer Oni – zijn voornaam kan ik niet uitspreken – geen gehoor. Ik heb het meerdere keren geprobeerd, maar niets. Meneer Emem heeft geen werk, dus die vind ik minder interessant; hem probeer ik later nog een keer. Maar goed, Oni dus: ik bel naar de Europese Unie, waar hij werkt, krijg ik te horen: mister Oni is plotseling wegens familieomstandigheden naar Nigeria vertrokken. Eén dag nadat wij hem bezoeken moet hij onverwacht naar Nigeria? Dat is wel heel erg toevallig. Of zie ik spoken?'

Elise heeft nu Alains volle aandacht. 'Dat klinkt inderdaad erg ongeloofwaardig. Laten we kijken of we meneer Oni op het vliegveld kunnen opvangen.'

'Dat heb ik meteen gecheckt. Er is vanochtend al een vliegtuig vertrokken naar Lagos. Ik ben niet bevoegd om te checken of Oni aan boord was. Maar ik durf te wedden dat hij erin zat.'

'Oké, *well done*. Ik zet er mijn magere salaris ook op in dat hij aan boord is, al checken we het zo natuurlijk even. Laat die anderen voor nu maar zitten en richt al je aandacht op Oni. Met wie gaat hij om, met wie belde hij, mailde hij, ging hij op stap? Ik zal onze collega's in Nederland inlichten. Volgens mij hebben ze nog helemaal niets; dit zou een eerste doorbraak kunnen zijn. Ga zo door!'

Elise glundert. Dit zou wel een heel bijzondere start van haar carrière zijn; een doorbraak in een internationale zaak. Met nog meer energie draait ze zich om en loopt met verende tred terug naar haar bureau.

Na zijn contact op de luchthaven geraadpleegd te hebben, belt Alain het nummer dat ze gekregen hebben voor als ze nieuws hebben. Tot zijn verbazing neemt de teamleider, Anita van der Klomp, zelf op.

'Meneer Peeters, u heeft nieuws? Hopelijk is het van de goede soort, want dat hebben we nog niet veel gekregen de afgelopen weken. Een paar van mijn collega's luisteren mee.'

Alain steekt van wal: 'Na dat akkefietje bij de McDonald's zijn we op basis van een paar aannames gaan zoeken. Ons eerste uitgangspunt was dat de man niet van ver kwam omdat hij erop vertrouwde dat hij in alle anonimiteit kon opereren dankzij de TOR-verbinding. Daarnaast verwachtten we, gezien het waarschijnlijke profiel van de Warriors, dat hij hoger opgeleid was. We vermoedden ook dat hij een persoonlijk motief had om erbij betrokken te zijn, bijvoorbeeld omdat hijzelf of zijn familie direct getroffen is door acties van Shell. Dan ligt Ogoni-territory in Nigeria voor de hand.'

Ondanks dat Anita het liefste direct een naam wil horen, laat ze Alain uitpraten. Ze gunt hem de eer en kan zo ook meteen inschatten hoe waardevol deze tip is. Ze zegt: 'Dat lijken me redelijke aannames, het proberen waard.'

'Dat dachten wij ook, ja. Een doortastende dame bij ons, Elise Dubois, heeft verschillende bronnen geraadpleegd en kwam met een longlist die te overzien was. Aan de hand van nog wat *educated guesses*, kwamen we tot 53 mannen die we graag een bezoekje wilden brengen. Na de rondgang viel het gros af. Een ervan echter, Abayomrunkoje Oni, viel op.'

'Sorry, welke naam zei je?'

'Abayomrunkoje Oni. Een moeilijke naam, ja. Ik stuur jullie zo zijn gegevens. We bezochten Oni gisteren en hij reageerde heel duidelijk geschokt toen hij de deur opendeed. Hij herstelde zich snel en zei daarna de juiste dingen, maar hij bleef op onze lijst van mensen om nader te onderzoeken.'

Anita wordt inmiddels ongeduldig: 'Ja, en?'

Alain laat even een pauze vallen en zegt dan: 'Meneer Oni is vanochtend halsoverkop naar Nigeria vertrokken.'

'Kijk. *Now we are talking!*'

Hij vervolgt: 'Zogenaamd vanwege urgente familieomstandigheden, volgens zijn werkgever, de Europese Unie. Maar Oni heeft zijn ticket gisteravond geboekt en voor zover we kunnen nagaan heeft hij de hele dag gebeld noch gemaild met Nigeria.'

'Dit klinkt inderdaad té toevallig. Goed werk, dank! Blijf vooral doorspitten: zie wat je over hem te weten kunt komen. Was Oni bijvoorbeeld vorige week in Italië? Dit is de beste lead die we op dit moment hebben. Stuur ons alsjeblieft wat je tot nu toe hebt, wij zullen er hier er ook een paar mensen op zetten.'

~

'Kom binnen, Morris.' Harvey zit achter zijn bureau. Morris neemt tegenover hem plaats en steekt direct van wal: 'Er lijkt een doorbraak te zijn, Harvey. De jongens van ons eigen crisisteam hebben net van de politie gehoord dat ze de man op het spoor zijn die het bericht heeft verzonden vanaf de parkeerplaats.'

'Werkelijk?'

'De verdachte, een zekere *mister* Oni, is zo geschrokken van een bezoek van de politie dat hij de volgende ochtend meteen op het vliegtuig naar Nigeria is gestapt. Het is een hoogopgeleide man die voor de Europese Unie werkt. Hij komt uit Ogoni-territory, wat weleens een motief zou kunnen zijn voor zijn betrokkenheid bij de ontvoering van Lucas.'

'Ongelofelijk! Is er een uitleveringsverdrag met Nigeria?'

'Dat is geen uitgemaakte zaak. Als het zover komt zien we dat wel. Maar wat ik eigenlijk wilde voorstellen is dat we zelf naar hem op zoek gaan in Nigeria.'

'Hoe bedoel je?'

'We huren toch beveiligingsbedrijven in? Die hebben hun eigen inlichtingsdiensten. Die zouden we kunnen vragen meneer Oni voor ons op te sporen. Zij hebben meer vrijheid om te handelen dan de politie.'

'En als ze hem vinden, wat stel je dan voor?' Harvey weet niet of dit een kant opgaat die hem aanstaat.

'Dan melden we dat aan de Nigeriaanse en Nederlandse autoriteiten. En misschien moeten we hem even babysitten, totdat ze hem op kunnen pakken.' Morris geeft een knipoog.

'Oké, maar we gaan daar niet het recht in eigen hand nemen. Ik denk niet dat we daarmee extra pr-punten scoren. Maar hem lokaliseren kan geen kwaad. En misschien kunnen we hem ertoe bewegen ons te vertellen waar Lucas is. Als we dat snel kunnen achterhalen, scoren we wél punten.'

~

'Ook dat nog!' Pino zucht diep. Ze zijn nog net geen twee weken onderweg en alles loopt anders. Dit stond in geen van hun scenario's: Aba die door botte pech en goed speurwerk naar Nigeria moet vluchten. En al is de lijst met Aba's contacten lang, het is een kwestie van tijd totdat hij en Giulia een telefoontje krijgen. Dat hoeft niet meteen problematisch te zijn, maar het is niet iets waar hij zich op verheugt. Hoe kunnen ze ervoor zorgen dat de politie meteen haar interesse in hen verliest? Of misschien nemen ze geen contact op en worden ze eerst in de gaten gehouden. Bij hem was niets te vinden, maar Giulia en Marco hadden wel iets te verbergen. Als ze gingen zoeken dan zouden hun tripjes naar Nemo wel bekend worden. Zouden ze erachter kunnen komen dat ze elkaar allemaal pas nog ontmoet hebben, hier in Haarlem? En nu is er een probleem bij gekomen: Nemo roert zich.

Marco gaat door: 'Ja, hij was echt aan het schreeuwen. Riep dat hij meer dan zijn plicht had gedaan, dat hij ons toch geholpen heeft, dat er nu niets meer te winnen valt met hem langer vasthouden. Hij steunt ons, maar hij wil ook door met zijn leven.'

'Helemaal ongelijk kunnen we hem natuurlijk niet geven.'

'Nee, en hij zei ook nog dat we niet bang hoeven te zijn dat hij ons zal verraden. Ten eerste omdat hij eigenlijk niets weet: hij heeft niemand van ons gezien, het enige is dat hij denkt dat hij in Italië is, maar dat is geen ramp. En ten tweede gunt hij ons echt het beste. Hij neemt het ons niet kwalijk dat we hem ontvoerd hebben en hoopt dat we erin zullen slagen om een verandering teweeg te brengen bij de grote vervuilers.'

Pino slikt en zegt: 'Het is een goeie jongen. Wat vinden jullie dat we moeten doen?'

'Nemo's vragen zijn heel gerechtvaardigd. We hadden twee hoofddoelen met onze actie: publiciteit genereren voor hoe fout en hypocriet Shell is, en dat Shell de vijf eisen zou inwilligen. Het eerste doel hebben we bereikt. Het kan altijd meer, maar we hebben superveel aandacht gekregen, en *Climate of Concern* is honderdduizenden keren bekeken. Dat kan een verandering teweegbrengen bij Shells klanten, en uiteindelijk ook bij de overheid. Krijgen we nog meer media-aandacht door hem langer vast te houden? Ongetwijfeld, maar het zal geen positieve berichtgeving zijn. Ons tweede doel hebben we totaal niet bereikt: Shell heeft alles geweigerd. Verandert daar iets in als we Nemo langer gevangenhouden? Ik denk het niet.'

'Dus jij vindt dat we hem moeten laten gaan?'

'Als we het rationeel bekijken, denk ik van wel, ja. We hebben publicitair waarschijnlijk meer te winnen door hem vrij te laten. Meer sympathie voor ons. En, toch ook niet onbelangrijk, als we ooit gepakt worden, dan zullen onze straffen lager uitvallen.'

'Giulia?'

'Ja, Marco en ik hebben het al met elkaar besproken. Ik denk ook dat dit nu de beste weg voorwaarts is.'

'Waarschijnlijk hebben jullie gelijk. Laat me er een nachtje over slapen. En laten we nadenken over hoe en waar we hem dan het beste los kunnen laten. En hoe kunnen we deze ontwikkeling dan zo goed mogelijk benutten?'

~

'Een Nigeriaan?' Claire kijkt van Anita naar Johan. 'Iemand die ons nog kent van toen we daar woonden?'

'Ik zou het niet weten. Daar is het nog veel te vroeg voor. We hebben weinig meer dan dit: hij voldoet aan het profiel, hij zou een motief kunnen hebben en hij heeft zich zeer verdacht gedragen. Maar zo veel geluk hebben we nog niet gehad in onze zoektocht, de afgelopen weken, dus ik kwam dit graag even melden,' zegt Anita.

'Inderdaad, nu kunnen we ons ergens aan vastklampen,' zegt Johan. 'Maar als deze meneer Oni inderdaad lid blijkt te zijn van de Warriors, wat kunnen we dan uitrichten in Nigeria?'

'Dat is een goede vraag. Het zal natuurlijk niet zo soepel verlopen als wanneer we hem in België hadden kunnen aanhouden. Aan de andere kant wil Nigeria Shell graag helpen; die relatie is in de hoogste echelons vrij goed. Het is het volk dat met de gevolgen van de vervuiling moet leven, dat wrok koestert naar Shell. We hebben onze collega's in ieder geval gevraagd naar hem uit te kijken. En er gaan twee man van ons naartoe om te proberen weer een praatje met hem te maken. Zijn telefoon is uitgeschakeld, maar we kunnen wel de belgegevens van de afgelopen twaalf maanden terughalen. We zijn al aan het kijken met wie hij contact heeft gehad het laatste jaar. We hebben echter alleen metadata: welk nummer met welk ander nummer contact heeft gehad. We weten helaas niet wat er gezegd is. Daar moet je volgens de aftapwet vooraf toestemming voor vragen. Dat hebben we meteen gedaan, maar ik vraag me af of er ooit nog gebeld zal worden via dit nummer. Ook zal het lopende onderzoek wat tijd vragen: Oni belde veel, dus het kan nog wel even duren voordat er resultaten uitkomen. Wat ook interessante gegevens kan opleveren, is de positiebepaling van zijn mobiel. Ook zonder dat iemand belt communiceert een telefoon steeds met de zendmasten in de buurt. Via triangulatie kunnen we tot op zo'n vijftig meter nauwkeurig de positie bepalen, in steden meestal nog iets nauwkeuriger. Ik ben benieuwd welke tripjes Oni de laatste tijd gemaakt heeft. En wie weet kunnen we daaruit afleiden wie hij ontmoet heeft, zeker als hij dan ook nog gebeld heeft met die personen. We hebben in ieder geval iets waar we onze tanden in kunnen zetten.'

Johan knikt en zegt: 'Dat klinkt goed. Misschien kan Shell in Nigeria nog helpen. Zij hebben daar veel contacten. Ik kan misschien ook nog iemand bellen.'

Anita grijpt snel in: 'We moeten er vooral voor waken dat allerlei mensen Oni op eigen houtje benaderen; dit moeten we zorgvuldig aanpakken. Zelfs om iemand alleen maar te lokaliseren moet je vragen stellen aan mensen uit zijn omgeving. Die kunnen hem dan waarschuwen, zodat hij helemaal verdwijnt. Laat het maar aan ons over. Houden ze je goed op de hoogte van wat er binnen Shell wordt ondernomen?'

'Nou, ik heb gisteren mijn ontslag aangeboden,' zegt Johan wat bedremmeld.

Anita gaat rechtop zitten: 'Dat had ik nog niet gehoord. Waarom nu en niet als alles achter de rug is?'

'Het was voor mij opeens overduidelijk. Ik was toch al op een zijspoor beland. Hun besluit om zonder overleg alle eisen af te wijzen bewees dat voor me. En toen Lucas op tv kwam en zijn verhaal deed, wist ik dat ik echt niet langer kon blijven.'

Anita knikt begrijpend: 'Ja, daar kan ik me iets bij voorstellen. Tsjonge jonge, wat een impact heeft dit op jullie gezin. Het belangrijkste doel is en blijft om Lucas zo snel mogelijk terug te krijgen. Na zijn gepassioneerde pleidooi voor de Warriors ben ik wel iets minder bezorgd dat ze hem willens en wetens kwaad zullen doen. Hoelang ze hem nog vast zullen houden weten we natuurlijk niet, en we moeten met alle scenario's rekening houden, maar het is duidelijk niet in hun belang hem iets aan te doen.'

'Dat dacht de familie Heijn ook, totdat ze zijn pink kregen opgestuurd,' Claire had alle details over de andere bekende ontvoeringszaken ondertussen wel gelezen. Elke krant vergeleek deze ontvoering met de verschillende beroemde Nederlandse ontvoeringszaken, inclusief de bizarre kidnapping van supermarkttelg Gerrit Jan Heijn. Die bleek achteraf op de dag van zijn ontvoering al omgebracht te zijn, terwijl zijn familie zes maanden in de waan gelaten werd dat hij nog leefde. Tijdens die periode werd zijn pink afgesneden en opgestuurd, om de eisen kracht bij te zetten. De familie kreeg te horen dat hij voorlopig wat moeite zou hebben met pianospelen. Ze konden helaas niet bepalen of dit afgesneden was van een levende of dode.

Johan schrikt van Claires opmerking en beseft eens te meer hoeveel rampenscenario's er de hele dag door haar hoofd gaan.

Anita reageert meteen: 'Claire, dit is echt heel anders, geloof me. Ja, het is waar dat het mantra "het is niet in het belang van de daders om hun slachtoffer iets aan te doen" sindsdien wat aan betekenis verloren heeft. De verschillen met de zaak Heijn zijn echter legio: om te beginnen leeft Lucas nu onmiskenbaar nog. Bovendien willen de ontvoerders geen geld maar de wereld verbeteren. De ontvoering van Heijn was een eenmansactie van een gedesillusioneerde, labiele man. Nu hebben we te maken met een calculerende groep activisten. Nee, Claire, voor wat het waard is: ik denk werkelijk dat Lucas voorlopig geen fysiek gevaar loopt. Dat neemt niet weg dat wij met alles wat in onze macht ligt werken aan de behouden en snelle thuiskomst van jullie Lucas.'

'Ik weet het,' zegt Claire met overslaande stem, 'maar het is zo moeilijk om te stoppen met piekeren.'

Anita pakt Claires hand met beide handen vast: 'Dat is toch logisch, Claire? Het zou raar zijn als je je geen zorgen zou maken! Maar probeer ook goed voor jezelf te zorgen, zodat je er helemaal voor hem kunt zijn als hij straks terugkomt.'

Hoofdstuk 18

Onderweg

Ndidi kan niet stoppen met huilen: haar zoon komt zomaar opeens binnenlopen! Haar naam betekent 'geduld', maar dat dat zo op de proef gesteld zou worden had ze niet verwacht. Haar man was zeven jaar geleden gestorven en natuurlijk had ze haar enige kind aangemoedigd om zijn heil in Europa te zoeken. Hier was slechts ellende, en hij kon daar waarschijnlijk meer voor hen betekenen dan hier. En zo was het ook gegaan: Aba had een succesvolle carrière opgebouwd. En hij videobelde een paar keer per week. Maar je zoon vasthouden is toch iets heel anders dan hem op een schermpje zien.

Uiteindelijk doet ze een stap naar achteren, houdt haar handen op zijn schouders en vraagt: 'Waarom zei je niet dat je zou komen? Dan had ik me kunnen voorbereiden en lekkere dingen in huis kunnen halen.'

'*Kà*,' ze spreken met elkaar in Khana, de hoofdtaal van de Ogoni, 'ik wilde je een keer verrassen. En ik wilde niet dat je je te veel in zou spannen en de hele buurt uit zou nodigen; eerst even rustig samen zijn.'

'Ach jongen, wat ben ik blij dat je er bent. Hoelang blijf je?'

'Ik heb nog geen terugreis geboekt, ik neem wat tijd deze keer.'

'Wat fijn!' En dan, met een frons: 'Je zit toch niet in de problemen?'

'Natuurlijk niet, Kà. Is je moeder bezoeken tegenwoordig een teken dat er problemen zijn?' Maar Aba weet dat hij zijn moeder niet te lang voor de gek kan houden.

'Je hebt gelijk Aba, ik zal gaan genieten van je aanwezigheid.'

'En ik van de jouwe.' Aba bekijkt zijn moeder nog eens goed en constateert dat de jaren beginnen te tellen, maar haar geest is nog scherp als altijd. De reden voor zijn plotselinge thuiskomst is vervelend, maar thuis zijn voelt goed.

~

Na verschillende achtjes op het parkeerterrein en kriskras door de stad gereden te hebben, hadden ze uiteindelijk de ss65 naar het zuiden genomen. Als die eerste manoeuvres hem niet zouden hebben gedesoriënteerd, dan deed de Strada Statale 65 della Futa dat wel: meer dan 100 kilometer over de slingerende B-weg van Bologna naar Florence, inclusief het oversteken van de 900 meter hoge Futa-pas, was afdoende. Als hij maar niet misselijk werd achterin...

Giulia was blij dat ze unaniem besloten hadden om Nemo vrij te laten. Ze was hem echt gaan waarderen. Hij had zich kranig geweerd en ze had hem niet kunnen betrappen op terneergeslagen of lusteloos gedrag. Hij kwam dan wel uit een bevoorrecht gezin, maar deze uitdaging pakte hij goed op. Of zou hij juist beter met tegenslag om kunnen gaan, omdat de basis stevig is?

De manier waarop hij hun zaak had omarmd en zelfs had uitgedragen was een mooie bonus gebleken. Ze kunnen het verhaal nu eerder afsluiten dan gepland, alleen wel zonder dat Shell heeft toegegeven. Dat is echt balen. En dat ze Aba op de korrel hebben geeft haar buikpijn. Hoelang voordat ze bij haar, Marco of Pino uitkomen? Uiteindelijk zou dat wel gebeuren, toch? Ze heeft een beetje hoop dat als Nemo weer veilig thuis is, de zoektocht naar de Warriors wat minder intens zal worden. Of is dat wishful thinking?

Er zijn grofweg drie groepen: als eerste de verdedigers van de rechtsorde en grote internationale bedrijven, die de actie tegen Shell ongehoord en zeer misplaatst vinden. Dan zijn er degenen die vinden dat fossiele brandstofwinning aan banden gelegd moest worden maar die dit middel te zwaar vinden. En tot slot de mensen die begrijpen dat ingrijpende daden nodig zijn om de wereld te redden. Deze laatste groep blijkt groter te zijn dan verwacht, en daar zitten ook invloedrijke publieke figuren tussen. De middelste groep is na de speech van Nemo aan het denken gezet. De eerste groep is niet in de meerderheid, maar ze hebben wel de wet aan hun kant. Giulia maakt zich dan ook geen illusies hoe het systeem zijn vermalende werk zal doen als ze gepakt worden.

Ze kijkt naar links, naar Marco die aan het stuur zit: 'Gaat het, schat? Moet ik het overnemen?'

'Nee hoor, het voelt goed om een stuk te rijden. Ik moet natuurlijk steeds denken aan Nemo achterin, maar ik geniet van deze schitterende weg, en ik ben blij dat ik iets fysieks kan doen. En de gedachte dat we Nemo straks vrijlaten stemt me positief.'

'Ja, dat heb ik ook. Wat er verder ook gebeurt, deze actie kan ons alleen maar helpen.'

Ze hebben de gok genomen om Nemo niet vast te binden, zodat hij achter in het bestelbusje de zak van zijn hoofd kan halen. Uren achtereen in een slingerende auto met gebonden handen en een zak over z'n hoofd zou Nemo's laatste herinnering aan de Warriors heel onplezierig maken en zijn totale beleving onnodig negatief kleuren. Ze hadden hem door de dichte deur van zijn kamer laten weten dat er goed nieuws was: ze zouden hem vrijlaten, maar eerst een ritje maken. De grote glimlach die ze op het scherm van de bewakingscamera zagen, sprak boekdelen. Maar, hadden ze eraan toegevoegd, hij moest nog wel meewerken: de zak die ze naar binnen schoven moest hij over zijn hoofd doen en daarna moest hij rustig meelopen en achter in de bestelwagen plaatsnemen. Ze hadden hem uitgelegd dat het geen zin had om te proberen te ontsnappen, en dat ze hem dan misschien pijn zouden moeten doen.

'We gaan je echt vrijlaten, vertrouw ons,' hadden ze gezegd: 'We laten je uitstappen op een plek die niet hiernaartoe te herleiden is. Doe je trui en je schoenen aan, en laat verder alles achter, ook je aantekeningen.'

Nemo was rustig opgestaan en had zich aangekleed. Toen had hij zijn aantekeningen gepakt, ze nog een keer rustig doorgelezen en ze vervolgens in kleine stukjes gescheurd en door de wc gespoeld. Giulia had die aantekeningen heel graag gelezen, maar had toch niet ingegrepen; dat had een worsteling op kunnen leveren, met alle mogelijke gevolgen van dien. Het ging bovendien te snel; voor ze goed en wel begreep wat hij deed, was het al gedaan. Dat Nemo op dat moment, waarin er toch veel door zijn hoofd moest gaan, zo beheerst handelde kon ze eigenlijk alleen maar waarderen.

Giulia had Nemo naar het bestelbusje geleid. Marco liep onwennig met een pistool in zijn rechterhand, verborgen onder zijn jasje, achter hen aan. Het was de eerste keer dat hij een wapen droeg. Hij wilde niet het risico lopen dat Nemo op het laatste moment toch zou ontsnappen. Of Marco het echt zou durven te gebruiken wist hij niet, maar niets bij zich hebben voelde te onnozel; ze waren tenslotte bezig met een ontvoering. Maar Nemo probeerde niet te ontsnappen en ze kwamen niemand tegen, dus lieten ze hem eenvoudig achterin instappen. Nemo wist niet eens dat er al die tijd een wapen op hem gericht was geweest.

Ze hebben geen precieze plek in gedachten. Ze zullen hem behoorlijk ver weg vrijlaten, op een afgelegen weggetje, zonder pottenkijkers en camera's in de buurt, zodat het even tijd kost voordat Nemo kan bellen. Ze zullen hem een paar bananen en een fles water meegeven voor de wandeling die hem te wachten staat.

~

Pino rijdt naar weer een andere parkeerplaats om het bericht te verzenden. Als hij zeker weet dat er niemand in de buurt is, doet hij zijn plicht met vaste hand. Opgelucht rijdt hij weg. Zou het einde in zicht komen?

~

Er volgt eenzelfde ritueel op de redacties van de verschillende media: de mail van de Warriors is met de code te ontcijferen. Het klopt: dit kan alleen van hen afkomstig zijn. Ze sturen hem voor de zekerheid door aan de politie, maar plaatsen alvast een mededeling op hun sites dat er snel meer informatie zal volgen. Dit gevecht wordt in de media uitgespeeld en ze nemen graag hun verantwoordelijkheid.

Geachte pers,

Nu hebben jullie de primeur, in plaats van Shell. Hun rol is uitgespeeld: ze hebben geen gehoor gegeven aan onze eisen. Dat is hun standaardreactie, zelfs op onze ingrijpende daad. Zeer teleurstellend.

Wat we gelukkig wel – mede dankzij jullie – bereikt hebben, is dat de kwalijke rol van Shell en zijn branchegenoten aan het licht gekomen is. *Climate of Concern* is vele honderdduizenden keren bekeken. Daardoor ziet iedereen nu in hoe lachwekkend de advertenties van Shell zijn, waarin ze claimen vooruitstrevend te zijn omdat ze 10 procent van hun investeringen in nieuwe energie steken.

Ons doel om meer bewustzijn te kweken bij het grote publiek is bereikt. Wachten tot Shell alsnog inziet dat het bezig is onze enige wereld te vernietigen zou hopeloos naïef zijn, en dat zijn we toch echt niet.

Lucas langer vasthouden zou dus onnodig wreed zijn. Hij heeft zich voorbeeldig gedragen en zich uiteindelijk geheel achter onze actie geschaard, getuige zijn zelfgeschreven speech enkele dagen geleden. Zijn vader staat onder druk. Prima. Die kan zijn handen niet in onschuld wassen. Sterker nog: hij was in de gelegenheid om het roer bij Shell om te gooien, maar heeft dat nagelaten. Met hem hebben we geen medelijden. We bieden wel onze excuses aan zijn moeder aan. Haar laten we bij deze weten dat ze haar zoon binnenkort weer in haar armen kan sluiten en dat hij een dappere Warrior is.

Lucas is gezond en zal zich binnenkort melden.

Wij hopen dat jullie onze boodschap blijven verkondigen; dat het debat over de toekomst van onze planeet zal toenemen en dat overheden hun verantwoordelijkheid pakken en de belangen van hun burgers nu eindelijk echt ter harte nemen.

Vergeet echter niet dat die burgers, de consumenten, uiteindelijk de meeste invloed hebben. Wat zij kopen en waar zij het kopen bepaalt of bedrijven als Shell een toekomst hebben. Wij hopen van ganser harte dat meer en meer gebruikers hun gewoonten zullen veranderen, dat zal de grootste verandering teweegbrengen.

Ten slotte hopen we dat de politie haar zoektocht naar de Warriors staakt. Uiteindelijk is er weinig kwaad gedaan, anders dan dat we de hoge heren van Shell ter verantwoording hebben geroepen. Zij zijn de misdadigers, niet wij.

Lucas is bijna thuis, maar onze strijd gaat door.

The Sunlight Warriors

~

Dit keer is de media de politie voor. Voordat Anita de familie Dijkhuizen kan inlichten, verslinden Claire en Johan alle websites: 'ZOON CEO SHELL KOMT VRIJ', 'LUCAS BIJNA THUIS', 'ZOON WORDT VRIJGELATEN, OVERWINNING OF NEDERLAAG SHELL?', 'HET WACHTEN IS OP HET VERLOSSENDE TELEFOONTJE. WAAR IS LUCAS NU?'

Ze zijn euforisch, maar kunnen zich tegelijkertijd niet voorstellen dat ze Lucas straks aan de telefoon zullen hebben. Ze worden gek van iedereen die ineens belt: vrienden, kennissen en verslaggevers. Begrijpen al die eikels niet dat ze de lijnen vrij moeten houden?! Elke keer dat de telefoon gaat, slaat het hart van Claire over, maar steeds is het iemand anders die, goedbedoeld of niet, de stress ondraaglijk maakt. De telefoon uitzetten is natuurlijk geen optie en alleen een telefoontje van Lucas doorlaten is niet mogelijk, want waar zal hij vandaan bellen? De ongewenste beller meteen wegdrukken of zeer kort antwoorden is het enige dat ze kunnen doen. En dan zijn er mensen die het als ze weggedrukt worden nog een paar keer proberen.

De bel gaat en even later komt Anita binnen: 'Wat een fantastisch nieuws, hè? We gaan pas juichen als jullie Lucas in jullie armen sluiten, maar dit voelt wel heel goed. Ik vind het een verstandige actie van de Warriors. Ze hebben inderdaad niet veel meer te winnen met het vasthouden van Lucas en des te meer te verliezen. We weten niet waar Lucas straks opduikt, maar Italië lijkt nog steeds het meest voor de hand te liggen. We hebben onze Italiaanse collega's ingeseind dat ze Lucas waarschijnlijk binnenkort ergens moeten oppikken en verzorgen, en hem dan snel hierheen moeten brengen. Of misschien moeten jullie daarheen, afhankelijk van hoe het met hem gaat en in hoeverre hij de Italiaanse politie op het spoor van de Warriors kan zetten. We blijven natuurlijk met man en macht zoeken naar de Warriors, maar ze hebben straks niemand meer te verbergen en dat is toch makkelijker wegkomen voor ze. Het uitgebreide debriefen kan prima hier thuis gebeuren, maar bereid je erop voor dat jullie eerst naar Italië gaan.'

Claire kijkt haar intens aan: 'Tuurlijk, maakt allemaal niets uit. Als hij maar oké is.' Haar telefoon gaat. Ze drukt het gesprek meteen weg: 'De buurvrouw... Ik word gek van die idioten die nu op de eerste rij willen zitten. Begrijpen ze dan niet dat ze in de weg lopen? Stomme trut.'

'Ja, helaas heb je die er altijd tussen zitten. Laten we focussen op het positieve. Ze hebben Lucas vermoedelijk vrijgelaten op een afgelegen plek, zodat het nog even duurt voordat hij kan bellen en de Warriors de tijd hebben om zich een eind uit de voeten te maken. Maar als je een telefoontje krijgt van een onbekend nummer uit een ander land, moet je dat niet wegdrukken, want je weet nooit hoe het loopt. Kent Lucas jullie nummers uit zijn hoofd?'

Johan lacht: 'Ja, dat is geen probleem, die kennen onze zonen al jaren. Dat was een standaardonderdeel van iedere verhuizing, zodat ze ons altijd konden bereiken, ook als ze hun eigen telefoon kwijt zijn.'

'Prima. Tja, dan rest ons niets anders dan te wachten op zijn telefoontje. Ik ga in de kamer hiernaast bij mijn collega's zitten. We volgen jullie beide telefoons en nemen alles op wat er gezegd wordt. Zo komen we er het snelst achter waarvandaan hij belt.'

~

'Owen?'

'Ja, Morris. Ik zou je bellen als ik wat meer zou weten.'

'En?'

'Dit was een eitje. Meneer Oni heeft zich eenvoudigweg gemeld bij zijn moeder. Niets verstoppen of onderduiken. Er stonden geen buren of vrienden te wachten toen hij arriveerde, dus ik denk dat zelfs zijn moeder niet wist dat hij kwam.'

'Hij waant zich daar voorlopig veilig, kennelijk.'

'Wat wil je dat we doen?'

'Zoals ik eerder al zei: alleen in de gaten houden. Laat hem niet merken dat hij gevolgd wordt. De politie zal hem dan ook makkelijk vinden. Ik zal ze nog niet inseinen, want ik wil mijn opties openhouden. Het laatste nieuws is dat de ontvoerders zeggen dat ze de zoon vrij zullen laten.'

'Oké, we houden contact.'

DEEL 3

Against the flow

Hoofdstuk 19

Tadaaa!

Ze hadden Rome anderhalf uur geleden achter zich gelaten en in totaal ruim zes uur in de auto gezeten. Marco en Giulia waren goed gaar, en Nemo hoogstwaarschijnlijk ook. Die heeft zijn behoefte bovendien in een lege fles moeten doen; geen pitstops voor hem. Ze zijn nu in niemandsland, een natuurpark in het midden van Italië, en het begint te schemeren. Op het landweggetje waar ze reden zijn ze geen mens tegengekomen. Als ze Nemo hier afzetten, zal het hem vele uren kosten om naar het dichtstbijzijnde huis te lopen, zeker in het donker. Er zijn geen lantaarnpalen. Zonder zaklamp zal lopen moeizaam gaan, zelfs over een verhard weggetje. Fysiek zal hij geen gevaar lopen, als hij tenminste rustig blijft. Er zijn hier geen grote wilde dieren of jagers. Nemo zal wel begrijpen waarom ze het zo doen: ze willen niet het risico lopen dat iemand hem uit ziet stappen, of dat hij snel de politie achter ze aan kan sturen.

Lucas weet op een gegeven moment niet meer hoe hij moet zitten. Urenlang achter in het busje zonder stoelen is lastig. Dan zit hij weer tegen de wand aan, dan probeert hij weer te liggen. Gelukkig hadden ze dekens achtergelaten. Plassen in een plastic fles in een rijdende auto is makkelijker gezegd dan gedaan. Gehurkt leunend tegen de wand lukte het enigszins. De eerste uren leek het of hij in een achtbaan zat: eerst in een stad en daarna waarschijnlijk bergen in. Ze gingen zeker omhoog en omlaag. Hij had geen idee welke richting ze op reden, maar hij probeerde toch bij te houden wat er gebeurde. Zijn aanwijzingen kunnen later misschien nuttig zijn. Hij staat achter de Warriors, maar dat neemt niet weg dat hij wil weten wie er achter zijn ontvoering zitten. Op weg naar het busje had hij overwogen weg te rennen of te kijken. Maar het was niet het juiste moment, hij had besloten te wachten en te zien wat de reis zou brengen. Achterin heeft hij de afgelopen twee weken voor de honderdste maal de revue laten passeren. Hij heeft sterk het vermoeden dat zijn ontvoerders een man en een vrouw zijn. Hij kan de Warriors niet zien als slechte mensen. Het is lullig voor pa, maar die heeft zijn kans gehad. En hij zou zelf langer met de consequenties van klimaatverandering moeten leven dan zijn ouders. Zijn ouders... Hij heeft ontzettend zin om ze weer te zien, om ze te omhelzen. En zijn broers en zijn vrienden. Zou hij een held zijn? Hoeveel mensen hebben zijn speech gezien? Hij voelt zich bijna zelf een Warrior. Hij is zo nieuwsgierig naar wie het zijn. Hij verwacht geen vrienden met ze te worden, maar hij kan zich niet voorstellen dat ze hem iets ergs aan zullen doen. En al hebben ze het natuurlijk liever niet, vlak voor het vrijlaten zullen ze hun plannen heus niet veranderen, hij kan de regels best een beetje ombuigen toch? Hij zal ze bezweren dat ze van hem niets te duchten hebben.

En zo neemt Lucas het besluit dat als de deur opengaat, hij zijn ontvoerders aan zal kijken. Hij is zenuwachtig, maar vermoedt dat ze er de humor wel van inzien en zijn moed zullen waarderen. Als Marco klaar is met de instructies, gaat Lucas niet zitten, maar vlak achter de deur staan, de kap laat hij af. Hij spreidt zijn armen wijd, ten teken dat hij geen gevaar vormt; hij wil alleen maar weten wie zijn ontvoerders zijn.

Met zijn rechtervuist bonkt Lucas twee keer tegen de achterdeur van de bestelbus.

~

Na nog een halfuur op dezelfde weg vindt Marco het genoeg geweest. De plek waar ze stoppen wordt louter verlicht door de voor- en achterlichten van de auto, het bos eromheen is pikdonker. De weg is hier iets breder, dus na een beetje manoeuvreren heeft Marco de auto omgedraaid. Giulia pakt de fles water en twee bananen. Daarmee kan Nemo het makkelijk een tijdje uithouden, hij had ook broodjes achterin. Als Giulia uit het bestelbusje op het zanderige pad stapt gaat er een rilling door haar heen. Echt prettig is het hier niet. Maar het zal wel loslopen en nu nog ergens anders heen rijden slaat nergens op; ook daar zal het op een onverlicht pad ongetwijfeld akelig voelen.

Marco stapt aan de andere kant uit, het pistool weer in zijn hand. Uit voorzorg; om het niet op het laatste moment toch fout te laten lopen. Beter het zekere voor het onzekere nemen. Ondanks het feit dat hij de afgelopen twee weken een jongen heeft ontvoerd en vastgehouden, voelt deze scène heel onwerkelijk aan. Gelukkig is het bijna voorbij. Hij gaat een meter achter de auto staan, het pistool in de aanslag. Giulia staat bij de achterdeur. Ze beplakt het nummerbord met zwarte tape, zodat Nemo het straks niet kan zien als ze wegrijden.

Marco roept in het Engels met Italiaans accent: 'Lucas, wij zijn gekomen bij het einde van je ontvoering. We gaan je nu vrijlaten. We willen je bedanken voor je goede gedrag en voor je medewerking. We wensen je al het goede. Weet dat onze strijd doorgaat. Als wij zo meteen wegrijden zul je alleen staan in het donker, in het midden van een natuurpark. Er kan je hier niets overkomen. Volg gewoon rustig dit weggetje in de richting waarheen wij wegrijden. Dan kom je vanzelf in de bewoonde wereld. We laten een fles water achter en een paar bananen, zodat je de komende uren door kan komen. We vragen je om nu de zak weer over je hoofd te doen en te gaan zitten. Als wij de deur opendoen schuif je rustig naar voren en laat je je benen over de rand komen. Wij helpen je dan om te gaan staan. Doe alsjeblieft geen gekke dingen. Als je staat, doen wij de deur weer dicht, stappen in de auto en rijden weg. Na dertig tellen kun je de zak van je hoofd halen en doen wat je wilt. Bons op de deur als je klaarzit. Het ga je goed.'

Twee bonzen.

Met de zenuwen in zijn keel knikt Marco naar Giulia, die de deur opendoet.

'Tadaaa!' Daar staat Nemo in het busje, zonder de zak over zijn hoofd, zijn armen wijd, een brede glimlach op zijn gezicht.

Een harde knal! Marco schrok zo erg dat hij naar achteren sprong en per ongeluk schoot. Giulia schreeuwt, eerst van schrik en dan van ontzetting. Nemo is uit het busje gevallen. Hij ligt met zijn gezicht naar beneden, maar ze ziet bloed achter op zijn hoofd. Marco snelt toe en draait Nemo om.

'NEE!' Marco draait zich om en moet overgeven. Giulia staart wezenloos naar het gezicht van Nemo, naar wat daarvan over is... De sinistere rode gloed van de achterlichten in het donkere bos verlicht een onvoorstelbare ravage. De kogel is vlak onder Lucas' linkeroog zijn schedel binnengegaan en er bij zijn achterhoofd weer uit gekomen.

'Mijn god, wat heb ik gedaan?! Wat deed Nemo in godsnaam? *Fuck, fuck. Fuck!!*'

~

Totaal verslagen zitten ze op de grond. De geluiden van het nachtelijke bos benadrukken de genadeloze stilte. Giulia huilt zonder geluid. Marco zit met wijd opengesperde ogen op de grond, nog steeds misselijk. Wat een ongelofelijke blunder. Waarom moest hij ook zo nodig dat pistool meenemen? Wat dacht hij nou, dat dat bij een ontvoering hoort? Waarom heeft hij niet tegen Nemo gezegd dat hij niets geks moest doen, dat hij een pistool op hem gericht had? Dan had Nemo anders gereageerd, met minder branie. Hoe had hij zo stom kunnen zijn? De hele operatie zal nu veroordeeld worden in plaats van bewondering oogsten. Opbiechten met 'sorry foutje, zo hadden we het niet bedoeld', is natuurlijk geen optie. Want je hoeft als ontvoerder niet op clementie te rekenen als je je slachtoffer per ongeluk doodt. Wat heeft hij Giulia, Pino en Aba aangedaan? En Nemo's ouders?

Hij kan net uitbrengen: 'O schat, het spijt me zo dat ik dat kutpistool wilde gebruiken. Het spijt me zo verschrikkelijk.'

Giulia schuift naar hem toe, omhelst hem en dan begint ook Marco hartverscheurend te huilen. Hoelang ze zo zitten, ieder verloren in een oneindige maalstroom van gedachten, weten ze niet, maar hun konten beginnen koud en nat aan te voelen. Ze laten elkaar langzaam los, vegen elkaars tranen met hun mouwen weg, kijken elkaar diep in de ogen, zitten nog even met de voorhoofden tegen elkaar aan en staan dan op, hun lijven stram. Gelukkig zijn ze samen.

'Wat moeten we nu doen?' vraagt Giulia, neerkijkend op Nemo's onherkenbare gezicht.

Marco pakt zijn telefoon: 'We hebben geen bereik hier, dus we moeten eerst zelf iets verzinnen.'

'Hem hier achterlaten?'

'Eh nee, dat lijkt me geen goed plan.' Marco begint langzaam weer bij zinnen te komen. 'We kunnen hem niet hier begraven; we hebben geen schep, niets. En met je blote handen is dat onbegonnen werk. Hem hier in de bosjes gooien, of wat verder weg achterlaten, is mij te onzeker.'

'Oké, dus we nemen hem mee?'

'Er zit niets anders op.' Marco kijkt naar binnen en ziet de dekens liggen. 'Laten we hem hierin wikkelen. We rijden hier het park uit, bellen Pino en dan besluiten we samen wat te doen.'

Om het voor Giulia iets draaglijker te maken, en ook voor zichzelf, pakt Marco ook snel de zak uit de laadbak en doet hem over Nemo's hoofd. *Waarom werkte Nemo niet gewoon mee?*

Ze rollen hem in drie dekens en tillen hem samen achter in het busje. Giulia de voeten, Marco het hoofd en bovenlichaam. Marco probeert het lichaam zo te positioneren dat het straks niet alle kanten op vliegt. Met het licht van zijn telefoon schijnt Marco op de grond. De hoeveelheid bloed en lichaamsresten valt mee. Hij schopt er wat zand en steentjes op. Niets meer te zien. Zelfs als iemand hier in de buurt zou zoeken, zou hij dit niet vinden. Langzaam rijden ze weg.

Na een uur gereden te hebben en verschillende opties te hebben doorgenomen, proberen Giulia en Marco Pino te bellen met een van de wegwerptoestellen. Om geen spoor achter te laten, hebben ze hun eigen telefoons in Bologna laten liggen. Dit is de overtreffende trap van een slechtnieuwsgesprek. Hoe gaan ze Pino deze afschuwelijke wending brengen?

Pino had er steeds op gehamerd dat de realiteit heel anders zou zijn dan ze in hun plannen en scenario's hadden uitgetekend. Toch heeft Marco het gevoel dat hij iedereen in de steek heeft gelaten. Giulia zegt de hele tijd heel lief dat ze zich ook rot schrok en begrijpt dat Marco zo reageerde, maar hij vindt dat hij zichzelf nooit in die positie had mogen brengen. Hij had besloten Nemo niet te knevelen, hij had nagelaten te vertellen dat hij een pistool had. Beide stomme keuzes. God, wat een pathetische wereldverbeteraar was hij, met zijn misplaatste superioriteitsgevoel. Hij is een ordinaire moordenaar. Tot een paar uur geleden was hij trots geweest op de verantwoordelijkheid die hij en zijn kompanen hadden genomen. En nu? Of hij gepakt wordt of niet, hij zal het door hem weggeschoten gezicht van Nemo nooit vergeten. De wetenschap dat de grote vervuilers veel meer slachtoffers maken, kan de dood van Nemo niet verzachten.

Onwillekeurig moet Marco denken aan de zin uit de Talmoed: 'Wie één leven redt, redt de hele wereld.' Zou het omgekeerde ook gelden: 'Wie één leven vernietigt, vernietigt de hele wereld'? Het doet pijn om zo te denken. Hij probeert het kwaad juist altijd te bestrijden. We beoordelen onszelf graag op onze intenties en anderen op hun acties. Maar de buitenwereld zal weinig boodschap hebben aan zijn idealen. Hij had Aba vervloekt om zijn actie op het parkeerterrein. Maar wie was hij om nu te oordelen?

Hij blikt opzij naar Giulia, die verbeten voor zich uit kijkt. Wat zal zij nu wel niet denken van hem? Hoe moet het verder tussen hen? Hij voelt weer tranen opkomen. Hij knippert een paar keer en zet de auto aan de kant. Dan toetst hij het nummer van Pino's wegwerptelefoon in.

'Hallo?'

'Hey Pino, wij zijn het. Kun je praten?'

'Ja, ik ben even een stuk gaan wandelen. Jongens, we hebben het perfect gedaan. Nemo vrijlaten is een meesterzet! Hoe is het gegaan?'

Marco slikt: 'Niet goed, Pino. Nemo is dood.'

'Wát? Wat zeg je? Nemo is dood?'

'Ja. Ik heb hem per ongeluk doodgeschoten.'

'Doe even normaal, Marco. Dit is niet grappig.'

Marco schiet weer vol en is niet in staat om verder te spreken, hij geeft de telefoon aan Giulia.

'Ja, Pino, het is echt zo. Nemo is echt dood. Hij deed iets onverwachts en we reageerden helemaal fout. Het is een enorme rotzooi. We hebben het verpest.'

'NEE! NEE, NEE, NEE! Mijn god! Wacht even, ik moet even gaan zitten.'

Giulia hoort hem lopen, schuifelen. Ze beseft dat ze ook van Pino een moordenaar hebben gemaakt; zo zal hij het zelf tenminste zien. Pino, die altijd benadrukte dat ze Nemo niets aan mochten doen, zowel uit principieel als uit praktisch oogpunt. En daar waren ze het overigens unaniem over eens geweest. Dat maakt deze daad des te gruwelijker.

De voetstappen houden op. Pino komt weer aan de lijn: 'O

Giulia, ik heb het opeens ijskoud. Wat een hel is dit. Vertel, wat is er gebeurd?'

Giulia beschrijft de trip vanaf Bologna: Nemo die zijn aantekeningen door de wc spoelde maar zich rustig gedroeg, alle veiligheidsmaatregelen die ze hadden genomen, de landweg die ze eindelijk waren ingereden. Ze vertelt in detail hoe Nemo, die zich twee weken lang voorbeeldig gedroeg, zich opeens iets in zijn hoofd haalde en Marco onbedoeld het pistool liet afgaan.

Pino kan het moeilijk bevatten: 'Wat een ellende! Waarom had Marco dat pistool eigenlijk op hem gericht?'

'Hij slaat zichzelf nu ook voor zijn kop. We wilden niet naïef zijn en Nemo geen kans geven ons iets aan te doen. Maar we wilden ook dat hij een goed gevoel zou houden als hij vrijkwam. Daarom bonden we hem niet vast en lieten we hem het wapen niet zien. Nemo wist dus helemaal niet dat Marco een pistool in de aanslag had. Hij was waarschijnlijk gewoon nieuwsgierig naar wie wij waren en kon zich niet voorstellen dat wij hem pijn zouden doen. Begrijpelijk, maar zijn actie was te enthousiast en te impulsief. Hij glimlachte nota bene toen hij de deur opengooide.' Giulia knijpt haar ogen dicht als ze denkt aan die laatste blik van Nemo, die zo wreed werd verstoord.

'Wat een puinhoop. Als we al goodwill hadden gecreëerd, dan is die nu compleet verdwenen. Als we gepakt worden, zijn we echt de lul.'

'Ik weet het, Pino. Maar dit is ónze verantwoordelijkheid, we zullen dit nooit bij jou en Aba neerleggen.'

'Ach, kom op, Giulia, dit hebben we vanaf het begin samen gedaan. We hebben de taken verdeeld en jullie hadden verreweg de zwaarste. Het is fout gelopen, ja, maar hier ben ik natuurlijk net zo schuldig aan als jullie. Het maakt niet uit wie de trekker heeft overgehaald. Marco wilde Nemo net zomin doden als jij en ik.'

Hij is even stil. Dan: 'Jezus, ik kan nog steeds niet geloven dat we deze discussie hebben. Nemo dood.'

Hij is weer stil. Giulia hoort hem zwaar ademen en merkt dat ook hij vecht tegen de tranen. Marco luistert mee, met zijn ogen dicht.

Pino vermant zich: 'Oké, waar zijn jullie nu en waar is Nemo?'

'We zijn een uur buiten Rome, net buiten het park waar we hem vrij wilden laten. Daar was geen bereik, dus we hebben hem in de dekens gewikkeld die we bij ons hadden en achterin gelegd. We konden hem daar niet begraven met onze blote handen en hem in de bosjes leggen durfden we niet zonder eerst met jou te overleggen.'

'Hij is nog bij jullie?'

'Ja.'

'Laat me even denken.'

Alle drie zwijgen ze. Dan gaat Pino weer door: 'Wat een shitzooi is dit. Echt verschrikkelijk. Het beste wat we nu kunnen doen, denk ik, is zo veel mogelijk opties openhouden. Dat jullie hem ergens begraven waar hij niet snel gevonden wordt. Als we later toch willen dat ze hem vinden, kunnen we de locatie altijd nog doorgeven. Wat vinden jullie?'

Giulia kijkt naar Marco, die knikt. 'Ja, dat lijkt op dit moment het beste. We zullen een paar schoppen kopen en hem vanavond nog begraven. Waar weten we nog niet, maar er zijn genoeg afgelegen plekken. Het is niet een klus waar ik zin in heb, maar we zullen wel moeten,' zucht Giulia.

'Ja, het is een lugubere klus, maar hoe eerder jullie het doen, hoe minder problemen het jullie oplevert.' Pino had geen zin om in de ranzige details te treden van wat er met een lijk gebeurt. Bovendien weten Giulia en Marco dat zelf ook wel. Er schiet hem nog iets te binnen: 'Een andere optie die we open moeten houden, is dat we een geloofwaardige plek aan kunnen wijzen waar we Nemo zouden hebben vrijgelaten. Mochten we gepakt worden, dan helpt dat onze zaak. Hoe zouden we dat kunnen aanpakken?'

Marco: 'Ja, dat is ook een goeie. Ik denk dat we ergens onderweg naar de plek waar we hem gaan begraven een punt moeten kiezen dat we kunnen onthouden.'

'Weet je wat?' komt Giulia tussenbeide: 'We hebben achterin nog een waterfles met Nemo's vingerafdrukken erop. Als we die een stuk verderop in de berm gooien, dan zal dat als bewijs worden gezien dat hij die kant op is gelopen.'

'*Good thinking*, Giulia. Dat doen we. Laten we hopen dat we deze kunstgreep niet nodig hebben. Ik zal Aba ook proberen te bereiken. En laten we allemaal nadenken over wat nu de beste weg voorwaarts is. Sterkte straks.'

Giulia heeft een brok in haar keel; Pino is een goed mens en een goede leider. Ondanks alles blijft hij aan anderen denken, weigert hij te vervallen in verwijten en blijft hij scherp.

Hoofdstuk 20

Troebel water

Het is kwart over vijf in de ochtend als Johan met zijn telefoon in de hand een bijna donkere keuken in loopt, waar Claire achter een kop thee zit en op haar mobiel kijkt. Zij kijkt op: 'Ik kan toch niet slapen en ik werd gek in bed.'

Johan knikt vermoeid: 'Ik heb hetzelfde, al die scenario's die maar in mijn hoofd rondspoken.'

'Waarom zouden die Warriors zeggen dat ze Lucas vrijlaten en het dan niet doen?'

'Nee, dat geloof ik ook niet. Er is geen enkele reden te verzinnen waarom ze het aan zouden kondigen om het daarna niet te doen. Het zou onnodig wreed zijn. Er is tot nu toe geen aanleiding geweest om te denken dat de Warriors zo in elkaar steken.'

'Waar is hij dan?'

'Lieverd, dat weet ik natuurlijk ook niet. Ik denk dat ze hem in het donker hebben afgezet ergens in the middle of nowhere, uit het zicht van camera's, en dat het hem tijd kost om terug te komen. Het is nog donker, ook in Italië, het zou zomaar kunnen dat Lucas heeft gewacht totdat hij meer kon zien voordat hij ging lopen. Of dat hij maar heel langzaam vooruitkomt. De onzekerheid is klote, maar ik kan nu nog heel plausibele redenen verzinnen waarom hij nog niet aan de telefoon hangt. Dus laten we vandaag nog proberen zo rustig mogelijk af te wachten totdat hij zich meldt.'

'Je wordt er toch gek van dat ze goed nieuws brengen, maar toch niet echt?'

'Ja... Ze hebben waarschijnlijk tegelijkertijd het bericht verzonden en Lucas vrijgelaten. Hij gaat bellen vandaag, dat kan niet anders.'

Johan houdt zijn mobiel omhoog. Claire kijkt hem aan. Hij ziet haar lieve gezicht, waar de afgelopen twee weken hun sporen op hebben achtergelaten. Ze slaagt erin om te glimlachen: 'Oké.'

~

Morris loopt Harveys kantoor binnen. Het is halfacht in de ochtend.

'Nog steeds niets. Lucas heeft nog niet gebeld, misschien moet hij wachten totdat het licht wordt.'

Harvey antwoordt: 'Ik moet zeggen dat het voor ons goed lijkt uit te pakken. Behalve de aandacht voor *Climate of Concern* hebben we niet hoeven toe te geven aan de eisen. Dat hebben we strak gespeeld. Het lijkt erop dat Johan het enige slachtoffer is. Wel sneu voor hem. We zullen hem goed behandelen.'

'Ja, zeker triest voor hem. Wat wil je doen als Lucas terug is? Ga je langs bij Johan en Claire? Ligt het persbericht al klaar?'

'Dat hangt ervan af hoe Lucas eraan toe is. Er liggen al wat teksten klaar, ja. De gebruikelijke: dat we blij zijn dat hij weer terug is en dat we nu weer de focus kunnen leggen op een goede toekomst voor Lucas en zijn generatie. Verder is het niet in ons belang om er veel aandacht aan te besteden; hoe sneller dit doodbloedt hoe beter.'

'Eens. De komende weken, misschien maanden, zullen de media het nog uitmelken, daar hebben de ontvoerders wel voor gezorgd. Maar ik denk wel dat ze nog met meer brieven komen, om gebruik te maken van alle aandacht die ze hebben gegenereerd.'

'Ja, dat vrees ik ook. Alles zo klein mogelijk houden, blijft het devies.'

'Wij gaan niets initiëren.'

'Precies. Ik wil je alvast mijn complimenten geven, Morris; hoe je deze crisis hebt gemanaged. Je hebt alle stakeholders goed geïnformeerd en waar nodig hard ingegrepen. Houd het kernteam nog even aan, ook als Lucas straks terug is, om alle losse eindjes af te hechten. En ook om goed in kaart te brengen wat we hiervan kunnen leren. Ik zou zeggen maximaal een maand.'

'Dank, Harvey. Het was niet altijd fraai, maar het team was heel goed en jouw steun maakte mijn werk een stuk makkelijker. Het was een spannende tijd.'

'Die man die naar Nigeria was gevlucht, wat is daarvan geworden?'

'Tot nu toe niets. We weten niet eens of hij een van de Warriors was. Het lijkt erop dat hij naar huis gegaan is.'

Morris had geen zin om Harvey verder in te lichten, hij hield liever zijn handen vrij. En zo kon Harvey later altijd oprecht ontkennen dat hij iets wist van wat zich daar had afgespeeld.

'Oké, ook hier geldt, hoe minder informatie daarvandaan komt hoe beter. We hoeven geen held te creëren in Ogoni-territory die de boel daar weer gaat zitten oppoken.'

Dat is precies hoe Morris erover denkt.

~

Susanne kijkt bezorgd naar Pino als hij de keuken binnen komt lopen. '*Buongiorno tesoro*, hoe gaat het met je? Ik hoorde en voelde je de hele nacht woelen, naar de wc gaan en volgens mij zelfs naar beneden. En je ziet er niet goed uit.'

'Ja, het was een klotenacht. Gebeurt me niet vaak. Ik voel me niet top en lag maar te piekeren. Ik zat in een vicieuze cirkel waar ik maar niet uit kwam.'

'Ik had verwacht dat die wandeling gisteravond je goed zou doen.'

'Ja, dat doet het meestal ook, maar nu lijkt het of het averechts gewerkt heeft. Toen ik terugkwam sliep jij al, maar toen voelde ik me al niet goed.'

'Volgens mij is dit al een paar weken aan de gang. Is het iets op je werk?'

'Daar heeft het wel voornamelijk mee te maken, ja: al dat werk zonder echt impact te hebben, gecombineerd met de politieke spelletjes op kantoor; het begint aan me te vreten,' probeert Pino er een draai aan te geven.

'Je hoeft daar niet te blijven, hè? Er zijn genoeg andere initiatieven waar je misschien meer kunt bereiken. Misschien wordt het tijd dat je eens serieus verder gaat kijken.'

'Dank je, schat. Je hebt gelijk. Een frisse start ergens anders zal me waarschijnlijk goeddoen.'

Susanne staat op en geeft Pino een knuffel en een kus.

Dan, om het gesprek wat luchtiger te maken, wijst ze naar de ochtendkrant: 'En wat ook goed nieuws is: ze gaan die Lucas vrijlaten.'

Pino is blij dat Susanne hem net weer heeft losgelaten, anders had ze gevoeld dat hij verstijfde. Nemo's dood had Pino's nacht tot een hel gemaakt en dat zal nog even voortduren. Dit soort opmerkingen drijven het mes er alleen maar dieper in. *Die dappere en onschuldige jongen dood, door hem. Het was immers zijn idee. Al had hij Marco ook liggen vervloeken vannacht. Hoe had die zo stom kunnen zijn door opeens met een pistool te gaan lopen zwaaien. Juist de voorzichtigste van allemaal maakt zo'n kapitale fout. Wat een eikel! En die arme Giulia.*

Hij weet nog niet goed hoe ze nu verder moeten. Hoeveel risico lopen ze door Aba? En waar het allemaal om begonnen was, Shell van koers laten veranderen, is helemaal op de achtergrond geraakt. Het is allemaal zo onrechtvaardig voor zijn gevoel. Na een flitsende start is het allemaal uit zijn handen geglipt.

'Pino?'

'Sorry schat, ik dwaalde even af. Ja, heel fijn nieuws. Ik ben benieuwd wat hij over Shell gaat zeggen als hij thuiskomt.'

'Wel raar dat hij nog niet gebeld heeft of zo. Althans, ik zie nog niets, ook niet op internet.'

'O, dat zal vandaag wel gebeuren dan, denk ik.'

~

Na vijfenveertig minuten onder een stomende douche te hebben gestaan en zich drie keer te hebben ingezeept, stapt Giulia eronderuit om Marco erin te laten. Ze heeft zich nog nooit zo intens smerig gevoeld. Haar buitenkant is nu schoon, maar wat er zich vanbinnen afspeelt is voorlopig niet te reinigen. De afgelopen twaalf uur waren afgrijselijk geweest. Ze hadden nog net twee schoppen, een plastic zeil en twee zaklantaarns kunnen kopen in een Leroy Merlin aan de rand van Rome, en waren weer op zoek gegaan naar een afgelegen plek. Onderweg waren ze een goede locatie tegengekomen, die kon doorgaan voor het punt waar ze Nemo zogenaamd hadden vrijgelaten. Ze onthielden de kenmerken en gooiden een stuk verderop de fles waar Nemo uit gedronken had in de berm. Ten noordoosten van de stad ligt het natuurreservaat Marcigliana, waar je dag en nacht naar binnen kan. Met haar lage heuvels omringd door grasland en hellingen bedekt met struikgewas, leek dit een uitgelezen plek om Nemo te begraven. Ze reden rustig naar binnen en zagen gelukkig niemand. Wat dieper het park in stopten ze het busje, in een scherpe bocht uit het zicht. Ze doofden de lampen van de bestelwagen, uit angst dat die van veraf te zien waren. Twee meter naast het weggetje hadden ze de bladeren opzijgeschoven en waren begonnen te graven. Marco wilde een gat van ten minste twee meter diep en dat viel niet mee. De twee zaklantaarns lagen op de grond om bij te schijnen. Ze waren op van de zenuwen; groeven als gekken in het bijna-donker, doodsbang dat er iemand langs zou komen die zou vragen wat ze aan het doen waren. Giulia wist niet wat ze in dat geval gedaan zouden hebben. Er waren die dag al genoeg doden gevallen, maar je uit die situatie praten zou schier onmogelijk geweest zijn. Marco had het pistool in zijn riem zitten, maar Giulia kon zich niet voorstellen dat hij het weer zou durven te gebruiken.

Na anderhalf uur hard werken was de kuil klaar. Giulia zag ertegen op om Nemo uit het busje te halen, maar er zat niets anders op. Ze hadden eerst het zeil uitgespreid op de grond. Ze wilden hem er met dekens en al in rollen, om hem zo beter te beschermen. Mochten ze later deze plaats aan moeten wijzen, dan zou er tenminste nog iets van Nemo overgebleven zijn, althans dat hoopten ze. Het plastic moest voorkomen dat nieuwsgierige dieren gingen graven, of was de diepte van twee meter sowieso voldoende? Wie had ooit kunnen denken dat Giulia met een lijk in de weer zou zijn en zich dit soort vragen zou stellen?

Ze wilde zo graag goeddoen; een verschil maken in de wereld. Deze ontvoering was dan wel radicaal, maar ze had ermee ingestemd om een betere toekomst voor iedereen te maken. En kijk nu: ze tilt in het holst van de nacht een levenloos lichaam uit een busje.

Voorzichtig legden ze hem op het zeil en wikkelden hem er helemaal in. Marco sprong in de kuil en trok Nemo naar beneden, totdat zijn benen op de grond vielen. Hij legde Nemo's hoofd tussen zijn voeten en klom uit de kuil. Marco gooide zijn vervloekte pistool erbij. De aarde er weer in scheppen ging een stuk sneller. Daarna legden ze de bladeren er weer overheen. Bij het licht van de zaklantaarns zag het er redelijk onschuldig uit. Over een paar dagen zou niet meer zichtbaar zijn dat hier een gat gegraven was. Marco wilde de locatie markeren, maar hoe doe je dat zonder de aandacht erop te vestigen? Hij liep tien meter terug over het weggetje en kerfde achter op een boom een grof hart met zijn schop. Het was een diepe snede, die lange tijd zichtbaar zou blijven. Toen ze het park uit reden, hielden ze bij hoe ver het was tot de uitgang. Deze afstand zouden ze later kunnen doorgeven; en dan tien meter voorbij de boom met het hart. De plek zou zeker terug te vinden zijn met deze instructies. Ze vroegen zich af of ze die ooit zouden geven.

Voor de terugweg konden ze gewoon de autostrada gebruiken, lekker rustig. Ze zaten de hele weg zwijgend naast elkaar, ieder verzonken in de eigen getormenteerde gedachten: wat zou de dood van Nemo betekenen als ze ooit gepakt werden, hoe hadden ze het zo uit de hand kunnen laten lopen, welke impact zou dit hebben op hun relatie, zouden ze ooit weer vrolijk kunnen worden, hoe nu verder? Aan het malen kwam geen einde, maar eenmaal thuis moesten ze in actie komen. Marco keek achterin: er lag niet alleen bloed op de grond, maar het zat ook tegen het plafond. Misschien lag de kogel nog ergens. Aan de buitenkant was gelukkig niets te zien. Hij nam zich voor het later vandaag te doen; hij had even geen fut meer. Het kantoor waar Nemo gevangenzat moesten ze ook snel gaan opruimen, maar eerst zelf maar eens onder de douche, hij voelde zich zo ontzettend vies.

~

Ndidi kan haar geluk nog steeds niet op om Aba om haar heen te hebben, al is hij minder uitbundig dan normaal, om niet te zeggen somber. Zijn plotselinge komst is niet alleen ingegeven door de wens haar weer te zien, dat voelt ze aan alles. Aba is ook nog niet de deur uit geweest om zijn vrienden te bezoeken, iets wat hij normaal altijd doet als hij thuis is. Ze geeft hem wat tijd, zodat hij er zelf mee kan komen als hij er klaar voor is. Met het geld dat Aba haar stuurt, heeft ze het iets royaler dan haar buren, maar het blijft kaal en kil naar Europese standaarden. De cementen muren en vloer, met de houten tafel en stoelen in het midden, bieden bescherming, maar het is niet een warme huiskamer. Het leven speelt zich meer buiten af.

Ze hebben net wat geluncht als er wordt geklopt. Ndidi kijkt naar Aba, die zijn schouders ophaalt en tegelijk verstijft. Ndidi loopt naar de deur en doet open. Daar staan vier mannen, twee witte mannen in burger en twee Nigerianen in uniform. Een van de Nigerianen zegt in het Khana: 'Schrik niet, mevrouw Oni, mijn naam is Lawal, en dit is mijn collega uit Abuja, die samen met collega's uit Nederland graag even met uw zoon Abayomrunkoje willen praten. Hij bevindt zich toch bij u op dit moment?'

Ndidi stamelt: 'Ja...' Ze is te verbouwereerd om iets anders te verzinnen. *Helemaal uit Nederland hier? Mijn hemel, wat heeft Aba gedaan?*

'We willen hem graag even spreken, zou u hem kunnen halen?'

Aba, die al die tijd een paar meter verderop zat, want zo groot is het huisje niet, verschijnt achter zijn moeder. Ook hij is verbaasd over de tamelijk grote delegatie en hij denkt koortsachtig na over hoe hij zich hieruit moet redden.

'Hier ben ik,' zegt Aba in het Engels, zodat zijn moeder het gesprek in ieder geval niet kan volgen: 'Wat kan ik voor u doen?'

'Ah, meneer Oni, fijn dat we u treffen,' zegt een van de twee mannen in burger. 'Mijn naam is Ed Klaver en dit is mijn collega Tom Stassen. Wij zijn van het politiekorps Den Haag en zouden u graag even willen spreken.'

'Nou, dat is bijzonder; politie uit Europa die op bezoek komt hier in Ogoni. Zijn jullie wel aan het goede adres?' vraagt Aba.

'Zeker, u bent Abayomrunkoje Oni?'

'Dat klopt.'

'Dan zijn we op het juiste adres, mogen we even binnenkomen?'

'Liever niet, dit is een klein huisje, en ik wil mijn moeder niet tot last zijn. We kunnen daar verderop op die boomstammen zitten.' Aba draait zich naar zijn moeder: 'Kà, het is in orde, we gaan even op het pleintje zitten. Ik ben zo terug. Hier kunnen ze me niets doen.' Ndidi kijkt haar zoon indringend aan, maar knikt slechts.

Als ze even later bij elkaar zijn, zittend op drie boomstammen die in een halve cirkel liggen op een zanderig veldje, neemt Klaver weer het woord: 'Het is inderdaad nogal ongebruikelijk dat wij mensen in het buitenland een bezoek brengen, maar dit betreft dan ook een heel uitzonderlijke zaak.'

'Heeft dit te maken met jullie zoektocht naar donkere mannen? Dan bezoeken jullie in ieder geval het juiste continent.' Aba kan het niet laten.

'Daar heeft het zowaar mee te maken. Maar niet elke donkere man voldoet hoor, meneer Oni.' Klaver is een oude rot in het vak en laat zich niet zo makkelijk uit het veld slaan. Hij vervolgt: 'U hebt eergisteren onze Belgische collega's ontmoet, die u enkele vragen stelden over uw eventuele aanwezigheid op een parkeerplaats bij een McDonald's in Brussel, wat u heeft ontkend.'

'Inderdaad, ik ga nooit naar McDonald's. Wat is er gebeurd? Heeft er iemand een Big Mac gestolen?'

'Meneer Oni, dit betreft een veel ernstigere zaak. Toen onze collega u de volgende ochtend nog een vraag wilde stellen, deed uw telefoon het niet meer.'

'Ja, die is helaas kapotgegaan die avond.'

'Dat kan. Het probleem is dat toen ze vervolgens uw werk belden, ze daar te horen kregen dat u plotseling was vertrokken in verband met urgente familieomstandigheden.'

'Dat klopt. Is dat het misdrijf? Plotseling vertrekken?'

'Uw reis op zichzelf natuurlijk niet. Ik vergelijk het met iemand die betrapt wordt op een middel dat dient ter maskering van doping; het middel zelf is geen doping, maar waarom zou iemand het nemen als het niet dient om iets ergers te verbergen? Daarom staat zo'n middel toch op de dopinglijst. Mijn Belgische collega's hadden diverse redenen om u op te zoeken, vonden uw reactie bij hun bezoek verdacht en wilden u daarom nog verder ondervragen. Twee uur na hun bezoek boekt u echter een ticket en is uw telefoon opeens kapot. In onze handboeken zijn dit kenmerken van een vlucht van iemand die het net om zich heen voelt sluiten. Een of twee van deze gebeurtenissen; dat kan gebeuren, maar alles bij elkaar is het net iets té toevallig.'

'Tja, ik zie uw punt. Maar mijn ervaring is dat het leven aan elkaar hangt van zogenaamd onwaarschijnlijke toevalligheden. Dat zeggen ze toch, dat de werkelijkheid vaak vreemder is dan fictie? Maar ik weet nog steeds niet waar dit allemaal over gaat. Wat moet er in hemelsnaam gebeurd zijn dat jullie met twee man helemaal uit Nederland komen voor een kansloze zoektocht, uitsluitend vanwege een vermeend causaal verband tussen volkomen willekeurige gebeurtenissen?'

Klaver weet dat hij nu concreter moet worden, anders blijft het gesprek abstract en dat spelletje beheerst Aba kennelijk. 'Wij zijn onderdeel van de taskforce die zich bezighoudt met de ontvoering van Lucas Dijkuizen, de zoon van de CEO van Shell.'

'Mijn hemel, die zag ik niet aankomen! Ik heb daar iets over gelezen, die arme jongen die ontvoerd is in Italië, toch? En daarvoor zoekt u een donkere man uit Brussel? En dat zou ik moeten zijn? Haha.' Het lukt Aba nog echt te lachen ook. 'Gods wegen zijn werkelijk ondoorgrondelijk.'

'Mag ik vragen wat de urgente reden was om naar Nigeria te vertrekken?' valt Stassen in.

'Nu ik weet met welke onzinnige insinuatie jullie mij hier lastigvallen, heb ik eigenlijk geen zin meer om mee te gaan in deze farce. Er wordt een witte jongen ontvoerd en dan moet de *bad guy* weer een donkere man zijn, die heel ergens anders woont? Ik ben daar zo klaar mee. En dat is dan ook meteen het antwoord op uw laatste vraag. Na het bezoek van uw collega's, dat voor mij totaal uit de lucht kwam vallen – vandaar mijn schrikreactie, die zij natuurlijk weer negatief interpreteren – had ik zin om weg te gaan, terug naar de plek waar ik mezelf kan zijn en wel gewaardeerd wordt. Ik liep al een tijdje rond met het idee om weer eens naar mijn moeder en vrienden toe te gaan. En jullie verrassingsbezoek gaf het laatste zetje. Ik heb inderdaad meteen daarna een ticket geboekt. En ja, wat zeg je dan tegen je baas? Lekker vaag houden, en de woorden "urgent" en "familieomstandigheden" doen de rest.' Aba staat op. 'En dan komen jullie me zelfs hier nog achtervolgen. Ik hoor het wel als jullie een serieuze reden hebben om mij spreken. Maar dan wil ik eerst een officieel document zien, getekend door een rechter, die bereid is deze absurde *fishing expedition* te ondersteunen. Ik wens u een goede reis terug.'

Aba draait zich om en beent weg. Klaver is onder de indruk, zozeer zelfs dat hij zich afvraagt of ze inderdaad niet te snel hierheen zijn gestuurd. De druk is zo groot en er zijn zo weinig aanwijzingen; dit leek verreweg de meest belovende. Hij kijkt naar zijn Nigeriaanse collega's, die ook lijken mee te gaan in Oni's verhaal. Die zullen hem echt niet oppakken omdat zij het vragen. Nee, ze zullen met hard bewijs moeten komen. Hier zal Anita niet blij mee zijn. Zal ze hen vragen om nog wat langer te blijven of is het alweer tijd om naar huis te gaan? Hebben ze dit interview wel goed aangepakt? De rol van Shell in deze regio is onbesproken gebleven. Daar hadden ze misschien mee moeten openen, om een idee te krijgen van Oni's emoties en denkbeelden. Nu is het te laat: die zal zich niet meer in de kaarten laten kijken.

Hoofdstuk 21

Stilstaand water

Het is vier uur in de middag als Johan de slaapkamer binnenkomt waar Claire op bed ligt met haar telefoon naast zich. Ze veegt de tranen uit haar ogen en kijkt naar Johan: 'Het is al vierentwintig uur geleden dat de Warriors hebben aangekondigd dat Lucas vrij zou komen. Misschien kon hij 's nachts inderdaad moeilijk vooruitkomen, maar het is nu al een hele dag licht. Ik kan me niet voorstellen dat hij meer dan tien uur lopen verwijderd was van een telefoon. Iedereen kan me vertellen wat ze willen, maar ik heb hier gewoon een heel slecht gevoel over.' Ze begint weer te huilen.

Johan gaat naast haar op bed zitten en legt zijn hand op haar been: 'Ik begrijp het ook niet. Anita had ook meer verwacht, geeft ze toe. Maar er zijn nog steeds meer redenen te verzinnen waarom hij nog wel gaat bellen dan waarom hij het niet zal doen. Anita zegt dat soms de meest banale oorzaken ten grondslag liggen aan heftige situaties, waar we dan veel te veel achter zoeken. Het kan een stomme samenloop van omstandigheden zijn die er nu voor zorgt dat Lucas niet kan bellen: hij is misschien de verkeerde kant op gelopen, hij heeft zijn enkel verstuikt, degene die hem los moest laten is om wat voor reden dan ook verhinderd, Lucas probeerde heldhaftig te zijn en heeft zich geblesseerd et cetera.'

'En als hij morgen nog steeds niet gebeld heeft?'

'Ik weet het niet. Het is niet dat ze gestopt zijn met zoeken of zo. Maar er is hoe dan ook niet veel meer wat ze kunnen doen. Misschien laten de Warriors nog van zich horen. Maar ik kan me niet voorstellen dat ze ons publiekelijk blij zouden willen maken met een dode mus.'

'Of met een dode Lucas...'

'Mijn god, Claire! *Please.* Daar is nog helemáál geen aanleiding voor.' Een koude rilling trekt door Johans lichaam. Bij het begin van de ontvoering gingen alle scenario's, ook de meeste donkere, door zijn hoofd, maar sinds de aankondiging dat ze Lucas vrij zouden laten had hij daar niet meer aan gedacht. Het zou nergens op slaan, te onzinnig, te wreed, te bizar zijn, Nee, daar kon hij echt niet aan denken.

~

Morris zit alleen op zijn kantoor, iets wat niet vaak voorkomt, zeker de laatste weken niet. De ontvoering had grote impact, maar hij kan niet ontkennen dat hij het ook een mooie periode heeft gevonden. Alles en iedereen stond op scherp, met hem als spin in het web. Dat zijn beslissingen zo veel verschil maakten, geeft hem een kick. Harvey was redelijk makkelijk te bespelen geweest. Het is inmiddels ruim een dag geleden dat de Warriors aangekondigd hadden dat ze Lucas vrij zouden laten, maar hij is nog niet opgedoken. Dat verbaast Morris wel. Hij had het een goede zet gevonden. Nu de ontvoerders niet veel meer te winnen hadden, speelden ze nog sterker in op het gevoel van het publiek en positioneerden zich als de *good guys.* Relatief dan toch; ze hadden wel een onschuldige jongen ontvoerd. Morris is onaangenaam verrast op hoe veel goodwill de kidnappers konden rekenen. Shell heeft weliswaar niet toegegeven aan de eisen, dat spel hadden ze goed gespeeld, maar de publiciteit die de misdadigers hebben weten te genereren, heeft het bedrijf wel geschaad. De aandeelhouderswaarde was snel weer teruggeveerd na de eerste paniek, maar de toch al verschuivende denkbeelden van de consument hadden beslist een duw gekregen in een voor Shell verkeerde richting. Zelfs Morris moet tegenwoordig op borrels uitleggen hoe het komt dat Shell dertig jaar geleden al wist dat ze niet goed bezig was en toch niet drastisch van koers gewijzigd is. Daar komt hij wel uit met zijn standaardantwoorden, zoals 'we doen juist veel, we investeren twee miljard per jaar in nieuwe energie', 'wij zijn maar klein een onderdeel van een groot ecosysteem dat veel waarde gecreëerd heeft voor de hele wereld en we zijn nog steeds onmisbaar' et cetera, maar gezelliger wordt het er niet door.

Maar waar is Lucas? Als de ontvoerders zijn vrijlating hebben verknoeid is het lullig voor Lucas, maar dat zou Shell goed uitkomen. Dan zouden de ontvoerders hun goodwill meteen weer verspelen. *Waar wachten ze op?*

Hij is nog in dubio over wat te doen met Oni. Volgens Owen leek het er sterk op dat de twee agenten uit Nederland onverrichter zake vertrokken zijn. Of ze het land al verlaten hadden weet hij niet, maar ze waren niet meer in de buurt. Betekent dat dat Oni er niets mee te maken heeft, of dat ze hem nu niets ten laste kunnen leggen? Voor zover Morris het kan inschatten is hij er wel degelijk bij betrokken. Afgezien van de verdachte feiten die Anita met hem gedeeld had, is het voor Morris overduidelijk dat Oni een sterk persoonlijk motief heeft. Iedereen in Ogoni-territory heeft veel te winnen als Shell hen zou compenseren, zoals de Warriors hadden geëist. Als de Nederlandse autoriteiten Oni uiteindelijk toch op zouden pakken, maar de uitlevering op zich laat wachten, kan hij in de tussentijd uitgroeien tot de lokale held. Morris is sterk geneigd om de losse eindjes op te ruimen. *Better safe than sorry.* Owen heeft vaker klusjes voor hem opgeknapt die nergens op papier staan.

~

Klaver had gelijk: Anita is *not amused*: 'Sorry hoor, jongens, het lijkt er echt op dat jullie je met een kluitje in het riet hebben laten sturen. Hij vraagt om een door een rechter ondertekend stuk waaruit blijkt dat hij ondervraagd mag worden? Ik ben niet bekend in Nigeria, maar ik kan me niet voorstellen dat de politie daar doorgaans zo te werk gaat.'

Klaver sputtert tegen: 'Nee, tuurlijk niet, maar Oni was echt overtuigend, in ieder geval genoeg om onze Nigeriaanse collega's, die überhaupt niet stonden te popelen om ons te helpen, ervan te weerhouden er werk van te maken.'

'Heb je de Nigeriaanse politie nodig om Oni nog een keer te ondervragen?'

Stassen komt zijn maatje te hulp: 'Nee; we weten nu waar hij woont. Maar we moeten wel weten wat we kunnen en mogen doen als hij weigert om ons te woord te staan.'

'Jullie denken toch niet dat de belastingbetaler jullie helemaal naar Nigeria stuurt om daar binnen een halfuur afgeserveerd te worden en daarna met de staart tussen de benen huiswaarts te keren? Verzin maar een list, maar ik wil dat meneer Oni aan de tand gevoeld wordt. Lucas heeft zich nog steeds niet gemeld. Op dit moment is Oni nog steeds de enige concrete *lead* die we hebben en die gaan we – jullie – tot op de bodem uit rechercheren. Ben ik duidelijk zo?'

Klaver en Stassen stamelen beiden 'ja' en hangen op. Het is lang geleden dat ze zo op hun nummer zijn gezet. Het leek een blijk van waardering dat zij achter de enige belangrijke aanwijzing aan mochten gaan, maar als het misliep, zou het weleens een averechts effect kunnen hebben op hun carrière.

Ze kijken elkaar aan: werk aan de winkel. Klaver vraagt: 'Hoe zullen we het doen? Gestrekt been, stroop om de mond smeren, *good cop, bad cop*?'

'Ik denk dat we vandaag niet meer terug moeten komen, dan gooit hij de deur meteen dicht. Laten we eerst maar even ouderwets hier in de buurt op onderzoek uitgaan en zien wat we te weten kunnen komen: welke reputatie heeft hij, heeft hij mensen hier op de hoogte gebracht van zijn plannen, komt hij vaker zomaar thuis, weet iemand hier wie zijn vrienden zijn in Europa, hoe leeft de ontvoering hier? We kunnen hem volgen en misschien betrappen op iets verdachts. Ik denk dat we zo wel iets te weten kunnen komen wat ons een haakje verschaft om Oni verder te ondervragen. We moeten er echter vooral voor zorgen dat hij niet verdwijnt vanwege onze lastige vragen.'

Klaver: 'Je hebt gelijk, laten we Anita blij gaan maken.'

~

'Nee, Aba weet het nog niet. Ik heb hem nog niet kunnen bereiken.' Het is het einde van de middag en Pino zit op kantoor aan de telefoon met Giulia en Marco. Hij vervolgt: 'Hoe staan de zaken er voor bij jullie?'

Marco neemt het woord: 'Ik weet dat wat ik ook zeg, ik het allemaal niet terug kan draaien, maar ik hoop dat jullie begrijpen dat ik er kapot van ben; dat ik zo'n stommiteit heb begaan. Die arme Nemo, die ons zo geholpen heeft... Ik was juist zo blij dat we hem zo snel weer vrij gingen laten... Zo ontzettend onnodig, zo dom... Ik weet niet wat me bezielde om met dat pistool te gaan lopen zwaaien, ik kan er niet eens mee omgaan, wat ook wel gebleken is. Ik had hem op zijn minst moeten zeggen dat ik het had, dan had het nog een afschrikwekkende functie gehad. Ik heb hem door zijn hoofd geschoten. Niet net ernaast, niet in zijn arm, nee, onder zijn oog van twee meter afstand. Het spijt me zo. Door mij lopen jullie allemaal het risico om heel zwaar gestraft te worden. En dan wat ik Giulia moest aandoen; hem begraven, het is allemaal te gruwelijk. Door mij zijn we nu elk greintje moreel gezag kwijt. Het is onvergeeflijk.'

Het blijft stil aan de lijn. Dit wuif je niet weg met: 'Geeft niet hoor, kan iedereen overkomen, volgende keer beter.'

Pino: 'Het is zo'n beetje het allerslechtste scenario dat je maar kunt verzinnen. Maar de gevolgen gaan we later wel bespreken. Eerst: hebben jullie alles opgeruimd?'

Marco weer: 'Ja, het busje heb ik vanbuiten en vanbinnen grondig schoongemaakt. Vooral binnen lag nog het een en ander waar ik liever niet op inga. Maar dat is weg. En daarna zijn we naar het kantoor gereden en hebben we ook daar alle sporen verwijderd: kleren, het bed en andere spullen hebben we weggegooid, en we hebben alles schoongemaakt. Het ziet er weer uit als een normaal kantoor.'

'En jullie weten precies waar hij begraven ligt?'

'Ja, dat kunnen we exact aangeven.' Marco gaat door: 'Ik heb er uiteraard aan gedacht om mijzelf aan te geven en te zeggen dat ik het allemaal alleen gedaan heb. Maar die vlieger zal helaas niet opgaan: Giulia heeft geen alibi's. Ze is kansloos, en dat geldt ook voor jou en Aba, de lijnen zijn te kort. In no time staan ze voor je deur.'

Pino geeft toe: 'Ja, daar had ik ook al aan gedacht. Maar het is welbeschouwd onzin. We zitten hier nou eenmaal samen in. De vraag is: wat gaan we nu doen? Moeten we iets naar de buitenwereld communiceren? Giulia, hoe sta jij erin?' Pino had behoefte haar stem en mening te horen.

'Ik vind het heel zwaar, ik voel me een zombie. De schoonmaakklussen zorgden ervoor dat ik in actie moest blijven, maar nu voel ik me alleen maar ontzettend rot. De weg voorwaarts weet ik ook even niet. Moeten we proberen zo stilletjes mogelijk te verdwijnen? Hoe zuur ik het ook vind, ik denk dat we de ouders van Nemo voorlopig niet moeten inlichten waar hij is, of überhaupt dat hij dood is. We zouden dat uit compassie moeten doen, maar het zal het ons niets dan ellende brengen; de publieke opinie zal zich tegen ons keren.'

Pino veert op: 'Hé, dat brengt me op een idee: wat als we naar buiten brengen dat we Nemo gezond en wel hebben achtergelaten, en dat we niet begrijpen waarom de politie, de familie of Shell hem niet gewoon laten zien? Het is behoorlijk cynisch, geef ik toe. Maar wat we daar in ieder geval mee bereiken, is dat er veel energie gestoken zal worden in zaken die alleen maar afleiden. En het is voer voor de nodige samenzweringstheorieën.'

Marco ziet een lichtpuntje: 'Hm, niet eens zo'n slecht idee. Dieper kunnen we toch niet zinken en verwarring zaaien is altijd een goede strategie. Het is alleen zo harteloos richting de ouders, maar dat punt zijn we voorbij.'

Giulia, aarzelend: 'Het is gemeen ja, maar ik zie wel hoe dit ons kan helpen. Het genereert ook weer publiciteit en zou onze zaak een stuk langer actueel kunnen houden. We hebben zelfs een locatie waar we hem zogenaamd vrij hebben gelaten.'

Ze kijkt naar Marco die ja knikt en zegt: 'Ik denk dat we dit maar moeten proberen.'

'Oké, laten we de media morgen een bericht sturen. Ik kom met een voorstel en dan versturen jullie het deze keer vanuit Italië. Ik ga ook Aba proberen op de hoogte te stellen.'

Hoofdstuk 22

De volgende steen in het water

Het is met gemengde gevoelens dat Marco het bericht verstuurt: het neemt niet weg dat hij een moordenaar is, maar hij is blij dat hem een sprankje hoop geboden wordt om hieruit te komen. Het communicatiesysteem dat hij ontworpen heeft werkt in ieder geval naar behoren; gelukkig heeft hij ook iets goed gedaan. Wat Aba overkwam was domme pech; dat lag niet aan het systeem.

De brief die Marco verstuurt is wrang en pijnlijk voor de ouders, samen met Nemo de enige echte slachtoffers. Mochten de Warriors ooit gepakt worden, dan zorgt deze manoeuvre ervoor dat ze volstrekt op geen enkele clementie hoeven te rekenen. Dat weten ze allemaal. Er is geen weg terug. Hij denkt terug aan het begin. Ze gingen dit netjes doen. De *gentlemen kidnappers* die de wereld gingen verlossen van een boosaardig bedrijf. Pino had gelijk toen hij het had over een leven ervóór en een leven erná. Alleen dat het zo extreem zou uitwerken, had hij niet kunnen bevroeden. Wat er ook gaat gebeuren, Marco is een ontvoerder, een moordenaar en een cynische leugenaar die de ouders op een wrede manier in het ongewisse laat. Was het grotere goed dit allemaal waard? Het probleem was dat ze stapje voor stapje erin waren gezogen. Elke stap was te billijken, maar terugkijkend is het erg pijnlijk om te zien wat ze hebben gedaan. En toch, zich nu aangeven zou de grote offers die ze hadden gemaakt voor niets laten zijn. Ze zijn waar ze nu zijn. Ze kunnen Shell nog steeds pijn doen.

Geachte pers,

In onze communicatie hebben wij altijd zo veel mogelijk openheid en transparantie betracht. Dat eisten wij immers ook van Shell, iets waar ze geen gehoor aan gaven.

In ons vorige bericht hebben wij aangekondigd dat wij Lucas vrij zouden laten. Dat hebben wij vervolgens terstond gedaan. Twee dagen geleden is Lucas als een vrij man weggelopen.

Wij begrijpen dan ook niet waarom er nog geen bekendheid is gegeven aan zijn vrijlating.

Wat valt er te winnen voor de familie, Shell of de politie om dit niet kenbaar te maken?

Wij willen dat het publiek weet dat wij ons aan de afspraak hebben gehouden. Het was en is onze bedoeling om Shell significant van koers te laten veranderen. Dat is onze enige missie.

Zoals we hebben uitgelegd, was de rol van de dappere Lucas uitgespeeld en zien wij hem graag herenigd met zijn dierbaren. Wij zijn bezorgd; we weten niet wat er gebeurd kan zijn, er heerst bij ons een 'Climate of Concern' zou je kunnen zeggen.

Wij blijven echter vooral bezorgd over de toekomst van onze planeet. Daar zullen wij voor blijven strijden en we hopen dat Lucas in de toekomst daar zijn steentje aan zal blijven bijdragen.

The Sunlight Warriors

~

Claire weet het echt niet meer: waar is Lucas? Wat is er in godsnaam gebeurd? Anita is direct naar hen toe gekomen. Ze voelt met Claire mee: 'Dit is inderdaad een heel bijzondere ontwikkeling;

dit hebben we nog nooit meegemaakt. Aan de ene kant bevestigt het onze verwachting dat de Warriors te vertrouwen zijn en dat ze Lucas vrij hebben gelaten, want met net doen alsof hebben ze helemaal niets te winnen. Aan de andere kant is Lucas in geen velden of wegen te bekennen, dus iets klopt er niet.'

Johan vraagt: 'Als Lucas betrokken is bij een ongeluk, had je dat dan nu geweten?'

'Helemaal zeker weten we dat niet, maar er is de afgelopen dagen intensief contact geweest met de politie in Italië, die met hoge prioriteit checkt op ongelukken waar Lucas bij betrokken zou kunnen zijn. Dat heeft nog niets opgeleverd, dus dat scenario wordt steeds onwaarschijnlijker.'

Dan komt Olivier binnenlopen: 'Ik hoor het net op de radio. Wat is dit nou weer? De Warriors hebben Lucas gewoon vrijgelaten, maar hij is verdwenen?'

Anita: 'Ja, daar lijkt het op nu. Heel verwarrend. Is hij zelf verdwenen, heeft hij een ongeluk gehad, is hij door iemand anders opgepakt of is er nog iets heel anders gebeurd?'

Olivier kijkt bezorgd naar zijn moeder: 'Wat een klotesituatie! Waren we net twee dagen heel blij omdat Lucas terug zou komen – en dan nu dit. Zijn er dan helemaal geen aanwijzingen?'

Anita antwoordt rustig: 'Ik zeg net tegen je ouders dat het steeds onwaarschijnlijker wordt dat Lucas betrokken is geraakt bij een verkeersongeluk. Er is veel druk op gezet om te achterhalen of een ongeveer achttienjarige jongen iets ernstigs is overkomen, en daar is tot zover niets uitgekomen. Als Lucas werkelijk vrij is gelaten, dan krijgt het zoeken een heel andere dimensie. Maar we weten niet eens zeker of we in Italië moeten zoeken. Dat vermoeden wij sterk, maar voor de zekerheid hebben we de politie in de omringende landen ook verzocht om te checken op ernstige ongelukken. Ze hebben allemaal een foto van Lucas.'

Johan wordt ongemakkelijk van al dat gepraat over ongelukken en zegt: 'Of ze hem vrijgelaten hebben of niet, de enigen die wat meer duidelijkheid kunnen scheppen over het waar en wanneer blijven de ontvoerders. Hoe staan jullie daarmee? Jullie hadden toch een Nigeriaan op het oog?'

Johan ziet een lichte irritatie over Anita's gezicht glijden: 'Ja, dat klopt. We hebben meteen twee mensen naar Nigeria gestuurd en die hebben samen met de lokale autoriteiten deze man opgespoord en gesproken. Daar is echter niet direct iets uit gekomen, en hem zonder hard bewijs oppakken is zelfs daar niet zo makkelijk. De man had een goed verhaal, waardoor de lokale politie geen heil zag in verdere ondervraging of een arrestatie. Onze jongens blijven daar nog, om verder uit te zoeken of en hoe deze man erbij betrokken is. Ze zijn daar in den vreemde, dus ze hebben wat minder bewegingsvrijheid, maar ik heb ze wel op het hart gedrukt dat we nu niet de luxe hebben om heel omzichtig te werk te gaan. We hebben antwoorden nodig. Het is in dit geval beter om achteraf vergiffenis te vragen dan vooraf om toestemming. Dit hebben jullie niet officieel gehoord van mij, maar we hebben haast.'

Eens te meer is Johan blij met Anita, maar ook bezorgd: 'Ongelofelijk dat de oplossing van deze zaak nu afhangt van de vorderingen in Nigeria.'

'Nee, Johan, dat heb ik niet gezegd. Het is een concrete lead en die zullen we zo zorgvuldig mogelijk opvolgen, maar we hebben natuurlijk meer ijzers in het vuur. Onze IT-experts zijn fulltime bezig met zoeken van gaten in de communicatie van de Warriors en ze zijn de contacten van de Nigeriaan aan het napluizen. En in Italië blijft men zoeken. Europese milieuactiegroepen, actieve en minder actieve, liggen onder een vergrootglas om te kijken of sommige leden zich verdacht gedragen. We hebben ook oude dreigbrieven aan het adres van Shell er weer bij gepakt om te kijken of daar een link is. En vergis je niet in het aantal tips dat we dagelijks binnenkrijgen. Het verschilt per dag, maar soms zijn het er honderden. Om die te schiften en de bruikbare op te volgen is een enorme klus, waar veel mensen op zitten. De oplossing hebben we nog niet, maar dat is niet omdat we het niet proberen. Er zit een groot team met veel middelen op. Ontvoeringen hebben altijd de hoogste prioriteit, en bij deze kijkt de hele wereld mee, inclusief de minister. Geloof me, groter wordt een politieoperatie niet.'

'Ik begrijp het. Sorry,' zegt Johan.

'Je hoeft je niet te verontschuldigen. Dit is voor jullie allemaal nieuw. Al jullie vragen en twijfels zijn volkomen normaal.'

Claire zegt door haar tranen heen: 'Het rare is dat ik nu liever zou hebben dat Lucas nog bij de Warriors was. Dan was hij nog wel ontvoerd, maar dan wist ik tenminste waar hij was en dat hij oké was. Nu heb ik niets meer om me aan vast te klampen. Mijn lieve Lucas, waar is hij? Ik mis hem zo...'

~

In onopvallende kleren, met een zonnebril en een pet op, kraag omhoog en handen zo veel mogelijk in de zakken slagen Klaver en Stassen erin Oni ongezien te volgen. De huisjes staan dicht op elkaar en de straatjes zijn smal. De vreemde geuren dringen door tot diep in hun neuzen en ze zijn niet op hun gemak. Ze hebben het gevoel dat iedereen direct ziet dat ze politieagenten zijn, maar dat lijkt mee te vallen; ze worden in ieder geval niet aangesproken. Ze wisselen elkaar regelmatig af, zodat ze niet steeds met zijn tweeën achter hem aan lopen.

Oni beweegt zich schijnbaar onbekommerd en haalt de banden met zijn oude vrienden weer aan. Hij doet weinig verdachts, al hebben Klaver en Stassen amper een idee hoe iets verdachts er hier uit zou moeten zien. En zijn telefoon afluisteren is er niet bij.

Het is inmiddels donker geworden en Klaver staat buiten te wachten in een steegje, op tien meter van de deur waar ze Oni naar binnen hebben zien gaan. Het verroeste bordje naast de ingang, met daarop de verweerde ster van een lokaal biermerk, doet sterk vermoeden dat het een bar betreft. Het lijkt een kleine ruimte, waardoor Klaver er niet naar binnen durft te gaan. Stassen staat aan de andere uitgang van het straatje, zodat ze Oni hoe dan ook kunnen volgen, mits hij geen achteruitgang gebruikt. Ondanks dat ze beiden hun dienstpistool achter in hun riem hebben gestoken, voelen ze zich in het duister extra onbehaaglijk. Dit is geen omgeving waar je als witte man 's nachts alleen wil rondlopen. Het voordeel is wel dat ze in de duisternis minder opvallen. Gelukkig, denkt Klaver als hij Oni alleen weer naar buiten ziet komen en rustig de kant van Stassen op ziet wandelen. Hij slentert er op gepaste afstand achteraan.

In het schaarse licht ziet hij alleen het silhouet van Oni. Net wanneer hij versnelt om iets meer te kunnen zien, ziet hij een andere gestalte uit de schaduw springen en Oni van achter met zijn linkerarm bij de nek grijpen. Met zijn rechterarm maakt hij een grote zwaai, alsof hij Oni met een mes in zijn borst steekt. Klaver kan het niet goed zien en schreeuwt: '*Hey! What are you doing*?' Hij rent erheen, op zijn rug tastend naar zijn pistool. Terwijl Oni kermend op de grond zakt, draait de dader zich verrast om, in zijn rechterhand inderdaad een groot mes, dat hij nu wild in Klavers richting zwaait. Die is intussen heel dichtbij en probeert weg te springen, maar het mes trekt een diepe snee in zijn bovenarm, waardoor hij het pistool laat vallen en achterover struikelt. De man doet een stap naar voren, heft weer zijn rechterarm, het nu glinsterende mes boven zijn hoofd: klaar om het af te maken. Klaver doet in een reflex zijn handen voor zijn gezicht, sluit zijn ogen en zet zich schrap. Dan: een luid schot en een doffe plof van een vallend lichaam. Klaver opent zijn ogen en ziet Stassen op zich afkomen, zijn pistool nog in de aanslag. De man met het mes ligt voor hem op de grond, naast Oni.

'Ed! Ben je oké?'

'Shit ja, alleen een snee in mijn arm, slechts bloed, niets belangrijks doorgesneden lijkt het. Mijn fout, ik kwam te dichtbij. Oni?'

Stassen doet zijn hemd uit en bindt die strak om de arm van Klaver, die stevig blijft bloeden. Dan draait hij zich om, knielt naast Oni en draait hem voorzichtig op zijn rug, terwijl Klaver hem bij schijnt met het licht van zijn telefoon. De glazige blik in Oni's ogen zegt genoeg. Stassen voelt voor de zekerheid aan zijn pols, maar schudt al snel zijn hoofd. Dan bekijken ze de andere man. Ook bij hem checken ze zijn pols, al is ook hij overduidelijk dood. Stassen had geen risico willen nemen en de aanvaller in zijn achterhoofd geschoten. Tot hun verbazing is de man ook wit. Wat is hier aan de hand? En wat moeten ze nu doen, maken dat ze wegkomen of de politie erbij halen? Ze besluiten tot het laatste, want als er opvolging aan gegeven moet worden, komt hun rol toch uit. Bovendien hebben ze uit zelfverdediging gehandeld en komen er ondertussen meerdere mensen aan gelopen, nieuwsgierig waar de knal vandaan kwam. Zo open mogelijk spelen is dus het devies. Ze wijzen naar het mes van de witte man en naar Oni, om te laten zien dat zij aan de goede kant staan en Oni wilden helpen. Voordat de politie komt, maken ze zelf snel wat foto's van Oni en de dader en nemen ze zijn vingerafdrukken af. Het is immers zeer onwaarschijnlijk dat deze moord niets te maken heeft met hun case.

~

'Owen McIntosh, Engelsman, senior executive bij ProtOil Limited, een bedrijf gespecialiseerd in beveiligingswerk voor gas- en oliewinningbedrijven. In dit geval is hun enige klant Shell Nigeria. Die gegevens waren makkelijk te vinden. McIntosh heeft in het verleden eerder samengewerkt met Morris Evans, Head of Security bij Shell, en het zou me niets verbazen als deze twee nog rechtstreeks contact hebben met elkaar.'

Anita, zelf nog in de war over wat dit betekent, somt de gegevens op voor Klaver en Stassen, die op het hoofdbureau in Port Harcourt zitten. Het is goed dat ze meteen de politie erbij gehaald hebben. De snee in Klavers arm bewijst dat ze uit zelfverdediging handelden; het lijkt er sterk op dat McIntosh de dodelijke steek bij Oni heeft toegebracht; alleen zijn vingerafdrukken staan op het mes en de vezels in de nek en op de kleren van Oni kwamen van zijn kleding. De twee Nederlandse politieagenten die speciaal voor Oni naar Nigeria waren gekomen en hem volgden, verklaarden dat ze getuige waren van het delict. Als ze Oni zelf iets aan hadden willen doen, dan had dat niet zo ingewikkeld gehoeven. Daarmee blijft alleen de vraag over waarom Oni gedood moest worden, en waarom een dermate hooggeplaatste executive dat zelf wilde doen.

'Ja, daar waren ze hier ook net achter gekomen. McIntosh is een bekende van de politie; ze hebben een haat-liefdeverhouding. Soms helpt ProtOil de politie lastige kwesties oplossen of voorkomen, maar het zijn natuurlijk ook eigengereide klootzakken, die het recht nog weleens in eigen hand willen nemen – iets waar dit een ultiem voorbeeld van zou kunnen zijn.'

Stassen is nog steeds onrustig. Had hij anders kunnen handelen, hem in zijn been moeten schieten bijvoorbeeld? Hij is overtuigd van niet, maar het hakt er wel in bij hem; hij heeft nog nooit iemand gedood. Toch hebben ze zich nu gerehabiliteerd: door Oni te volgen hebben ze McIntosh te pakken gekregen, en dat opent perspectieven.

Anita is ook een stuk milder: 'Wat een geluk dat jullie erbij waren! Goed gewerkt, jongens. Helaas hebben jullie Oni niet kunnen redden, maar het had slecht voor jullie kunnen aflopen. Jullie hebben je kranig verweerd tegen een onverwachte pro. Laat straks nog even goed kijken naar die snee, Ed.'

'Ja, ik ga zo even langs het ziekenhuis. Toen ze zagen dat ik relatief oké was, moest ik eerst mee naar het bureau. Ze geloofden ons gelukkig meteen en hebben het ons niet lastig gemaakt. En ze deelden die informatie over McIntosh zodra ze wisten dat hij het was. Wacht, ze komen nog iets brengen.'

Stassen en Klaver krijgen drie A4'tjes overhandigd: een lijst van de telefoonnummers waar McIntosh de afgelopen dagen mee gebeld heeft. Deze snelheid en mate van samenwerking hadden ze niet verwacht. De telefoon van McIntosh meenemen van de plaats delict vonden ze te ver gaan en dat was dus een goede beslissing. De agent die de blaadjes overhandigt moet lachen om de verbaasde uitdrukking op de gezichten van de twee Nederlanders en zegt: 'We hebben zijn vinger gebruikt om zijn telefoon te ontgrendelen; dan is het makkelijk om een telefoon te doorzoeken.'

Terwijl Anita nog aan de lijn hangt, scannen Stassen en Klaver de nummers en bijbehorende namen: 'Dit zijn de gesprekken van de laatste vijf dagen. De meeste zijn binnen Nigeria, ongeveer 20 procent met het Verenigd Koninkrijk – dat is te verwachten van een Engelsman – en één Nederlands nummer, een zekere Milton Elliott. *Does that ring a bell*?'

'Nee, niet direct. Wacht even... Milton Elliott, initialen M.E., zou dit onze vriend Morris Evans kunnen zijn?'

Ze lezen het nummer hardop voor, en Anita typt het meteen in op haar telefoon. Direct verschijnt onder het nummer inderdaad 'Morris Evans, Shell Head of Security', zoals ze hem heeft opgeslagen in haar telefoon. Ze had het zelf geopperd, maar schrikt toch.

'Ja, Milton Elliott is Morris Evans. Jezus, jongens, wat gebeurt hier?'

'Dat verklaart mogelijk wel waarom McIntosh het zelf deed: de grote jongens onder elkaar, niemand mag ervan afweten. Onze Owen is tamelijk slordig geweest; hij heeft er geen moment rekening mee gehouden dat hij zou kunnen falen. Wat een verhaal.'

Stassen schudt zijn hoofd en vervolgt: 'Laten we er even van uitgaan dat McIntosh handelde in opdracht van Evans. Wat heeft Shell daarmee te winnen?'

'Het is de vraag of dit echt van de top van Shell komt of dat Evans dit in zijn eentje bekokstoofd heeft. Maar waarom zou hij of Shell dat doen? Misschien hoopt Shell dat het hele verhaal zo naar de achtergrond verdwijnt; willen ze niet het risico lopen dat Oni zich ontpopt tot een lokale held, die het grote gemene Shell heeft durven aan te vallen. Ze hoopten dat niemand zou kraaien naar een anonieme man die is neergestoken in een donker steegje.'

Anita: 'Maar de grote vraag die nu bij mij opkomt, en ik vrees ook bij jullie: is Shell ook verantwoordelijk voor de tweede verdwijning van Lucas? Het is bizar dat we aan zoiets cynisch en sinisters kunnen denken, maar met deze laatste ontwikkeling durf ik dat scenario niet voor honderd procent af te schrijven. Een triomfantelijke terugkeer van Lucas kan nog een hele tijd voor negatieve publiciteit zorgen en het debat blijven aanzwengelen.'

Klaver kan zich ook niet onttrekken aan een knagend gevoel: 'Maar hoe zijn ze er dan in geslaagd hem te vinden voordat hij zich kon melden? Dat vind ik lastiger te verklaren dan dat sommige mensen binnen Shell zoiets verwerpelijks zouden doen. Misschien kwam Lucas bij toeval eerst bij hen terecht en hebben ze daar misbruikt van gemaakt.'

'Ja, dat is niet eenvoudig uit te leggen, maar dat hoeft nu ook nog niet. Zorg dat jullie daar zo veel mogelijk boven water krijgen over Owen McIntosh en meneer Oni. Ik denk dat drie dagen, maximaal een week, voldoende moet zijn. De rest kunnen we vanaf hier. Houd me op de hoogte en succes.'

Anita hangt op en denkt aan het gesprek dat ze met Evans moet gaan voeren. Het lijkt haar raadzaam haar baas deze keer van tevoren te informeren. Het zal bijkans onmogelijk worden om te bewijzen dat Evans de opdracht heeft gegeven om Oni om te brengen, maar dit voorval zal Shell hoe dan ook in verlegenheid brengen.

Hoofdstuk 23

De druppel

Dat komt ervan als je verandering wil afdwingen. De wereld is te ingewikkeld om enkel in oorzaak en gevolg te denken: er zijn te veel factoren die je niet in de hand hebt. Alhoewel het buiten kijf staat dat zijn idee en handelen een reeks aan gebeurtenissen in gang hebben gezet, die zonder zijn ingrijpen niet hadden plaatsgevonden, waren de uitkomsten totaal anders dan hij had voorzien. Daar staat Pino dan, als taoïst overtuigd dat hij mee moet gaan met de stroom, niets moet forceren. Echter, niet forceren betekent niet niets doen. Met zijn aanwezigheid op aarde heeft hij sowieso impact op zijn omgeving. Hij werkt, hij consumeert, hij heeft lief en hij maakt kinderen. Het is zijn taak om zijn aanwezigheid, zijn invloed, dan te gebruiken voor het grotere goed. Hij had het gerationaliseerd; zichzelf wijsgemaakt dat hij in de grote stroom was meegegaan, een stroom die ervoor zorgde dat de mensheid zou overleven. Niet dat hij alle kwaad kon uitbannen, het kwaad hoort erbij, maar wel een stroom die de voorwaarden zou scheppen voor een betere toekomst. Dat was voor hem de betekenis van de tatoeage die hij in Thailand op zijn rechterschouder had laten zetten, vlak voordat hij Susanne ontmoette, het Chinese karakter van de Tao, de weg. Zo wilde hij leven.

Nu dwaalt hij verloren rond in het bos bij hun huis. Was het overmoed geweest om te denken dat hij een deuk kon slaan in het pantser van Shell, het werkelijk van koers kon laten veranderen?

Wie was hij om te bepalen welke levens geofferd mochten worden voor het hogere doel? Hij had zich nog nooit zo ellendig, schuldig en machteloos gevoeld. Lucas was dood en nu Aba ook; onomkeerbare gebeurtenissen, die hij in gang had gezet.

Hij had uiteindelijk Ndidi te pakken gekregen, die zojuist het lichaam van haar enige zoon had geïdentificeerd en ontroostbaar was. Haar slechte voorgevoel over zijn onaangekondigde bezoek was bewaarheid. Pino had het te vroeg gevonden om haar te vertellen dat haar zoon als held gestorven was; dat hij had gevochten om de grote boosdoener ter verantwoording te roepen. Pino wilde eerst meer duidelijkheid over wat er nou precies gebeurd was. Maar binnenkort zal hij Ndidi alles uitleggen, en hopelijk zou haar dat wat troost bieden. Alhoewel de politie haar nog niet alles heeft verteld, wist Ndidi Pino te vertellen dat Aba vermoord was door een witte man, en dat de twee agenten uit Nederland net te laat waren om hem te redden. Pino was geschrokken: er waren dus zelfs al twee agenten uit Nederland bij Aba op bezoek geweest. Zou hij hun iets verteld hebben? En wie is die man dan die Aba vermoord heeft? Dit was geen toeval, dit moest met de ontvoering te maken hebben. Pino kan maar één partij bedenken die baat zou hebben bij Aba's verdwijning. De wrok die Pino al jaren koestert tegen Shell wordt ineens heel persoonlijk, zoals het voor Aba zijn hele leven was geweest. En nu was zijn poging er iets aan te doen hem fataal geworden. Het maakt Pino radeloos, wat kan hij nog meer doen? Als bekend wordt gemaakt dat Aba een van de Warriors is, zou Susanne hem weleens lastige vragen kunnen gaan stellen, of erger nog: dan zou bij haar het kwartje kunnen vallen. Ja, het wordt nu heel persoonlijk...

~

Harvey en Morris zitten samen in Harveys kantoor te wachten. Nerveus is niet het woord, maar ze zien met gepaste tegenzin op tegen het gesprek met Johan. Die had gebeld en om dit gesprek gevraagd. Ze konden hem moeilijk weigeren. Geen van hen had hem afgelopen week gezien en een update is wel het minste dat ze hem moeten bieden.

Zonder te kloppen stapt Johan binnen. Harvey knippert met zijn ogen; onvoorstelbaar dat deze man een slordige twee weken geleden nog de energieke leider van Shell was. De gebeurtenissen van de afgelopen weken hebben hun tol geëist.

Harvey en Morris staan op, maar Johan gaat zonder ze de hand te schudden tegenover hen zitten. Harvey en Morris kijken elkaar vragend aan, halen hun schouders onmerkbaar op en gaan zitten.

Harvey neemt het voortouw: 'Goed je te zien, Johan. Hoe gaat het met jou en Claire?'

'Wat denk je zelf, Harvey? We worden langzaam gek van onzekerheid. Waar kan Lucas in godsnaam zijn, wat is er gebeurd? De Warriors zeggen dat ze hem vrijgelaten hebben en dat ze niet begrijpen waar wij hem gelaten hebben. Hoe komen ze erbij? Ik begrijp niet waarom ze dat zouden zeggen als ze hem niet daadwerkelijk vrij hebben gelaten. Of het zijn een stelletje cynische klootzakken die alleen maar verwarring willen zaaien. Maar op de een of andere manier geloof ik dat niet. Klootzakken ja, omdat ze een onschuldige jongen hebben ontvoerd, maar cynisch en uit op chaos, nee, dat geloof ik niet. Dus ik vraag me af wat er dan wel gebeurd kan zijn.'

'Ja, dat vragen wij ons ook af,' zegt Morris, 'het is een heel nare situatie, en volgens mij ook uniek. Ik heb nooit gehoord dat iemand vrijgelaten zou worden en dat het dan vervolgens niet gebeurt.'

'De vraag is, zoals altijd: *cui bono*? Wie heeft er baat bij de verdwijning van Lucas?' Johan gaat rechtop zitten: 'Uit de eerste verdwijning hoopten de Warriors munt te slaan door Shell tot actie te dwingen. Maar een tweede keer? De Warriors kunnen dan alleen maar verliezen. Wie zou er wél voordeel van hebben als Lucas van het toneel verdwijnt? Als Lucas niet trots gaat vertellen dat hij eigenlijk achter zijn ontvoerders staat, als hij zijn speech niet overal gaat herhalen?'

'Jezus, Johan!' roept Harvey. 'Suggereer je nu dat wij hierachter zitten? Zijn we nu ook in jouw ogen de slechteriken? Wat was jij dan tot twee weken geleden? Fossiele brandstoffen delven is één ding, maar mensen laten verdwijnen? We zijn niet in het Wilde Westen! Ik begrijp dat je onder grote druk staat en het heel zwaar hebt, maar je gaat nu echt te ver met je ridicule insinuaties.'

'Interessant, Harvey, dat je beweert dat Shell geen mensen laat verdwijnen. Dat zou ik niet zo lang geleden ook hebben beweerd. Ik heb echter zojuist uit zeer betrouwbare bron vernomen dat de verdachte die de benen had genomen naar zijn thuisland Nigeria, gisteren is vermoord.' Johan kijkt nu direct naar Morris: 'En wel door een bekende van ons. *Good old* Owen McIntosh.'

Deze wending had Morris niet aan zien komen. Hij is volkomen verrast en kan dat niet verbloemen.

'Zie je, Harvey? Ik ken Owen nog uit mijn tijd in Nigeria en weet dat hij een goede bekende is van Morris. Owen heeft gisteren zelf het leven gelaten nadat hij die meneer Oni had neergestoken. Oni werd gevolgd door twee Nederlandse agenten, die niet konden voorkomen dat hij Oni neerstak, maar ze hebben hem neergeschoten in de daaropvolgende schermutseling. Dat Oni dood moest heeft Owen uiteraard niet zelf verzonnen. De enige die daar iets aan heeft is Shell. Niet nog meer martelaars in Ogoni-territory. Geruisloos laten verdwijnen. Alleen door Owens blunder is het nu niet meer geruisloos. Sterker nog: dit zou weleens in jullie gezicht kunnen ontploffen.'

Harvey is rood aangelopen. Hij weet dat Johan de waarheid spreekt. Hij kijkt Morris hoofdschuddend aan. Het zit echter niet in Morris' aard om nu deemoedig zijn verontschuldigingen aan te bieden: 'Ik begrijp niet waarom je opeens zo'n medelijden hebt met meneer Oni, Johan. Die man was medeverantwoordelijk voor de ontvoering van jouw zoon. Deze actie verdient misschien niet de schoonheidsprijs, maar soms moeten we onze handen vuilmaken, zodat de rest gewoon zijn werk kan doen. Het ziet ernaar uit Owen een stomme fout gemaakt heeft, en hij heeft daar de hoogste prijs voor betaald.'

Inwendig vervloekt Morris die idioot.

Hij vervolgt: 'We hebben net een overeenstemming bereikt in Ogoni-territory en kunnen nu geen nieuwe complicaties gebruiken. En, voor wat het waard is: ik heb Harvey hier buiten gelaten.'

Harvey weet niet wat hij moet zeggen. Dit is rampzalig. Mensen uit de weg ruimen? Hoe moet Shell hier een draai aan geven? En wat spookt Morris nog meer uit zonder hem erin te kennen, onder het mom van 'dan kun je het tenminste ontkennen'? Hij had Morris carte blanche gegeven, maar deze vrijheid had hij ten enenmale niet.

'Morris, ik denk dat wij dit gesprek beter onder vier ogen kunnen voortzetten.'

'Begrijp je nu, Harvey, waarom de sprong naar Lucas niet zo vreemd was? Wat heeft die cowboy nog meer zitten te bekokstoven?' zegt Johan terwijl hij naar Morris knikt.

'Kom op, Johan, als ik had geweten waar Lucas zich bevond, dan was ik de eerste geweest om dat door te geven of hem op te halen. Oni was een misdadiger, Lucas is deel van de familie. Die zou ik nooit iets aandoen!'

Harvey en Johan zijn niet overtuigd. Johan staat op en loopt zonder iets te zeggen de kamer uit.

~

Johan rijdt van het hoofdkantoor weg, zet één blok verder zijn auto aan de kant en begint alsnog te trillen. Hij laat zijn hoofd op zijn handen op het stuur rusten en haalt een paar keer diep adem. Dan stapt hij uit, loopt naar het busje vóór hem en opent de achterdeur, waar Anita en haar baas Frans beginnen te klappen. Johan trekt de deur achter zich dicht, opent zijn overhemd en trekt de draden van zich af.

'Dat was geweldig, Johan! Je hebt ze meesterlijk bespeeld!' zegt Frans, zichtbaar onder de indruk.

'Pff, ja, het ging goed; eigenlijk een beetje vanzelf. Dit zou ik ook zonder afluisterapparatuur hebben gezegd, denk ik.'

'Misschien, maar je moet het toch maar doen. Evans is er gloeiend bij. Of dit bewijs door de rechter wordt toegelaten zullen we zien, maar het helpt dat je zelf bij het gesprek aanwezig bent geweest; dat is een eerste voorwaarde. Daarna is altijd de vraag of de rechter vindt dat de omstandigheden zo'n opname rechtvaardigen. In zo'n belangrijke zaak en met jouw belang erin verwacht ik dat ze het wel toestaan.'

Johan kan het nog maar moeilijk bevatten: 'Het kon alleen maar Morris zijn die Owen de opdracht had gegeven, maar om het hem dan zo schaamteloos te horen verdedigen... Hij heeft ons hiermee een kans ontnomen om erachter te komen wat er met Lucas is gebeurd. En hij laat gewoon iemand vermoorden! Wat denken jullie, wist Harvey ervan? En nog belangrijker, hoe zit het met Lucas, heeft Shell daar ook een hand in gehad?'

Anita: 'Moeilijk te zeggen, jij zag zijn lichaamstaal, dus jij kunt dat het beste beoordelen. Ik denk dat Morris Evans het op eigen houtje gedaan heeft, zowel om vrijheid van handelen te hebben als om zijn baas de mogelijkheid te geven om het oprecht te kunnen ontkennen. Een wat merkwaardige vorm van loyaliteit. Shell die Lucas laat verdwijnen; dat is lastiger. Hoe zouden ze hem zo snel hebben kunnen vinden? En ik weet niet of ze tot zoiets extreems in staat zijn. Morris' verontwaardiging klonk wat gespeeld, maar het is goed mogelijk dat hij er niets mee te maken heeft. Het feit blijft dat Lucas nog steeds onvindbaar is en er is iemand op deze wereld daar iets van afweet.'

'Gaan jullie Morris oppakken?'

'Zeker, binnenkort, maar houd je kaarten nog even tegen de borst.'

~

Ze hebben de vlucht naar voren genomen; ze moeten het beste maken van deze situatie en zo proberen het leven en de dood van Nemo en Aba de meeste betekenis te geven. We noemen het tenslotte zingeving en niet zinneming. Aba's dood, boven op alle ellende, heeft erin gehakt bij Pino, Giulia en Marco. Dit is het allemaal niet waard geweest. Toch weten ze dat Aba trots was op zijn strijd, dat zijn ze ooit allemaal geweest. Aba is tenminste strijdend ten onder gegaan; om een groot onrecht aan de kaak te stellen en meer onheil te voorkomen.

Ze kunnen de klok niet terugdraaien, dus moeten ze door. De geschiedenis zit vol positieve veranderingen die volgen op rampspoed. De Warriors betaalden een zware prijs, maar willen die niet voor niets laten zijn. Nemo en Aba komen er niet mee terug, maar ze kunnen wel proberen hun nalatenschap zo veel mogelijk waarde te geven.

Ndidi heeft teruggebeld. Ze heeft via familieleden met connecties bij de politie gehoord dat de moordenaar een senior securityman was die door Shell was ingehuurd, een zekere Owen McIntosh. Zo bevestigt ze voor Pino wat hij al vermoedde. De blunder van McIntosh is een uitgelezen kans om het gekonkel van Shell eens te meer voor het voetlicht te brengen. En misschien spreekt deze brutale moord meer tot de verbeelding dan een abstracte klimaatverandering in een verre toekomst. Het maakt het ook heel makkelijk om Shell de verdwijning van Nemo in de schoenen te schuiven. Ze zullen moeite hebben om zich van die beschuldiging te ontdoen. En ze kunnen het aan de media overlaten om het ten volste uit te melken; voor hen geldt 'waar rook is, is vuur' tenslotte.

Hoofdstuk 24

Onder druk wordt alles vloeibaar

Pino klapt zijn computer dicht en kijkt om zich heen. Er is nog steeds niemand te zien op de parkeerplaats. Dit was het laatste bericht dat ze op deze manier zullen versturen, verdere communicatie zal via andere kanalen gaan. Het is bijna niet te bevatten dat het lullige wegvallen van de TOR-verbinding bij Aba zo veel ellende had veroorzaakt, het heeft hem uiteindelijk zijn leven gekost. Toch is deze manier van communiceren effectief gebleken. Aba had het alleen nooit zo dicht bij huis moeten doen. Pino heeft nu anderhalf uur voor de boeg om weer thuis te komen.

Geachte pers,

Lucas is nog steeds niet terecht. Wij herhalen dat wij hem gezond en wel op pad hebben gestuurd, dat waren we aan hem verplicht. Wij zijn hem als een van ons gaan zien. We zullen de politie doorgeven waar in Italië we hem hebben vrijgelaten.

Lucas heeft zich niet gemeld. Hij is ook niet opgedoken in een ziekenhuis. Dat bevreemdt ons. Wie profiteert ervan als Lucas niet terugkomt?

Het spijt ons te moeten mededelen dat een van onze medestrijders is overleden. Abayomrunkoje Oni was een echte Warrior. Opgroeiend in Ogoni-territory heeft hij van dichtbij meegemaakt welke schade Shell daar aangericht heeft. Hij was zeer gemotiveerd om zijn gemeenschap te helpen. Aba was een goed mens.

Aba werd twee dagen geleden in de buurt van zijn ouderlijk huis neergestoken. De dader was Owen McIntosh, een ervaren security expert uit de VK, reeds jaren woonachtig in Nigeria en senior werknemer bij ProtOil LtD. McIntosh is zelf bij de aanslag overleden. De politie zal dit bevestigen. Waarom zou hij deze moord hebben gepleegd? **ProtOil werkt in Nigeria uitsluitend voor Shell**. Die heeft McIntosh dus de opdracht gegeven, waarschijnlijk om te voorkomen dat Aba de held van Ogoni-territory zou worden en de discussie weer op zou laaien, net nu Shell een compensatieregeling is overeengekomen (die in onze ogen veel te laag is). Helaas voor Shell is hun plan fout gelopen en komt hun werkwijze nu aan het licht. Dit is de aard van het beest: genadeloos afrekenen met alles en iedereen die hun in de weg staat. Die vertrouwen we de toekomst van onze aarde toch niet toe?

Shell is de enige die, hoe gek het ook mag klinken, er baat bij heeft om Lucas ook te laten verdwijnen. Lucas zou in de hele wereld de komende maanden in het nieuws verschijnen. Een enthousiaste, welbespraakte jongen, komende uit het systeem zelf, die rond gaat bazuinen dat Shell moet stoppen met fossiele brandstofwinning. Die het roerend eens is met zijn ontvoerders. Dat zou Shell slecht uitkomen. Zij zijn immers geholpen met stilte.

We missen Aba, en we wensen Lucas het allerbeste.
Wij zetten onze strijd voort.
U hoort binnenkort weer van ons.

The Sunlight Warriors

~

In een mum van tijd heeft de pers informatie over Aba en Owen McIntosh boven tafel en internet ontploft: 'WARRIOR OMGEBRACHT DOOR SHELL', 'ZIT SHELL ACHTER VERDWIJNING LUCAS, ZOON CEO?', 'BIZARRE ONTWIKKELINGEN IN ONTVOERING', 'NIGERIAAN, EEN VAN DE WARRIORS, VERMOORD DOOR SHELL, LOT LUCAS NOG ONBEKEND'. De commentaren onder de berichten zijn niet mals. Eens te meer blijkt dat persoonlijk drama, intriges, moord en doodslag meer tot de verbeelding spreken dan een dreigende klimaatcrisis. Aba heeft met zijn dood meer bereikt dan bij leven.

~

Johan heeft Anita aan de telefoon, die zegt: 'Het had geen zin om de pers te vragen te wachten met naar buiten brengen van deze feiten. De dynamiek was nou eenmaal dat de pers een integraal onderdeel was van deze ontvoering. En het zou überhaupt niet mogelijk geweest zijn om het nergens te laten verschijnen. Shell staat nu verschrikkelijk in zijn hemd en ik ben benieuwd wat de officiële verklaring ditmaal gaat zijn.'

'Beweren dat McIntosh op eigen houtje opereerde, lijkt mij weinig kans van slagen te hebben. Ze zullen wel zeggen dat ze Oni in de gaten wilden houden om erachter te komen waar Lucas is en dat het fout is gelopen toen Oni hem aanviel en dat hij uit zelfverdediging handelde. Zoiets.'

'Ja, dat is goed mogelijk.'

'Wat doen jullie nu met Morris?'

'Dat zijn we aan het uitzoeken. We verdenken hem zeer sterk van opdracht geven tot een moord in Nigeria, in welk land willen en kunnen we hem berechten? Maar hij heeft ook het politieonderzoek in Nederland en Italië danig gefrustreerd, door het recht in eigen handen te nemen en ons daardoor ook de mogelijkheid te ontnemen meer te weten komen over de ontvoerders en de verblijfplaats van Lucas. De rechter heeft jouw opname gehoord, was overtuigd, en heeft ons daardoor toestemming gegeven om de telefoons van Evans af te luisteren. Alleen hem, niemand anders binnen Shell.'

'Sjonge, dat is nogal wat.'

'Door jouw dappere interventie is er een zeer goede aanleiding om Evans goed in de gaten te houden. Om te kijken of we nog meer bewijs op kunnen halen voor strafbare feiten. En ook, in het onzinnige geval dat ze inderdaad iets te maken hebben met de verdwijning van Lucas, een aanwijzing te verkrijgen waar hij zich bevindt.'

'Ik vind dat nog steeds zeer moeilijk te bevatten. En de ontvoerders?'

'Die zullen zich gedeisd houden. Hun werk zit er voorlopig op. De negatieve publiciteit rond Shell zal nog wel een tijd doorzingen. Dus aan de ene kant zullen ze moeilijker te vinden zijn vanwege de geringe exposure, aan de andere kant weten we nu zeker dat Oni een onderdeel was, en zullen we al zijn relaties en contacten nog uitgebreider onder de loep nemen.'

~

Als Pino zijn auto parkeert ziet hij dat Susanne ook thuis is. De kinderen zijn nog op de opvang. Als hij de keuken binnenkomt, zit Susanne met betraande ogen aan tafel achter haar computer. Pino zet zich schrap maar zegt niets.

Susanne: 'Aba is dood, vermoord. Dat is toch jouw Aba?'

'Ja.'

Pino slaat zijn ogen neer. Hij vraagt zich af of ze alleen om Aba huilt, of dat ze al beseft dat Pino betrokken is. Hij zegt: 'Ja, wat een verhaal. Heftig, hè?'

'Maar hij was dus een van die Warriors?'

'Ja, is het niet ongelofelijk?' Pino lijkt nog wat ruimte te hebben.

Zal hij liegen, zeggen dat hij net zo verbaasd is als zij?

'Maar daar huil ik natuurlijk niet om, ik kende hem nauwelijks,' zegt ze zacht. Ze doet haar computer dicht, sluit haar ogen, drukt haar handpalmen tegen elkaar, houdt ze even tegen haar mond en neus, steekt ze dan tussen haar benen en kijkt omhoog: 'Pino?'

'Ja?' zegt hij met schorre stem en gaat schuin tegenover haar zitten, met zijn armen op tafel.

'Jij weet hier meer van, hè?'

Pino's hele lichaam tintelt. Terwijl hij haar aankijkt overweegt hij nog heel even om alles te ontkennen, maar beseft direct dat het kansloos is. Bovendien zat dit gesprek er altijd al aan te komen. Hij komt niet verder dan licht te knikken.

Ze slaat haar handen voor haar ogen, begint te schokken en roept: 'Ik wist het! Ik wist het!'

Pino schuift naar haar toe en legt zijn arm om haar heen, maar die schudt ze resoluut weg.

'O Pino, wat heb je gedaan? Het was zeker jouw idee? Zijn Giulia en Marco er ook bij betrokken? Ik voelde dat er iets gaande was. Maar dit? Ik bleef het maar wegdrukken. Hoe heb ik zo stom kunnen zijn?'

'Suus, het spijt me zo.'

'Spijten? Je hebt dit toch allemaal zelf beraamd?'

'Ja, dat is waar. Maar ik had niet verwacht dat het zo fout zou kunnen lopen.'

'Waar is Lucas nu?'

'Ik weet het echt niet. Wij hebben hem vrijgelaten. We begrijpen er helemaal niets van.'

'Wie zijn wij?'

'Wat je al dacht: Giulia en Marco, en Aba dus.'

'Nou, die zullen je wel dankbaar zijn! En waaróm, Pino? Wacht dacht je in hemelsnaam te bereiken?'

'Ik kon er niet meer tegen, Suus: de machteloosheid. Net doen alsof we de wereld helpen. Heel kleine druppeltjes op een gloeiende plaat, terwijl de grote jongens doordenderen, hun zakken vullend, terwijl ze zo veel schade berokkenen. Het moet gewoon stoppen. Daar kan en wil ik niet voor weglopen, wat de consequenties dan ook mogen zijn.'

'En wat betekent dat dan voor Luna en Pipi? En voor mij?'

'Dat was dan ook echt het enige wat me bijna weerhield: de kans jullie te verliezen, jullie pijn te doen. Maar sommige dingen zijn nou eenmaal groter dan jezelf, groter dan je gezin. Iemand moet het doen. En daarom zei ik net dat het me speet. Want ik vraag een offer van jullie, terwijl jullie daar niet om gevraagd hebben.'

'Jezus, Pino!' Susanne schudt met haar hoofd heen en weer.

'Daarom vertelde ik je ook niets. Zodat je altijd oprecht zou kunnen zeggen dat je van niets wist.'

'Maar nu weet ik het wel. En nu? Wat hebben jullie allemaal gedaan?'

Pino vertelt het hele verhaal: alle voorbereidingen, de acties, de twijfels, hoe ze het hebben georganiseerd, de overwinningen, de tegenvallers. Alles, behalve de dood van Lucas. Susanne is een tijd stil. Ze is helemaal meegezogen in hun gevecht: boos, verdrietig, bang. Haar gezin zal nooit meer hetzelfde zijn.

Ze staat op en zegt: 'Even mamma bellen dat ze de kids van school moet halen.'

Als ze terug is gaat ze tegenover Pino zitten: 'Je bent wel een enorme klootzak. Je hebt gewoon iemand ontvoerd! Die nu is verdwenen. Zijn ouders worden gek.'

'Ja, dat vrees ik ook. Eerlijk gezegd kan die Johan me geen reet schelen. Maar Lucas' moeder kan er ook weinig aan doen. Ik hoop dat ze Lucas snel vinden. Hij ontpopte zich als een toffe jongen.'

'En nu? Is alles voor niets geweest?'

'Dat ik zie absoluut niet zo. Shell heeft weliswaar geen enkele beweging gemaakt. We hadden gedacht dat ze ten minste iets, al was het cosmetisch, zouden doen. Maar de eigenlijk best wel positieve publiciteit heeft onze verwachtingen overtroffen. Veel mensen zien nu in dat Shell niet onschuldig is. En als blijkt dat ze Lucas inderdaad iets hebben aangedaan, dan hebben ze helemaal een probleem.'

'Geloof je dat echt, dat Shell zo ver zou gaan?'

'Ik weet niet meer wat ik moet geloven. Wij hebben hem vrijgelaten, maar hij is nog steeds weg. En Shell bleek in staat om Aba te vermoorden. Dus onmogelijk is het niet.'

'Maar dit heb jij, hebben jullie, wel in gang gezet. Als Lucas onvindbaar is, heb jij dat op je geweten!'

'Ik weet het. Ik weet het.'

'Maar nu weet ik het dus ook, Pino. Wat moet ik nu doen? Mijn eigen man aangeven? Of zwijgen en medeplichtig worden, en zo Luna en Pipi hun vader én hun moeder ontnemen? Je kunt me toch zo niet voor het blok zetten? Hoe zie je het verder voor je? Ons gezin is kapot!'

'Niet kapot, schat. Het wordt anders.'

Susanne begint weer te huilen: 'Had je het me niet eerst kunnen vragen?'

'Je weet dat dat nergens op slaat. Als je had ingestemd, was het risico voor Luna en Pipi dubbel zo groot. En als je nee had gezegd, was ik er toch mee doorgegaan. En dan waren we slechter af dan nu. En deze ontwikkelingen kon ik echt niet voorzien.'

'Je had wel kunnen voorzien dat onze relatie hierdoor zou veranderen. Ik heb je altijd gesteund in je gevechten. En nu heb je me buiten je grootste gelaten. Ik ga naar mamma.'

Ze staat weer op.

'Susanne, blijf nog even hier.'

Ze loopt door.

'Kijk uit wat je tegen haar zegt.'

'Dat bepaal ik zelf wel!'

Ze grijpt de autosleutels en is weg.

Pino blijft verslagen zitten. Wat had hij dan verwacht? Applaus? Hoe langer hij erover nadenkt, hoe meer hij beseft dat haar reactie eigenlijk heel mild was. Ze heeft de politie niet meteen gebeld. Ze begrijpt zijn beweegredenen. Het is nu gewoon te veel om te verteren. Hij is haar niet kwijt, gelooft hij, wil hij geloven.

Dat neemt echter niet weg dat er nu een nieuwe fase in is gegaan: iemand buiten hun cirkel weet ervan. En het is niet uit te sluiten dat zijn schoonmoeder het nu ook weet. Wie volgt er? En Suus heeft gelijk: nu zij het weet, zit ze in een onmogelijk parket en vormt ze een groot risico.

~

Johan zit naast Claire in het vliegtuig naar Rome. De Warriors hebben inderdaad de plek doorgegeven waar ze Lucas hebben vrijgelaten. Daar is de politie nu met man en macht op zoek naar aanwijzingen. Johan weet ook wel dat hun aanwezigheid weinig bij zal dragen, laat staan dat ze zelf iets zullen ontdekken. Maar Claire had erop gestaan erheen te gaan. De onzekerheid maakt haar gek. De plek waar hij het laatst was gezien is iets tastbaars. Ze wil daar zijn.

Ook voor Johan is thuiszitten en afwachten een slechter alternatief dan gaan. Misschien kan dit de demonen in zijn hoofd tot zwijgen brengen. Dat hij voor het bereiken van zijn droom zo'n grote prijs moest betalen, vindt hij moeilijk te verkroppen. Is hij gestraft voor zijn overmoed, voor het wegkijken? Maar waarom alleen hij dan? Al zijn verheven ambities zijn teruggebracht tot één doel: Lucas terugvinden. Dat beheerst nu hun beide levens. Hij hoopt dat het niet te lang zal duren.

~

Alle drie zijn ze het eens over wat er moet gebeuren. Nu Susanne het weet zijn ze echt alle controle kwijt. Giulia en Marco zijn behoorlijk zeker dat ze met de moord weg kunnen komen. Ze hebben de scheppen cash betaald en niet op de parkeerplaats bij Leroy Merlin geparkeerd. Als hun busje op camera staat, dan is het ergens tussen Bologna en de opgegeven dropplaats. Al het bewijsmateriaal hebben ze vernietigd.

Hoe wrang het ook is; voor de rest van hun leven volhouden dat ze Nemo levend en wel op pad hebben gestuurd, is de enige manier om hieruit te komen én Shell verder onder druk te zetten. Ze zullen moeten leren leven met hun daad, wat vooral Marco heel zwaar valt. Maar ook hij is ervan overtuigd dat dit de enige uitweg is. De kans dat de politie uiteindelijk bij hen uitkomt, omdat ze op Aba's bellijst staan, is groot.

Ze nemen nog eenmaal heel uitgebreid door wat ze wel en niet kunnen zeggen. Hoe dichter ze bij de waarheid blijven, hoe minder leugens ze hoeven te onthouden. De komende tijd zal moeilijk worden.

'Oké,' sluit Pino af, 'dan is het duidelijk. Ik dank jullie voor de moed, steun en liefde die jullie me gegeven hebben. *Vi amo.* Goede reis. Tot morgen.'

Pino gebruikt de rest van de avond om een lange brief te schrijven aan Susanne, die bij haar moeder is gebleven. Misschien maar beter ook, maar hij miste haar en de kids nu al.

~

De volgende ochtend rijdt Pino naar het wegrestaurant waar ze hebben afgesproken. Giulia en Marco zijn er al. Ze omhelzen elkaar stevig en lang. Alles is gezegd.

Pino pakt zijn telefoon en draait het nummer dat hij gisteravond heeft opgezocht.

De advocaat die het succesvol tegen Shell heeft opgenomen, ziet een nummer dat hij niet herkent op zijn scherm. Hij neemt op: 'Met Robert Fox.'

'Meneer Fox, mijn naam is Pino Alba. Ik heb een misdaad begaan, samen met drie vrienden, en wij zouden het zeer op prijs stellen als u onze verdediging op zich zou willen nemen.'

Dankwoord

Het schrijven van een boek is niet alleen lekker met de stroom meedrijven. Dat probeerde ik wel, maar het is fijn om vrienden te hebben die je af en toe aanmoedigen, je weer van de kant afduwen en wat blokkades weghalen.

Allereerst wil ik collega-auteur Robert Pierik bedanken die mij de laatste zet gaf om te beginnen en vervolgens de hele reis enthousiast mee dobberde.

Tijdens het schrijven heb ik veel steun gehad van enkele vrienden die me aanmoedigden, soms meekeken en hielpen: Roger de Bree, Andreas Eppink, Marque Joosten, Maarten Millenaar, Denise Osborne, Johan van Staalduinen, Pim van Tol, Marco bij de Vaate, Quirijn Kolff, Wies Verbeek, Leví Weemoedt en Paul van der Zande.

De professionals die me adviseerden dat een baanbrekende manier van communiceren ook echt mogelijk is: Arnim Eijkhoudt en Sijmen Schenk. Dank, het boek is daar zo veel realistischer door geworden. Mochten er toch nog fouten in zitten, dan zijn die geheel voor mijn rekening.

Voor de redactie heb ik veel hulp gehad van Maria Heesen.

Laurens Molegraaf wil ik bedanken voor zijn grote steun en veelzijdigheid als agent, redacteur, adviseur en mijn uitgever.

Mijn kinderen, Guini, Bo, Dee Dee, Deion, Yulan, Joni en Miko hebben dit project met grote interesse en aanmoediging gevolgd, en dat geldt ook voor mijn moeder Hanky, mijn zussen Corinne en Gerrianne, en broer Ronald Jan. Dank jullie wel.

En ik wil mijn vrouw Therissa bedanken, die me al die jaren zo liefdevol ondersteunt, scherp houdt en aan wie ik dit boek heb opgedragen.

47: verrijking elite!
55: laatste zin
70: reacties Shell
81 ontvoering Heyn + Heineken
81: waarom denkt Lucas dit?
112: logische wijze expat in verborgen boodschappen
153: Stockholmsyndroom

Scan onderstaande QR code voor de video *Climate of Concern* (28 minuten), gemaakt door Shell in 1991.

https://rebrand.ly/ui6xqwr

Omslagontwerp: Rob Scholte, Autobahn
Vormgeving binnenwerk: Perfect Service
Tekstcorrectie: Irwan Droog
Drukwerk: Wilco

ISBN 978 90 833 6834 4
e-ISBN 978 90 833 6835 1
NUR 330